부자아빠와

왈그락
달그락

다섯아이 성장기

날마다 성장하는 하영, 서영, 우영, 재영, 선영 그리고
정민, 솔, 재원, 희율, 희찬, 희엘, 희온, 희우, 라이치(태명)와
하나님이 주신 최고의 선물이며, 가장 소중한 친구인 아내 란에게
사랑을 담아 이 책을 드립니다.

부자아빠와

왈그락
달그락

다섯아이 성장기

글쓴이_**정해근**   그린이_**정선영**

프롤로그

부자 아빠라고?

부자란 부요한 사람이다. 당연히 물질적, 재정적 풍요로움을 전제로 이를 누리는 사람이다. 하지만 우주적 관점에서의 진정한 부자는 물질적, 외적 환경을 넘어 마음이 풍요롭고 넉넉하여 행복하게 사는 사람이다.

'안젤라의 크리스마스'라는 만화영화 이야기이다.

한 가지 소원을 들어준다는 제안을 받은 왕과 거지는 각각 다른 소원을 빈다. 왕은 공개적으로 엄청난 금(gold)을 바란다. 거지는 속으로만 바랄 뿐 내내 입을 다문다. 몇 년 후 거지를 만난 왕은 깜짝 놀랐다. 거지는 여전히 남루했지만 너무나도 행복해 보인다. 어마어마한 금과 부를 소유한 왕은 여전히 행복하지 않았다. 왕은 거지에게 물었다. 그때 무슨 소원을 빌었는지...

거지의 대답은 간단했다. '그저 행복한 사람이 되기를 빌었다...'

누가 더 부자인가? 부요한 사람인가?

성경에 부요함이란 하나님과 함께 하는 삶이라 했다. 그런 삶을 사는 사람이 부자이다. 보아스가 그랬고 아브라함과 야곱이 그랬다. 부자란 많이 소유한 사람보다는 많이 누리는 삶을 사는 사람이다.

예수를 만난 부자청년은 좌절하며 돌아섰다. 하나님이 맡긴 재물을 자기 소유로만 알았기 때문이다. 그 재물을 자기 품에 끌어안는 것이 부자라고 여겼다. 진정 누리고 베풀며 나누지 못하였다.

진정한 부요함이 우리 삶의 궁극적인 지향점이고 행복의 원천이다.

부자의 좁은 시각에서 굳이 소유의 의미를 찾는다면 자녀는 하나님이 주신 기업으로 귀한 유산이다. 아울러 무장한 군병의 전통에 가득한 화살과도 같다.

이런 시각에서 나는 부자다. 자녀들이 많아 그렇고 잡다하지만 많은 것을 누리며 행복하게 살아가기 때문이다. 해결할 문제와 걱정거리, 불확실함이 없어서가 아니다. 그런 것들을 풀어나갈 방법을 찾으며 난관을 딛고 일어설 능력이 있기 때문이다. 앞으로 누릴 더 큰 축복을 믿으며 항상 행복한 삶을 바라보고 만들어 나간다.

또한 많은 자녀는 현 수준의 상황을 뛰어 넘도록 끊임없이 나를 일깨

운다. 빠듯한 소득으로 답답할 때는 가능한 모든 기회를 활용하였다. 글쓰기, 번역, 강의 등을 마다하지 않았고, 과감한 레버리지를 이용한 주식 투자 기회를 이용하였다. 부동산 재건축 붐을 이용하여 건축 사업에 도전하였다. 주위의 벤처, 신사업 투자 붐에도 유망한 기회를 살피는데 게으르지 않았다. 직장을 옮기는 과정에 다섯 아이들의 성장이 많은 역할을 하였다. 하나님이 허락한 다섯 아이들로 인하여 공급받은 지혜로 재정적으로나 정신적으로나 언제나 누리며 베풀며 감사하며 살았고 지금도 그러하다.

그러기에 나는 부자이며 다섯 아이들의 아빠다.

가정을 이루어 자녀를 낳아 기르고 독립시키는 일은 삶을 이루는 여러 중요한 축 중의 하나이다. 이 글들은 내 삶을 되돌아보며 다시 음미하고 싶은 여러 축 중에서 보석과도 같은 다섯 아이와 함께 엮어 온 삶의 축에 관한 이야기다. 중요한 축이지만 실상 매일의 삶 속에서 그저 스쳐 지나가는 소소한 일상들의 묶음이다.

간혹 교육이며 직업이니 하는 껍데기들이 적나라하게 드러나 있을 것이다. 아울러 깊이를 모를 방황과 함께 정신적, 도덕적, 신앙적 색깔들이 누더기처럼 덧칠되어 있다.
하지만 이 글의 의도는 귀한 선물과도 같은 다섯 아이들과의 소중한 추억들을 예쁜 포장에 담아 간직하는 것이다.

차례

다섯째라니... 짐승들도 아니고...

부인이 또 아기를 가졌다. 다섯째를 임신한 것이다.

배가 점점 불러오며 아이들 감기를 핑계로 반년을 넘게 쌍문동 시댁 방문을 미뤘다. 게다가 미국에 계신 장모님께도 안부 인사만 전하고 다섯째의 임신 소식은 알리지 못했다. 시간이 흘러 어느덧 출산일이 보름 앞으로 다가오고 어쩔 도리가 없던 우리는 결국 양가에 다섯째의 출산 예정 소식을 알리게 되었다.

다섯째의 임신 소식을 들으신 나의 어머니는 넷째 때 이미 한바탕 북새통을 치른 것처럼 부인에게 전화하여 고래고래 소리를 치다 울기를 반복하셨다. '내 아들 잡아먹을 X'이라는 욕지거리에 저주까지 들먹이며 난리법석이셨다.

미국의 장모님도 "내 딸이 무슨 죄가 있나... 사위가 바보도 아니고... 짐승들도 아니고..."라며 절규와 탄식을 쏟아내셨다. 며칠 동안을 화병인지 앓아 누웠다가 해산을 일주일 남기고 득달같이 태평양을 건너오셨다. 끌탕과 탄식을 연발하시면서도 감사하게도 위 네 아이 건사와 부인의 산바라지까지 모두 맡아 주셨다.

막내가 태어난 당일 아침에 갓난아기와 부인의 통통 부은 얼굴을 바라보고는 드디어 결단할 수밖에 없었다. 부담과 용기가 뒤죽박죽 뒤섞인 상태로 근처 가까운 비뇨기과 병원을 찾았다.

아직 본격적인 업무가 시작되기 전인지 어수선한 분위기 속에서 진찰하던 의사가 물었다.

"어떻게 오셨어요?"
"정관수술을 받으러 왔는데요."
"수술은 왜 하시려고요?"
"오늘 새벽에 부인이 다섯째 아이를 낳았거든요."

눈이 똥그래진 의사는 더 묻지 않고 옆의 간호사에게 수술 준비를 하라고 했다. 너무 이른 아침이라 마취의가 없으니 이해하란다. 하지만 잠깐 따끔한 정도일 테니 이왕 온 김에 빨리 수술하고 일찍 쉬는 게 더 좋지 않겠냐며 회유했다. 결국, 그저 따끔한 정도라는 의사의 감언에 넘어가 마취 없이 수술을 받기로 하였다. 그러나 감언은 감언일 뿐 실상은 전혀 만판이었다. 처음 피부를 약간 칼로 베어낼 때는 정말로 그저 따끔한 정도였다. 하지만 갑자기 엄청난 고통과 함께 눈앞이 노래지고 하늘이 무너지는 얼얼하고 묵직한 통증이 엄습해왔다.

그렇게 생 고통 가운데 생산기능을 무력화시키고 마침내 짐승(?)에서 사람이 되었다. 수술을 마친 후 뭐 씹은 얼굴이 되어 패잔병처럼 어기적 어기적 걸어서 부인과 막내가 있는 병원으로 갔다. 11월의 쌀쌀한 날씨에 부인이 누워있는 따끈한 산모실에 나란히 누워 온종일 함께 산후조리를 했다. 그 이후로는 친구들 모임에서 정관수술 이야기가 나올 때마다 마취 없이 하면 절대 안 된다고, 반드시 마취 후에 수술을 받아야 한다고 애먼 소리로 강조하곤 했다.

둘도 많다던 그 시절 산아제한 정책에 따라 우리 부부가 감수해야 했던 불이익 몇 가지를 기억해 본다.

다섯 아이를 출산하는 동안 의료보험 혜택은 둘째만 받고 나머지 4명은 보험을 적용받지 못했다. 출산 관련 비용 전액을 자비로 부담해야만 했다. 첫째 때는 대학원 재학 시절이라 보험적용이 안 되었다. 당시 지역 의료보험이 없었고 오로지 직장 의료보험만 있었기 때문이다. 둘째 때는 직장에 다니고 있어 다행히 의료보험 혜택을 받을 수 있었다. 하지만 셋째부터는 정부의 산아제한 정책으로 인해 출산과 관련한 모든 비용이 보험적용에서 배제되었다.

회사에서는 정부 정책에 따라 출산에 따른 경조금을 지급대상에서 제외했다. 또한, 교육비도 지원되지 않았다. 셋째부터는 회사의 교육비 지원 대상에서 제외되어 순전히 나의 부담으로 아이들 학비를 내야했다. 연말정산을 할 경우에도 셋째부터는 부양가족 공제대상에 포함되지 않았다. 한마디로 셋째부터는 제도적으로 부양가족이 아니라 애물단지로 취급되었다. 세월이 흘러 막내가 고등학교를 졸업할 무렵에서야 연말정산 시 부양가족 공제대상으로 모든 자녀를 포함 시키도록 제도가 바뀌었다. 불이익인지는 모르지만 태아 성별을 알려 주지 않아 다섯 아이 모두 태어나고서야 아들인지 딸인지 알 수 있었다.

요새는 셋째는 물론이고 동네에 따라서는 첫째 아이부터 출생과 동시에 각종 혜택을 지원하고 있다. 출산정책에서 마치 세상이 바뀌다 못해 천지개벽이 이루어진 듯하다. 다섯째를 낳으면 아마도 그럴싸한 감사장이라도 한 장 받을 수 있는 세상이 되었으니 나의 경우는 끼인 세대의 엉뚱하고도 독특한 경험일 것이다.

막내의 탄생에는 둘째의 기도가 한 몫 단단히 했다. 넷째를 낳자마자 둘째의 여동생 타령이 시작되었다. 남자들만 셋이고 여자는 자기 혼자이니 반드시 여동생을 가져야겠다고 난리였다. 고사리 손으로 날마다 손을 모아 기도하며 엄마를 채근하였다. 당치도 않을 소리라고, 말도 안 되는 기도라고 달래기도 하고 윽박지르기도 했지만 허사였다. 매일 계속되는 기도와 항의에 하나님이 감동하셨는지 넷째가 젖을 떼기도 전에 다섯째가 들어섰다. 막내는 둘째의 기도응답일 것이다.

또 하나의 에피소드가 숨어있다.

혼인신고를 하며 우리 부부는 몇 가지를 서약하였다. 그 중에 집을 갖게 되면 진정한 소유주인 하나님께 드리는 의미에서 집을 공개하는 것이었다. 고강동 아파트를 마련하며 우리집은 공공장소가 되다시피 했다.

그런 활동 중 하나로 교회 청년들 수련회 장소로 제공하게 되었다. 1992년 연말을 앞둔 주말, 교회 청년 10여명이 1박2일의 모임을 가졌다. 우리 가족은 쌍문동에 가서 묵기로 했다. 수련회를 마치고 떠난 집에 들어가 보니 깨끗이 정돈된 가운데 감사편지가 놓여 있었다.

누군가 색연필로 그린 그림에 여러 명의 글이 적혀 있었다. 부인이 그림을 보고 깜짝 놀라며 박장대소를 하였다. 열차놀이를 하는 가족그림이었다. 밧줄을 묶어 맨 앞과 뒤에 아빠, 엄마가 있고 남자 아이 셋, 여자 아니 둘 모두 다섯 아이가 중간에 타고 달리는 그림이었다. 그림을 본 부인은 지금 넷도 벅찬데 다섯이라니 말도 안 된다며 난리였다. 그림을 그린 청년이 우리 아이들 숫자를 잘못 알고 있었는지도 모른다. 하지만 얼마 지나지 않아 부인은 임신하였고 다음해 11월 예쁜 딸을 낳았다.

우리 부부에게 아이들은 귀하디 귀한 보물들이다. 하루라도 굶은 적 없이 모두 건강하고 사랑스럽고 지혜롭게 잘 자랐다. 모두 각각의 자리에서 자기 일을 사랑하고 열정이 있어 감사하고 감사할 뿐이다.

어머! 넷째가 안보여요

넷째 재영이와 다섯째인 막내 선영이는 햇수로 연년생, 실제 개월 수로는 1년 6개월 차이다. 어찌 보면 흔하지 않은 서열인 넷째와 다섯째는 인구조절에 있어서 비이성적인 시대에 비상식적인 부모 밑에서 태어난 셈이다. 여러 장애물을 딛고 이 세상에 온 용맹한 전사와도 같다. 무엇보다도 분명한 것은 하나님의 측량할 수 없는 사랑을 받으며 은혜와 축복 가운데 태어난 아이들이라는 사실이다.

1994년 봄의 막바지, 우리 부부는 다섯 아이의 이름조차도 서로 헷갈려 아무 이름이나 입에서 튀어나올 만큼 정신없는 시기를 보내고 있었다. 6개월짜리 막내를 품에 안고 9살, 7살, 5살, 2살인 나머지 아이들의 현장교육을 위하여 주말이면 여기저기를 바쁘게 돌아다녔다. 당시 우리의 멋진 자가용은 가성비 좋기로 소문난 꽁지 없는 프라이드 중고였다. 온 가족이 차를 타게 되면 주로 옆자리에 부인이 젖먹이 막내를 안고 타고 뒷좌석엔 네 아이가 올망졸망 시끌벅적 자리를 잡았다.

그해 봄이 한창 무르익던 어느 토요일, 어린 시절 추억이 가득한 온양온천으로 향했다. 휑하도록 넓고 웅장해진 현충사를 둘러본 뒤 시내 가까운 온양민속박물관에 들렀다. 우리나라 최초의 민간박물관으로 당시 젊은 건축가로 유명한 김석철과 재일교포인 이타미 준이 설계한 독특한 박물관이라 여러모로 관심이 많았다.

한 바퀴 돌며 아이들에게 하나라도 더 알려주고 싶은 마음이 급했다. 부지런히 옛날 놀이도구, 도롱이며 장군 등 농사 도구들에 관하여 설명해주었다. 하지만 별다른 놀이시설이나 체험 거리가 부족한 민속박물관은 아이들에게는 따분한 공간일 뿐이었다. 폐장시간이 다가오며 집에 가서 저녁을 먹을 계획으로 서둘러 아이들을 차에 태우고 고강동 집으로 향했다.

아산만 방파제를 지나 한참을 달려 평택 가까이 왔을 때였다. 뭔가 이상한 낌새를 느낀 부인이 뒤를 돌아보며 곯아떨어진 아이들을 살펴보더니 갑자기 비명을 질렀다.

"어머! 넷째가 안 보여요!!! 여보, 차 좀 세워 봐요."

얼굴이 네 개가 보여야 하는데 세 개만 보였다. 아직 말은 잘 못 하지만, 아장아장 걸으며 귀여운 짓을 도맡아 하던 넷째가 보이지 않았다. 갓 두 돌이 되어 생일 파티를 한 지 며칠 되지 않은 아이였다. 민속박물관에서 나오며 부인은 갓난아기인 막내를 챙기고 젖을 먹이느라 분주했을 것이다. 나는 주차장 구석에서 차를 빼고 어둑한 시간 지도책을 펴서 돌아갈 길을 살피느라 정신이 없었다. 당연히 큰아이들이 동생들을 잘 챙겼으리라고 안일하게 생각한 모양이다 제대로 확인하지 않고 출발한 것이다. 아장아장 걸리다가 안아주기를 반복하며 함께 박물관을 돌아다닌 기억이 또렷했다.

마지막 출발지인 온양민속박물관으로 급히 차를 돌렸다. 땅거미가 어둑하게 내려오는 저녁 무렵에 박물관에 도착하였다. 이미 관람 시간이 끝나 문이 닫힌 박물관 입구로 뛰어갔다. 입구 옆 관리실에 조명이 켜져 있고 내부가 환하게 밝아 문을 열고 들어갔다.

정말 감사하게도 박물관 경비아저씨께서 넷째를 데리고 놀아주고 계셨다. 경비아저씨께서는 아이가 어려 말을 제대로 못하다 보니 누군지 알아낼 방법이 없었단다. 박물관 문을 닫고 청소 겸해서 한 바퀴를 돌아보는데 아이가 혼자 있었단다. 버리고 간 아이일수도, 챙기는 것을 깜박 잊고 실수로 두고 간 아이일수도 있을 것이었다. 우선 늦은 저녁까지 기다리다가 경찰서에 맡길 생각이었다는 것이다. 기다리는 동안 아이는 불안한 기색 없이 혼자 조용하게 잘 놀았단다.

아이가 아주 착하다고 칭찬해 주시며 자신이 근무해온 지난 몇 년 동안 물건이 아닌 아이를 두고 가는 사람은 처음 봤다며 웃으셨다. 할 말이 없던 우리는 애가 다섯이라 제대로 챙기지 못했다고 머리를 조아리며 몇 번이나 감사인사와 함께 변명 아닌 변명을 하고 되돌아 나왔다.

무사히 아이를 찾아 놀란 가슴을 쓸어내리며 집으로 돌아오는 길에 영화 '나홀로 집에'가 생각났다. 부인과 첫째는 실제로 우리집에 영화 같은 일이 일어났다며 믿을 수 없다는 말만 계속했다. 섬뜩하면서도 흥미진진한 모험이었다면서 말이다.

그때 넷째를 돌봐주신 고마운 경비아저씨께 미처 사례도 하지 못하고 그냥 되돌아온 것이 송구스럽기만 하다. 다시 한 번 진심으로 깊은 감사를 드린다.

넘치는 아이들 옷가지

"우리 아이들이 입던 옷인데 이젠 작아져 못 입게 되었네요. 필요하실 것 같아 가져왔어요."

아이들이 어린 시절 여러 친척들과 이웃들이 옷가지들을 한 아름씩 가져와서 우리집에 놓고 가곤 했다.

아이 다섯을 키우다 보니 다른 집 아이들이 입던 옷이면 우리 아이들 다섯 명 중 누군가에게는 일부러 고른 것처럼 잘 맞을 수밖에 없었다. 덕분에 정말 많은 옷을 물려받았고 그만큼 가계비용도 줄일 수 있었다. 받은 옷들은 상표만 보아도 값비싼 고급 아동 의류들이 많았고 품질도 대부분 최상급이었다. 아이들 옷이란 웬만큼 귀에 익고 눈에 띄는 상표가 붙으면 정품을 취급하는 의류점에서는 물론 할인점에서도 선뜻 만지기가 쉽지 않다. 주변의 넉넉한 나눔 덕분에 우리 아이들에게 좋은 품질의 옷들을 부족함 없이 입힐 수 있었다.

때때로 챙겨 보내준 보따리에는 포장만 뜯어냈을 뿐 상표까지 붙은 옷도 적지 않았다. 아예 입어보지 않거나 포장도 뜯지 않은 그대로 우리 집으로 보내온 것이다. 아이들이란 몇 달 만에도 쑥쑥 크다 보니 선물로 받거나 할인시즌에 사둔 옷들을 제때 입히지 않으면 영영 기회를 잃게 되기 일쑤다.

공짜로 받아온 아이들의 옷가지는 옷장 구석구석에 넘쳐날 정도였다. 그야말로 옷값에 대한 부담 없이 다양한 스타일의 옷들을 입힐 수 있었다.

아이들이 자라나며 중학교에 들어갈 때쯤이 되니 상황이 달라졌다. 큰 아이들에게 맞는 치수의 옷들은 잘 들어오지 않는다. 어쩌다 들어온 것도 이미 자기만의 스타일이 생겨버린 아이들의 취향에는 어울리지 않았다. 어릴 때는 아이들의 옷에 대한 부모의 관심이 큰 편인데 클수록 그런 관심이 줄어든 탓도 있을 것이다. 친척들이 어린아이들에게는 옷 선물을 많이 하지만 큰아이들에게는 그렇지 않은 이유도 포함될 것이다.

막내가 점점 커가며 우리도 입지 않는 옷가지들을 정리하게 되었다. 형편이 어려운 이웃들에게 정리한 옷가지들을 다시 나눌 수 있어 정말 감사했다. 해외 자선 단체에서 수집하는 기회가 있을 때마다 기쁜 마음으로 정성껏 세탁하여 차곡차곡 사이즈 별로 분류해서 전달하기도 했다.

돌이켜보면 우리 아이들은 부모인 우리뿐만 아닌 이웃들의 사랑과 관심으로 자라났다. 사실 우리가 받은 것은 옷가지만이 아니었다. 수많은 장난감도 그랬고 책들도 그랬다. 장난감도 장난감 박스에 수북이 쌓여 있었고 그림책과 어린이 영어책들도 엄청 많이 받았다.

다만 내가 게을러 그 많던 장난감들을 가지고 아이들과 충분히 놀아주지 못했다. 그 좋은 책들, 특히 영어책들을 많이 읽어주며 대화 시간을 자주 갖지 못한 것이 아쉽다. 이것저것 아이들과 하지 못했던 많은 것을 생각하면 지금도 안타깝고 후회스럽다.

자라나는 아이들은 기다려주지 않는다.

런던에서의 월세 살이 추억들 I

　막내가 첫 돌을 맞이하기 전인 1994년 가을, 갑작스러운 런던 발령으로 인해 우리 가족의 영국 생활이 시작되었다.

　처음 영국 히드로 공항에 도착하자마자 우리는 한바탕 곤욕을 치렀다. 영국식 발음에 익숙하지 않았던 나는 이민국 직원의 질문에 제대로 대답하지 못했다. 게다가 나 외에는 우리 가족 중 아무도 영어를 할 줄 모른다는 사실 때문에 의심을 사게 되어 점점 더 까다롭게 캐물었다. 간신히 노동허가서(Work Permit)며 은행 잔고증명서 등을 제출하고 한참만에야 공항을 빠져나올 수 있었다. 함께 부임 받은 다른 직원들은 별문제 없이 일찍 통과했지만, 그에 비해 우리는 거의 한 시간 이상이나 늦게 풀려났다.

선배 직원들이 운전하는 두 대의 차에 가족들이 나누어 타고 우리가 살 집으로 향했다. 저녁 어스름 공항에서 집까지 차를 타고 가며 보던 풍경은 무척 인상적이었다. 단풍이 곱게 든 가로수가 가득한 거리와 낡고 오래된 나지막한 주택들이 열병식을 하듯 줄지어 나타나고 지나갔다. 도중에 식당에 들러 저녁까지 대접받고 어둠이 가득한 시각에 우리가 살게 될 집에 도착했다. 런던 서남부의 뉴몰든(New Malden)이라는 동네의 꽤 낡아 보이는 아담한 이층집이었다.

현관문 앞의 조그만 정원에는 별다른 꽃들이 눈에 띄지 않았다. 현관 오른편의 닫힌 주차장 차고 문 앞은 시멘트로 포장된 도로 겸 주차공간이었다. 하얀 페인트가 여기저기 손때를 받아 조금씩 벗겨지고 낡은 나무 현관문을 열고 들어갔다.

아이들은 도착하자마자 이층집이 넓다고 좋아하며 집을 구경하느라 이리저리 뛰어다닌다. 방을 살펴보고는 서로 자기 방이라고 실랑이를 벌인다. 결국, 가장 작은 방은 첫째 혼자 쓰기로 하고, 나머지 중간크기의 방 두 개를 여자아이들과 남자아이들이 쓰는 방으로 정해주었다. 여자아이들 방에 널찍한 더블 침대가 있었지만, 막내는 아직 너무 어려 바닥에 재우기로 하였다. 남자아이들 방에는 싱글 침대만 있어서 여자아이들 방의 침대와 바꿔줄까도 생각했다. 나중에 이케아 가구점에서 원목이층침대를 사다가 조립해 넣어주었다. 위 침대는 셋째, 아래는 어린 넷째가 쓰도록 했더니 서로 위에서 자겠다고 티격태격이다. 먼저 있던 싱글 침대는 비닐로 두껍게 포장하여 창고로 사용하는 차고에 잘 보관해 두었다. 가구 일체형 월세집의 경우 기존의 가구들을 본래 상태로 잘 유지 및 관리해야 하는 의무가 있었다.

나중에 들은 이야기지만 나의 발령소식에 런던에서 먼저 근무하던 직원들은 우리 가족을 위한 집을 구하느라 무척 고생했다고 한다. 회사의 통상적인 임대료 지원 금액으로 방이 4개인 집을 빌리는 게 거의 불가능했기 때문이었다. 게다가 다섯 아이를 허용하는 집주인이 거의 없어 한인들이 많이 사는 동네의 전체 부동산을 다 수소문했다는 것이다. 그런 내용을 전혀 알지 못했던 우리 식구는 까다롭기로 유명한 영국의 월세살이에 서서히 적응해 갔다.

우리집 주인은 중동계 아주머니였다. 여러 채의 집을 소유하고 월세를 받아 생활하는 이민자였다. 아주머니는 두 달마다 정기적으로 찾아와 집 안 구석구석을 꼼꼼히 점검하였다. 잔디를 제대로 깎았는지, 카펫은 깨끗한지, 가구며 벽에 훼손된 곳은 없는지, 커튼 및 벽의 청결 상태 등을 살피고 돌아갔다. 우리가 런던에 도착한 그다음 날도 아침부터 한인 부동산 사장과 외국인 두 명이 와서 우리 부부와 함께 집 안 구석구석을 다니며 꼼꼼히 살폈다. 그때 지적하고 나누었던 이야기들은 며칠 후 받은 두툼한 월세계약서에 정말 자세하게 빠짐없이 적혀있었다. 예를 들면 거실 왼쪽 벽 중간에 3cm 크기의 못이 두 개가 박혀있다든지, 응접

실 바닥의 카펫에 2cm 얼룩이 문 입구와 구석에 각각 하나씩 있다든지 하는 것들이었다.

　처음 얼마 동안 집주인이 집을 방문할 때마다 우리집을 중개해 준 부동산 사장이 항상 먼저 와서는 집을 보는 동안 아이들을 데리고 산책하러 나가겠다고 했다. 그래서 우리는 별생각 없이 으레 그런가 보다 했었다. 그러던 어느 날 예고도 없이 집주인이 찾아오며 모든 것들이 명확해졌다. 집안에 들어온 주인이 우리 다섯 아이를 보더니 기겁을 하고는 냅다 뭐라 소리를 지르며 난리를 치는 것이었다. 내용을 제대로 알아듣지도 못하고 영문을 알 리 없었던 우리 부부는 집안이 좀 부산해서 그러는 줄만 알았다. 그저 속으로 집주인이 어지간히 까다롭다는 생각을 하고 말았으나, 다음날 찾아온 부동산 사장의 표정은 사뭇 심각했다.

　사실 다섯 아이를 허락하는 집이 없어 부득이 3명이라고 속이고 계약을 했다는 것이다. 그렇게 한바탕 소동을 치르고 다행히 그럭저럭 넘어가기는 했으나 그 이후로 우리는 정말 열심히 집 단장과 청소, 심지어 간단한 집수리까지 직접 해야만 했다. 썩어 부석부석한 담장의 나무 패널을 교체하고 온실의 깨진 유리도 직접 사다 바꾸었다. 허옇게 말라죽은 잔디밭 일부도 작은 텃밭으로 바꾸어 채소며 꽃 등을 심고 정성스레 가꾸었다. 집주인이 오기 전날은 하얀 회칠 벽에 가득한 아이들의 낙서를 늦은 밤까지 물걸레질하며 지워내기도 했다.
　언젠가 런던에 주재원으로 있던 친구 부부의 부탁으로 그 집 두 아이를 저녁 시간에 맡아 돌보게 되었다. 아이들끼리 비슷한 또래여서 자주 어울려 놀던 터였다. 그런데 그 집 둘째는 우리 아이들보다 좀 더 활동적이었는지 그날 거실 안쪽의 하얀 커튼에 붉은 매직펜으로 낙서를 해놓은 것이다.

다음날 마음이 다급해진 부인은 여기저기 울긋불긋해진 커튼을 걷어내 세탁기에 넣고 빨아 보았다. 하지만 낙서가 없어지기는커녕 오히려더 이상하게 잉크가 퍼지며 울긋불긋해졌다. 정원에 널어 말리고 보니평평해지는 것이 아니라 오글오글하면서 길이가 졸아붙어 짧아진 것이아닌가. 어쩔 수 없이 우리는 얼마 후 방문한 집주인에게 사실대로 말하고 나중에 커튼 값을 물어주기로 약속했다.

내 집이 아닌 남의 집에서 특히, 여러 명의 아이와 함께 지내는 것은결코 쉬운 일이 아니다. 런던같이 집 관리가 엄격한 곳에서 까다로운 주인을 만나 집을 깨끗하게 유지하며 지내는 일은 거의 불가능하다.
우리는 시간이 흐르며 벽에 낙서가 늘고 카펫이 상하는 것을 보면서도 점점 그런 일에 무관심하게 되었다. 아이들에게 지적하고 금지한다고 될 일도 아니었다. 걱정한다고 해결될 일이 아니었다. 시간이 해결해줄 것으로 믿고 행복하게 살기로 했다.

넓은 남의 집에서 마음 졸이며 사는 것보다 좁더라도 내 집에서 속 편하게 살고 싶은 게 당연지사이며 모든 부모의 바람일 것이다.

런던에서의 월세 살이 추억들 II

　런던에서 4년을 지내고 귀국하던 때는 마침 우리나라에 닥친 외환위기로 무척이나 어려운 시기였다.

　런던에 파견 나와 있던 많은 직원과 그 가족들이 급작스러운 귀국명령으로 돌아와야 했다. 남아 있던 직원들마저도 급여 및 월세 지원 금액을 삭감당하며 힘들어했다. 한국의 본사가 망해 없어지거나 런던 지사를 급하게 폐쇄하여 당장 한국으로 돌아가야 하는 경우가 허다했다. 당시 영국에 체류 중이던 한인들의 재정적인 고통은 극심했다. 런던에 그냥 남아 있더라도 더 저렴한 월세 집으로 이사를 해야만 했다. 줄어든 급여와 복지로 인하여 월세를 내기가 어려웠기 때문이다.

　런던파견 직원뿐 아니라 유학 중이던 학생들이나 함께 와있던 가족들에게도 고통스러운 시간이었다.

그나마 나는 승진하여 귀국하는 상황이라 그래도 여러 면에서 나은 편이었다. 대부분 귀국명령에 따라서 온 가족이 함께 움직이는 것이 관례였는데 나는 본사의 배려로 98년 8월 가족들을 남겨두고 먼저 급히 귀국하게 되었다. 비행기에 혼자 오르기 직전까지 본사 직원들에게 업무를 지시해야 할 정도로 내가 맡은 업무가 급성장하여 다급하게 돌아가고 있었기 때문이다. 부인과 아이들은 학교 뒷정리며, 가재도구 정리, 차량처리 등을 마무리 짓느라 두어 달여를 더 머물다 한국으로 돌아왔다.

귀국을 앞두고 드디어 까다로운 집주인이 마지막 점검을 하러 집으로 오게 되었다. 이미 몇 주 전에 대부분의 살림살이를 컨테이너에 실어 한국으로 보낸 뒤였다. 귀국하는 항공편으로 가져올 만한 몇 가지 옷가지와 아이들의 물품만을 남기고 최소한의 가재도구만으로 지내던 중이었다.

4년 동안 창고에 넣어두었던 기존 가구들을 우리가 집에 처음 들어왔을 때 있었던 위치대로 되돌려 놓고 주인이 오기만을 기다렸다. 아이들을 총동원하여 각자 자기 방을 청소기로 밀고 얼룩진 벽들도 젖은 물걸레로 다시 한 번 닦아내도록 하였다.

부인은 부엌에서 빵을 굽고 커피를 내리며 최대한 좋은 분위기 속에서 집주인을 맞이하였다. 런던의 부동산 관리가 그렇듯 집주인은 전문 검사인을 데리고 와서 집 안 구석구석을 다니며 꼼꼼히 점검하였다. 이윽고 모든 검사를 마치고 난 뒤 집주인이 읽어주는 점검 사항의 최종 결과는 정말 부담스러운 내용으로 가득 차 있었다.

보증금 2천 파운드를 돌려주지 않는 것은 물론 추가로 약 3천 파운드를 더 내야 한다는 내용이었다. 4년의 기간 동안 더럽혀진 카펫이며, 얼룩진 커튼을 교체하는 것은 물론이고 온 집안의 벽 낙서로 인해 페인트칠도 새로 해야 하는 등 망가뜨린 집 여기저기를 원상복구 시키는데 드는 수리비가 총 5천 파운드였다.

당시 외환위기로 고통 받던 우리에게 한화로 천만 원이 훨씬 넘는 5천 파운드라는 돈은 너무나 큰 금액이었다. 만 파운드 정도면 새로 출고된 웬만한 중형 세단을 살 수 있는 수준이었기 때문이다.

그런데 전혀 예상치 않은 기적 같은 일이 일어났다. 집주인이 점검을 모두 마치고 전문가의 견적처럼 수리비로 5천 파운드를 내야 한다고 통보한 뒤 전문검사인을 먼저 내보내는 것이었다. 이윽고 부인과 단둘이 남은 집주인은 자신의 본마음을 이야기하기 시작했다.

"수리비가 5천 파운드라니 무척 놀랐을 것이다. 나에게도 물론이거니와 네게도 큰돈이란 걸 잘 안다."

"사실 나는 집수리 비용을 한 푼도 받지 않을 생각이다. 보증금 2천 파운드도 모두 돌려줄 것이다."

"처음에는 아이들이 다섯이라고 하니 집을 다 망가뜨릴 것 같아 속도 많이 상하고 화도 났었다. 하지만 다섯 아이를 키우며 남의 집에서 사느라 너도 고생이 많았을 테고 아이들도 힘들었을 것이다. 내 집에 살면서 아이들이 모두 밝게 잘 자란 것을 보니 기분이 좋다.”

“어차피 가구며 카펫, 벽지, 담장 등은 오랫동안 사용한 것이라 너무 낡아서 이번 기회에 전체를 보수할 예정이다.”

“그사이 집을 잘 관리하며 살아줘서 고맙다.”

“잡초 뽑기같이 잔디 관리도 부지런히 해주고, 낡은 담장의 나무를 수리해 준 일과, 깨진 온실을 손봐서 그 안에 채소들을 심어 가꾼 것도 잘 안다.”

“월세 역시 4년 동안 한 번도 밀리지 않고 잘 내주어서 고마웠다.”

“한국이 무척 어렵다고 들었는데 돌아가서도 너희 가족들 모두 잘 지내길 바란다.”

이런 말들을 하며 전혀 예상치 못한 호의를 베풀어 준 것이다.

당시 그 집주인은 집 관리가 엄격하기로 소문난 사람이었다. 아마도 그 당시 한국의 어려운 사정을 듣고 본인의 고국이 생각난 것인지도 모르겠다. 어쨌든 집주인의 평소 행동에 비추어 그 엄청난 액수의 복구비용을 감면받게 된 것은 정말 기적 같은 일이었다.

이렇게 영국에서 4년 동안 살았던 그 집은 우리 부부에게 뿐만 아니라 다섯 아이에게도 어린 시절의 즐거운 추억이 가득 담긴 소중한 장소로 남아 있다.

셋째를 임신하다니...웬일이니?

'하나씩만 낳아도 삼천리는 초만원!'
'아들, 딸 구별 없이 하나만 낳아 잘 기르자!'
'잘 키운 딸 하나, 열 아들 안 부럽다.'
'둘 낳기는 이제 옛말! 일등국민 하나 낳기!'

어디를 가나 이런 구호들이 적힌 플래카드와 선동적인 포스터들이 난무하던 시절이다. 그런 전체주의 국가의 요청과 시대적 사명을 거슬러 우리는 셋째를 임신하였다. 예비군들에게 무료 정관수술에 일주일 동원 훈련까지 면제시켜 주며 국가적으로 산아제한에 핏대를 올리며 온 힘을 쏟고 있었다.

둘만 낳겠다는 계획도 아니었고 그렇다고 딱히 셋째를 가져야겠다고 의도했던 일도 아니었다. 이렇다 할 자녀계획이 없었던 우리는 태중의 셋째를 받아들이며 앞으로의 계획에 관해 이야기를 나누었다.

우선 신앙심이 두터웠던 부인은 셋째 임신을 하나님의 선물로 받아들였다. 놀라운 축복이고 감사할 일이란다. 부인은 오누이로 성장해서 그런지 평소에도 두 명의 자녀로는 부족하다고 여기고 있었다. 셋째 임신에 대한 주변의 우려 섞인 시선이나 비협조적인 사회 분위기에도 전혀 흔들리지 않았다.

마침 그 무렵부터 우리 가정에도 재정적인 안정과 여유가 생기기 시작하였다. 나는 느지막이 대학원을 졸업하고 입사 동기 중 최고 연장자로 취업하여 직장에 다니고 있었다. 덕분에 새로 태어날 아기의 출산 및 육아 비용에 대한 부담을 덜 수 있었다. 물론 중고등 대학의 교육비며 미래 결혼 등의 문제는 아예 생각 밖이었다. 어찌되겠지 하는 것보다는 자기 복은 자기가 갖고 태어난다는 쪽이 오히려 더 강했다.

셋째 소식에 나 역시 걱정이나 두려움보다는 순간적으로 기쁨이 밀려오며 내심 미소를 지었다. 사실 결혼 전부터 아이들에 관하여는 최소한 서너 명이어야 하고 다섯까지도 괜찮아 보였었다.

더구나 첫째가 아들, 둘째는 딸이어서 셋째는 성별과 상관없이 위의 아이들이 입던 옷과 장난감을 그대로 물려받을 것이었다. 방도 3개이니 아들, 딸 구별해서 각각 재우면 될 일이다. 마침 얼마 전 마련한 작은 프라이드 중고차도 있어 새로 태어날 셋째까지 5식구가 타기에 충분했다.

당시 나는 국제부서에서 외환 및 국제채권딜러로 일하고 있었다. 해외와 거래하다보니 매일 늦은 밤까지 야근을 밥 먹듯 했다. 늦은 귀가로 육아에 직접적인 도움이 못 되어 부인에게는 항상 미안한 마음이 가득했다. 이런 연유로 내가 부인의 의견에 반박할 수 있는 처지도 아니었고, 오히려 기왕이면 2남 1녀이면 더욱 좋겠다는 생각이 가득했다.

그래도 뭔가 셋을 낳아 키우는 이유랄까 나름의 합리화가 필요할 듯 싶었다. 온 나라가 둘만 낳아도 역적이자 하등동물로 취급하며 한 자녀로 몰아가는 판국에 남들에게 내놓을 변명이라도 있어야 했다.

장차 세 아이가 성인이 되었을 때를 가정하여 이유를 만들어보았다. 이삼십 년 정도의 훗날, 아이들이 세상에 대하여, 삶에 대하여 어느 정도 자신의 눈을 가졌을 만큼 성장할 것이다. 부모로서 위의 아들딸 두 아이와 다음과 같은 대화로 스토리를 만들었다.

"얘들아, 너희가 벌써 성인이 되어 부모의 곁을 떠났구나."

"너희도 이제 어릴 때부터 지금까지 자라온 시간을 되돌아볼 수 있는 나이가 되었으니 너희들의 솔직한 이야기를 좀 듣고 싶구나."

"다른 집들과는 달리 너희는 삼 남매로 자라지 않았니?"

"그래서 셋째 동생으로 인해 여러 면에서 달랐을 게다. 특히 경제적으로 좀 더 풍성하지 못했다고 느꼈을 수도 있고... 어릴 적 학원에 다니는 것이나 무슨 예능이나 특기를 위한 개인 교습 같은 것도 그만큼 혜택을 누리지 못했다든지 말이다."

"또 아무래도 부모의 관심이나 개별적인 사랑 같은 것도 부족하게 느꼈을 수도 있을 테고... 자녀가 많다 보면 어쩔 수 없이 한 사람 한 사람 개개인에게 쏟을 수 있는 시간과 노력이란 게 줄어들 수밖에 없지 않니?"

"그런 차원에서 지금까지 셋째와 함께 커온 것에 대하여 너희들의 생각을 듣고 싶은데 어떠니?"

위와 같은 질문에 대하여 아이들에게서 다음과 같은 대답이 나올 수 있도록 키우는 것을 양육의 방향이자 목표로 삼기로 하였다.

"저희는 여태껏 부모님께 크게 불만을 느꼈거나 특별히 저희가 지낸 환경이 부족하다고 생각해본 적이 없습니다. 또한, 셋째인 동생에 대하여 시기나 원망 같은 것 역시 가져본 적이 없습니다. 오히려 셋째 동생과 함께 지낼 수 있어서 즐겁고 좋았습니다. 이제는 어른이 되어 서로 의지하며 살아갈 수 있어서 든든합니다. 저희를 이 나이 되도록 키워주신 부모님께 늘 감사하는 마음뿐입니다. 우리 가족들로 인해 정말 행복합니다. 부모님 고맙습니다."

당시 우리가 선택한 길은 주위의 사회적 분위기나 우리 또래들 대부분이 가졌던 생각과는 사뭇 달랐다. 사회적 압박과 함께 경제적 부담, 여성의 경력지속, 육아의 어려움, 취미, 삶의 질, 어려웠던 부모세대의 반대 등 당시에도 아이 갖기를 꺼려하는 이유는 다양했다.

우리는 그런 외적인 형편이나 상황에 영향 받기를 거절했다. 많은 자녀는 가정의 축복이며 기쁨의 원천이라는 진리에만 주목하였다.

우리는 아이들에게 특별한 재능교육을 받게 하지 않았다. 엄청난 예술인, 체육인, 유명 인사가 되거나 소위 직업에 '사'자가 들어가는 권세가를 바라지도 않았다. 다만, 형제들끼리 서로 사랑하며 이웃들에게 따뜻한 관심을 가지기를 바랐다. 아이들이 자신의 삶을 긍정적으로 바라보며 자기만의 평범한 재주로 먹고사는 보통사람으로 자라나도록 돕는 것이 양육방향이었다. 최대한 넓은 울타리를 갖는 방목형 양육관이라고 해야 맞을 것이다.

그런 각오와 다짐에도 불구하고 주변 사람들로부터 경악과 감탄, 놀라움과 우려의 목소리를 수없이 들어야만 했다.

"요즘에 셋째를 갖다니... 웬일이니... 쯔쯧."
"아니, 애들을 어떻게 키우려고 그래. 정신이 있는 거야?"

그때마다 우리는 양육에 관한 소신을 앵무새처럼 반복하였다. 또한 우리는 아이들로 인하여 기쁘고 행복했다. 아이들이 세상의 기준에서 범사에 잘 되는 것도 좋지만 우선 올바른 원칙과 진리 안에서 행동하며 자라는 것을 우선하였다. 성경의 요한이 쓴 세 번째 편지에 쓰인 글이다.

'사랑하는 자여 네 영혼이 잘됨 같이(as your soul propers) 네가 범사에 잘되고 강건하기를 내가 간구하노라. 형제들이 와서 네게 있는 진리를 증언하되 네가 진리 안에서 행한다 하니 내가 심히 기뻐하노라. 내

가 내 자녀들이 진리 안에서 행한다 함을 듣는 것보다 더 기쁜 일이 없도다.' (요삼1:2~4)

세월이 흘러 언젠가 두 아이를 키우는 첫째에게 셋째 손주는 언제쯤 낳을 예정이냐고 했더니 아주 난감한 표정을 짓는다. 경제적인 부담도 그렇고 둘째가 좀 더 크면 며느리도 빨리 직장으로 복귀해야 한단다. 지금도 집이 좁다며 셋째에 대하여는 생각해 본 적이 없다는 단호한 대답이다.

첫째를 잠시 앉히고 예전 우리 부부가 나눴던 위와 같은 이야기를 해주었다. 첫째 역시 지금까지 네 명의 동생에 대하여 크게 기억나는 불평이나 불만이 없다고 했다. 오히려 사랑하는 동생들 있어 감사하다는 대답이다. 그렇지만 셋째를 갖는 것에 대해서는 며느리와 더 상의를 해 보겠단다.

옆구리찌르기식 대화 덕인지 얼마 지나지 않아 인형 같은 셋째 손녀가 행복한 빛으로 우리에게 다가왔다.

우리 가정에 선물처럼 와준 셋째는 건장한 청년으로 잘 자랐다. 예쁜 아가씨와 오랫동안 연애를 하고 씩씩하게 결혼식장에 들어섰다. 신혼 2년 만에 해맑은 봄날 아들 쌍둥이를 낳고 부부가 눈코 뜰 새 없이 정신없는 나날을 보내며 마냥 행복하다고 노래를 부른다.

부인은 매일 18번이나 운전대를 잡는다

다른 나라에서의 타향살이란 여유로운 겉모습과는 달리 참으로 바쁘고 부지런해야만 한다. 특히 한시적으로 파견이나 유학을 나온 사람들은 제한된 시간 안에 현지 환경에 빠르게 적응해야 한다. 처리해야 할 일들도 넘쳐나기에 몸이 서너 개라도 모자라게 느껴질 때가 많다.

해외 생활의 많은 부분은 여기저기 이동하며 해내야 한다. 특히 대중교통수단이 그다지 원활하지 않은 변두리에 살면 모든 걸 자가용으로 해결해야 한다. 게다가 차를 두 대씩 마련할 형편이 못 되면 자가용 한 대를 아주 효율적으로 사용해야 한다. 어쩌다 주말 골프라도 치는 날에는 골프 멤버들이 눈치껏 자동차 수배를 잘해야 부인들로부터 눈총을 받지 않는다.

어느 날 저녁인가 부인이 혼잣말로 넋두리를 하며 신세 한탄을 털어놓는다. 요즘은 정말 정신없이 하루가 지나간단다. 곰곰이 생각해보니 그날은 아침부터 18번이나 차를 운전했다는 것이다. 어쩐지 파김치가된 얼굴이었다. 무슨 운전을 그렇게나 많이 했냐고 물으니 주섬주섬 손가락을 세어가며 대답한다.

아침 7시, 나를 기차역까지 데려다주고 돌아온다. (1)
8시까지 첫째를 중학교에 데려다준다. (2)
8시 반에 중간 3명을 초등학교에 데려다준다. (3)
막내를 유치원에 마지막으로 내려주고 돌아온다. (4)
10시에 인근 교인 집으로 교회 구역모임에 다녀온다. (5)
오후에 마트에 들러 물건을 사 온다. (6)
잠깐 남편 회사의 동료 직원 부인들을 만나고 돌아온다. (7)
3시에 유치원에 가서 막내를 데려온다. (8)
초등학교에서 중간 아이들 3명을 픽업해 집에 돌아온다. (9)
혼자 돌아온 첫째를 축구 클럽에 데려다주고 돌아온다. (10)
5시에 둘째를 걸스카우트에 해당하는 브라우닝 모임에 데려다준다. (11)
셋째를 국어와 수학을 가르치는 한국인 과외수업에 데려다준다. (12)
첫째를 데려오며 브라우닝 모임에 들러 둘째까지 함께 데려온다. (13)
저녁을 먹인 후 위의 세 아이를 영어학원에 데려다준다. (14)
먼저 끝난 셋째를 다시 데려온다. (15)

늦게 끝난 첫째와 둘째를 픽업해 온다. (16)
둘째와 셋째의 방문교습 피아노 선생님을 역까지 데려다준다. (17)
밤늦은 시각에 나를 역에서 픽업해 온다. (18)

들어보니 부인은 거의 매일 평균적으로 열댓 번씩 운전대를 잡고 있었다. 원래 해외에 파견되어 사는 것이 그런지, 아니면 우리집만 특별히 아이들이 많아선지 판단이 잘 서지 않았다.

해외에서 아이들을 키우며 생존한다는 것 자체가 대단한 일이다. 다섯을 먹이고 입히고 건사하고 가르치며 뒤치다꺼리를 해내는 것은 말로 표현하기 어려울 정도로 엄청나다는 생각이 들었다.

부인은 진짜로 슈퍼우먼이다. 아니 세상의 모든 엄마는 진정한 영웅이며 여걸이다.

우리집 공용 비상 현금(petty money)

**/8/13 신문구독료 2만 원

**/8/15 OO 용돈 5만 원

**/2/19 택배비 2,500 원

**/3/27 여권발급비 6만 원

**/4/11 운전면허 적성검사비 2만 원

**/6/2 OO 세탁소, 쌀국수 2만 원

**/6/15 OO 잉크 카트리지, 모형재료 값 5만 원

**/7/11 치킨 배달 17,000 원

**/7/11 OO 안경알 4만 원

**/9/24 OO 졸업사진 2만 원

**/10/21 OO 인디언 뷔페, 카페 가야 해서 용돈에서 제외하겠음 4만 원

자그마한 메모지에 깨알같이 쓰여 있는 아이들의 메모 내용이다. 낡은 편지봉투 안에 약간의 현금과 함께 들어있던 메모지다. 메모지가 빼곡하게 채워져 여백이 없어지면 새로운 메모지를 하나 더 추가해서 편지봉투 안에 넣는다.

우리집에는 가족 모두가 알고 있는 현금 봉투가 있다. 거실 책장에서 특정 책을 꺼내 보면 그 안에 20만 원 정도의 현금이 들어있는 봉투가 있다. 봉투를 넣어두는 책으로는 잘 읽지 않는 두꺼운 백과사전이나 낡은 영어 성경책을 주로 사용했다. 봉투 안에 들어있는 현금은 가족 누구나 언제든지 비상금으로 이용할 수 있었다. 대신 현금을 꺼내 쓸 때는 반드시 메모지에 이름, 날짜와 금액, 용도를 남기도록 규칙을 정했다.

아이들이 많은 집이어서 부모가 아이마다 각자 용돈을 지급하고, 용도를 확인하는 등의 세세한 관리가 쉽지 않았다. 아이들의 성장 단계에 따라 용돈을 적정하게 결정하고 지급하는 일은 중요하지만, 한편으로는 무척 힘든 일이다. 지내다 보면 용돈이 부족할 때도 있고, 용돈의 범주를 넘어 돈을 써야 할 일도 종종 발생한다. 더군다나 어른이 집에 없는 사이에 우유 값이나 신문구독료 등 이런저런 사유로 현금을 지급해야 하는 일도 꽤 있었다. 그리하여 생각해낸 것이 바로 공용 비상 현금 봉투였다.

영국에서 돌아오며 이 아이디어를 처음 실행하였다. 중학교에 다니는 첫째뿐만 아니라 둘째, 셋째 모두 용돈에 관심이 많았다. 온 가족을 모아 놓고 공용 비상현금 봉투의 취지와 원칙을 설명해준 뒤 그 자리에서 천 원짜리 20장과 만 원짜리 3장, 총 5만 원을 메모지와 함께 봉투에 넣었다. 막내가 고등학생이 된 즈음에는 오른 물가를 고려하여 5만 원 지폐 2장과 만 원 지폐 10장, 총 20만 원을 항상 채워 두었다. 돈을 채워 넣는 건 내 담당이지만 나 역시 매일 살필 수는 없어 대개 보름에 한 번 정도 봉투를 점검한다.

부수적인 효과도 있었다. 아이들의 용돈은 항상 정기적으로 주었지만, 아이들도 때론 용돈이 먼저 떨어질 때가 있다. 그러면 언제나 알뜰하면서도 계산이 밝은 막내가 은행 역할을 하였다. 용돈 규모가 제일 작음에도 불구하고 세뱃돈이나 간혹 생기는 친지들의 특별용돈까지 잘 모아둬서 항상 여윳돈을 갖고 있었다. 그걸 알고 있는 언니와 오빠들이 용돈이 궁해지면 막내에게 손을 내밀어 부족한 돈을 꾸는 것이었다.

공용 비상현금 봉투(petty money) 제도가 생기며 막내의 은행 사업도 내리막길을 걸었다. 그래도 은행 영업이 아예 문을 닫은 건 아니었다. 공용 비상현금 봉투는 급한 개인이나 공적인 용도로 사용되는 반면 막내의 은행은 더 장기적 성격으로 운영되어 몇 달에 걸쳐 빌려간 돈을 쏠쏠한 이자와 함께 돌려받았다.

봉투를 점검할 때마다 아이들이 쓴 작은 메모지를 읽는 즐거움이 컸다. 때로는 부인의 급한 현금 인출 내용도 확인할 수 있어 흥미로웠다. 또 메모지 용도란에 급한 용돈이라고만 적힌 내용에 대해서는 아이들과 따로 시간을 내어 대화의 빌미로 삼기도 했다. 그러다보니 아이마다 용돈 규모와 사용에 관한 서로의 생각들을 듣고 나눌 수 있었다.

그러나 요즘은 공용 비상현금 봉투의 역할이 정말 미미해졌다. 첫째가 결혼해서 나가고, 둘째도 직장에 다니며 자기 용돈을 스스로 해결하고, 막내마저 멀리 해외로 나가서 대학생 아들 둘만 남아 있기 때문이다. 그마저도 농업대학에 다니는 넷째는 기숙사에서 거의 생활하다 보니 이젠 정말 그 현금 봉투가 제 기능을 하지 못하고 있다. 몇 달이 지나도 봉투 속 현금이 줄어들지 않을뿐더러 메모지에도 새로운 메모가 더는 눈에 띄지 않는다. 봉투 안에 남겨진 쪽지를 읽으며 혼자 즐기던 때가 그립다.

자그마한 편지봉투 안의 몇 푼 되지 않는 현금은 그래도 우리 가족들 모두에게 항상 넉넉함과 여유, 풍요로움을 제공해 주었다. 동시에 작은 현금을 투명하게 사용하는 훈련을 하며 얻게 된 정직과 신뢰는 아름다운 부수입이다. 아이들 나름대로 자신의 용돈 관리를 위해 기록을 남겨본 것 역시 곁다리로 얻은 소득일 것이다.

오늘도 아이들이 남긴 쪽지들이 모여 있는 봉투를 뒤적이며 즐거웠던 옛 추억에 잠긴다.

송장놀이 셋째의 화려한 부활

우리가 두 번째 런던에 갔을 때 머문 기간은 약 1년 반 정도였다. 처음 머물던 4년에 비해 비교적 짧은 기간이다. 지방에서 자취를 하며 대학에 다니는 첫째는 학업도 그렇고 군대 문제가 있어 함께 가지 못했다. 영국에서 돌아온 지 5년만인 2003년도 여름에 갔다가 2005년도 새해를 앞둔 시기에 귀국하였다.

영국에 남겨진 둘째 서영이와 함께 두어 달 더 머물다 한국에 돌아온 셋째 우영이는 곧 고등학교에 입학하였다. 처음 영국에서 돌아왔던 초등학교 시절에는 학교생활을 비롯하여 곧잘 적응하였었다. 항상 웃는 낯으로 성격도 밝아 친구들도 많고 성적도 우수한 편이었다. 그러나 두 번째 영국에 가서 다시 적응하느라 힘들어 하더니 돌아왔을 때는 바뀐 환경들 탓인지 아주 힘들어했다. 짧은 기간 동안 영국과 한국 두 나라의 중학교와 고등학교의 교과과정에 적응하기가 벅찼던 모양이다.

귀국하기 전 셋째는 계속 영국에 남아 있기를 원했다. 당시 고등학교 3학년으로 어쩔 수 없이 영국에 남게 된 둘째와 함께 자기도 영국에서 공부할 수 있게 해달라고 요청하였다.

하지만 셋째의 바람과는 달리, 부모 없이 지내기엔 아직 너무 어린 나이인 것 같아 두어 달 더 머문 후 돌아오게 하였다. 그런 결정을 받아들이기가 힘들었는지 셋째의 좌절과 방황은 고등학교 1학년 내내 계속되었다.

1학년 1학기엔 그나마 등교라도 해서 다행이더니 2학기 때는 아예 결석을 밥 먹듯 하였다. 그저 온종일 밥도 먹는 둥 마는 둥 하며 침대에 누워 산송장이 되었다. 아이가 있는 방문을 열어도 아무런 반응이 없고 밥 먹으라고 소리를 질러도 대답은커녕 이불을 뒤집어쓴 채 미동도 없었다. 학교에 갈 시간이라고 해도 관심조차 보이지 않았다. 투명인간처럼 화장실에 다니고 그림자가 되어 냉장고를 뒤지고 라면을 끓여 먹었다. 밤늦은 시각에는 아파트 놀이터 벤치에 홀로 앉아 담배를 피우며 방황하였다.

귀국하자마자 전쟁터 같은 증권사로 직장을 옮긴 나는 매일 정신없이 일하다 한밤중에야 간신히 귀가하던 때였다. 늦은 밤 집으로 오는 길에 아파트 한가운데 있는 놀이터 벤치에 어슴푸레 누군가 앉아 있는 것이 종종 보였다. 직감적으로 멀리서도 내 피붙이인 셋째임을 단박에 알 수 있었다. 그럴 때마다 내 가슴은 싸하니 시리며 아파져 왔다. 한밤중 어둠 속에서 홀로 방황하는 아이를 바라보는 답답함과 먹먹함이란 정말 아득한 고통이었다.

투명인간으로, 산송장으로 1년을 넘겨 고등학교 2학년이 되었지만 셋째는 여전히 자리에서 일어나지 않았다. 그사이 부인은 학교에 몇 달마다 정기적으로 찾아가 담임에게 애걸하는 것이 월례 행사가 되었다.

제발 퇴학만은 시키지 말아 달라고 억지 반, 애걸 반, 은근한 협박까지 뒤섞어 필사적인 구걸과 투쟁을 병행하였다. 고작 내밀만한 카드로 쓴다는 것이 특별활동을 하는 다른 특기생들을 걸고넘어지는 것이었다. 체육 특기생의 경우, 거의 수업에 참석하지 않아도 퇴학시키지 않는데 우리 아이만 퇴학당할 수는 없다고 억지를 들이밀었다.

그런 아이 엄마의 호소와 구걸을 선생님께서 측은하게 여기셨는지 보우하사 어쨌든 끈질긴 송장놀이에도 불구하고 퇴학은 면하여 간당간당 학적은 유지되었다.

2학년 초여름이 다가오던 어느 토요일 점심 무렵, 모처럼 다른 약속이 없어 집에서 쉬고 있던 차였다. 제발 좀 셋째를 어떻게든 해봐야 하지 않느냐고 부인은 호소가 섞인 성화를 내며 압박하였다. 하는 수 없이 송장이 되어 침대와 합체된 셋째를 강제로 들쳐 일으켜 아파트 옆 한강 변

산책길로 나섰다.

붙잡혀 나온 아이는 뚱하니 말이 없고 나도 마땅하게 해줄 말을 찾지 못했다. 한동안 지나가는 사람들이며 자전거를 피해 강 건너를 바라보며 걷기만 했다. 불쑥 특별한 기대 없이 맹숭맹숭한 말들로 이야기를 시작했다.

"너 나중에 뭐 하고 싶니?"

"…"

"예전에 하고 싶었던 건 없었어?"

"…"

"네가 만약에 다시 태어나면 뭘 하면서 살고 싶니?"

"…글쎄요. 그림이나 그려볼까 싶은데요."

"그래, 그림이라… 그런데 너 그림은 잘 그리냐?"

"초등학교 몇 학년 땐가 엄마한테 미술학원 보내 달라고 했었는데 엄마가 안 보내줬어요."

"지금 고등학생인데 이제 그림을 시작할 수도 없고…"

"…"

그러다가 번뜩 생각나는 게 있었다.

"너 혹시 건축설계, 아키텍처 디자인 같은 것은 생각해본 적 있니?"

"아니요."

"아빠의 어릴 적 꿈 중 하나가 건축가였는데, 건축에 대해 혹시 좀 알고 있니?"

"아니요."

"저기 한강 다리들이 여기저기 보이지? 저기 네가 보기에 같은 모양의 다리가 있니?"

"아니요. 다 다른데요."

"그렇지. 그럼 저 건너편 아파트며 집들 봐라. 같은 모양이 없이 다 다르잖니?"

"그러게요. 똑같은 집들이 없네요."

"그래. 저렇게 집이며 다리들이 같은 게 없이 모두 서로 다른 것은 처음에 누군가 서로 다른 아이디어를 냈다는 거지. 그 아이디어를 가지고 도면을 그려내고 그걸 따라서 집을 짓고 다리를 만들었다는 거거든. 그렇게 처음에 누군가가 집 모양이나 다리 모양에 대해서 아이디어를 생각하고 그 생각을 그림으로 그리는 걸 설계라고 하는 거야."

"…"

"네가 잘 살펴보면 집이든 다리든, 다리 위의 자동차든 무엇이든지 맨 처음에 누군가가 마음속으로 그 모양을 생각했을 거 아니냐. 그리고 그 생각을 다듬어서 밑그림을 그렸겠지. 그렇게 설계한 내용에 따라 집을 짓고 자동차를 만든 거지. 네가 그림 그리는 데 관심이 있다고 했잖니? 저렇게 집이나 다리 같은 것에 대해서 아이디어를 내고 밑그림을 그리는 설계를 해 보는 것은 어떠니?"

"한 번도 생각해본 적이 없는데요."

"그래. 설계도 그림이야. 그림을 그리는 거지. 뭔가를 그려내고자 생각한 것을 표현하는 것은 그림을 그리는 거나 집을 설계하는 거나 마찬가지지."

"듣고 보니 그런 것 같네요. 설계라는 거 한 번 생각해 봐야겠네요."

그길로 셋째와 집에 돌아와 컴퓨터를 켜고 건축이란 세계를 찾아 들어갔다.

처음에는 내가 일하던 종로의 삼일빌딩을 열어보았다. 우리가 사는 아파트의 간단한 설계도면 등을 비롯하여 우리나라의 주요 건축물들을 찾아보았다.

연이어 세계적인 건축물들도 함께 살펴보았다. 예전에 잠깐 방문했던 고층건축박물관이라는 시카고 시내의 고층빌딩들을 열어 보았다. 런던에 살면서 알게 된 런던의 총알 모양 거킨 빌딩, 밀레니엄 상징물인 런던아이, 바티칸 성당들, 뉴욕 맨해튼 빌딩 등을 찾으며 건축과 설계를 연결지었다. 그리고 박수근, 안도 다다오, 가우디, 이타미 준, 알바 알토 등 얄팍하게 알고 있던 국내외의 유명한 건축디자이너들을 함께 찾아보았다.

희한하게도 셋째는 그날부터 이틀을 밤새워 컴퓨터와 씨름하더니 건축과 설계에 빠져들어 갔다. 그렇게 며칠을 더 보내고는 내년에 건축디자인과에 수시전형으로 입학해 건축설계를 해보고 싶단다.

유레카! 도대체 송장이 살아나다니 이건 분명 일종의 부활이었다. 대학을 가려면 자기는 내신 성적도 좋지 않고 수능시험을 치를 만한 실력도 부족하니 영어전형으로 가야겠다고 했다. 그러면서 토플영어 학원을 알아보는 것이 아닌가.

　셋째는 침대를 박차고 일어난 후로 무섭게 변하였다. 그 당시 영어 특기생으로 입학하려면 토플, 토익 등에서 만점에 가까운 아주 높은 점수를 요구하던 때였다. 수시전형이 얼마 남지 않은 촉박한 일정을 고려하여 밤새워 학원에 다니며 영어 공부에 몰입했다. 그리고는 마침내 고3 여름 수시 입학전형을 통과하여 서울 소재 대학의 건축디자인과에 당당히 입학하였다.

　셋째가 대학 2학년에 재학 중이던 시절, 매일 밤을 새워가며 프로젝트를 하는 모습에 무척이나 안타까웠다.

　"우영아, 너 설계가 그렇게 재미있니?"
　"네, 저는 다시 태어나도 설계를 할 것 같아요."

　졸업하고 자그마한 건축디자인회사를 다니며 대학생 때처럼 매일 야근을 하며 밤늦게 집에 들어오곤 했다.

　"우영아, 매일 새벽 7시에 나가고 자정이 넘어서 들어오는데 봉급은 알바생만큼도 안 준다며? 그럼 야근 수당은 챙겨 주니?"
　"아니요. 건축사 자격증 따기 위해 준비하는 3년 동안은 원래 이 바닥이 이래요."

"그거 정말 열정페이구먼."

예전에는 보약이니 영양제 같은 건 거들떠보지도 않던 아이가 요새는 주는 대로 다 받아 챙긴다. 건축설계를 좋아하긴 해도 역시 힘들기는 힘든가 보다. 몇 번을 낙방하며 고생하더니 얼마 전 그 어렵다는 건축사 자격시험에 합격하였다.

딸기 농사꾼 넷째
- 베리 정

넷째는 선친들이 대를 이어 농사짓던 시골 땅에 비닐하우스를 짓고 딸기를 재배하고 있다. 친구들 사이에서는 베리 정(Berry Chung)이라는 별명으로 통한다.

농업고등학교와 농업대학교를 졸업한 넷째는 마침 은퇴하여 낙향하신 나의 부모님이 계시는 시골로 내려갔었다. 할아버지 할머니도 모실 겸, 전공으로 공부한 농업에 관한 실습도 할 겸해서다. 이제는 아예 주소까지 옮겨 자칭 시골 사람이라는 딸기영농인의 길을 걷고 있다.

나를 포함한 오 형제 모두가 낙향하신 부모님을 따라 내려가 농사로 전업할만한 여건이 되지 않았다. 평생을 초등학교에서 근무하신 부친께서 은퇴 후 과감히 귀향하여 두 분만이 어설프게 시골집과 땅을 지키고 계셨다. 그러는 중에 농업을 공부한 넷째가 영농후계자 자격과 함께 군대까지 산업기능 요원으로서 대체 복무하는 혜택을 받을 수 있게 되어 여러모로 상황이 들어맞았다.

우선 영농후계자 자격을 갖추기 위하여 최소한의 영농조건과 지방자치단체의 영농지원 조건을 맞춰야 했다. 비닐하우스를 이용한 사업형 영농 프로젝트를 수행하기 위해 조상 대대로 이어온 계단식 천수답을 허물어 평지로 만드는 작업부터 시작하였다.

하지만 그게 생각처럼 간단치 않았다. 진흙이 깊어 무른 아래 논에는 굴삭기가 처박히기 일쑤였다. 바닥이 거의 암반투성이인 위 논에는 튀어나온 바위를 파내는 데 애를 먹어 평탄작업이 쉽지 않았다. 그렇게 평탄작업과 함께 물길을 위한 경사와 도랑들을 만들고 비닐하우스 짓기에 적합한 길이의 땅을 확보하는 데만 비용이며 시일이 꽤나 소요되었다.

군에서 장려하는 지원 혜택이 많은 영농작물 중에 딸기를 주 작물로 선택하였다. 딸기재배를 위한 비닐하우스 건축과 유지 관리 등에 관하여 알아야 할 것들이 수두룩했다.

딸기의 성장과 수확에 절대 영향을 주는 일조량을 제대로 확보해야했다. 아침에 해 뜨는 방향과 야산 위 첫 햇살 각도와 시각, 해지는 방향, 주변의 산세와 나무들까지도 고려대상이었다. 진입 도로와 집하장의 위치, 딸기재배에 필요한 지하수 확보, 전기인입선과 전력량 예측 등도 초기에 조사하고 결정해야 했다. 은행 융자를 포함한 필요경비의 확보, 여러 공사를 위한 해당 업체 섭외 및 일정 조율 등도 빠르게 해결해야 할 사항들이었다.

주변의 딸기 영농에 관한 멘토를 구하고, 딸기에 관해 전문지식도 얻기 위해서 다양한 교육과정에 등록하였다. 근처의 적절한 딸기 작목반에 가입하여 영농자재의 확보, 딸기 모종의 확보 및 생산한 딸기의 유통에 관한 협동문제까지 간단한 사항이 아니었다.

다행히도 때마침 서울에 살던 바로 아래 동생이 하던 일을 그만두고 잠깐 쉬게 되었다. 그렇게 시간을 낸 동생 부부가 몸이 불편하신 부모님도 가까이서 모실 겸 시골에 내려오는 덕에 넷째는 많은 도움을 받을 수 있었다.

하지만 몇 년 후 연로하신 부모님께서 모두 돌아가시고 점점 딸기 영농규모가 확대되면서 동생도 아예 시골에 터를 잡고 딸기에 매달리게 되었다. 넷째 아이와 동생의 협동농장이 된 셈이다.

막상 기대에 부풀어 딸기 농사를 시작했으나 처음 생각했던 것과는 매우 달랐다. 우선 딸기재배는 손이 정말 많이 가는 그야말로 전형적인 노동집약적 영농사업이다. 옛말에 벼농사는 88번 손이 가야 쌀 한 톨이 나온다는 의미에서 한자로 팔+팔(八+八)로 된 글자인 쌀 미(米) 모양이 나왔다는데 그것과 매한가지다.

딸기 모종을 심고 기르고, 묵은 잎들을 따주고, 본 모종 곁에서 새롭게

싹터 올라오는 액아들도 부지런히 제거해준다. 꽃대가 올라오면 딸기가 실하게 열리도록 과육 몇 개만 남기고 나머지 꽃과 작은 과육들을 손으로 일일이 따내 주어야 한다. 번식을 위해 시도 때도 없이 튀어나오는 런너라고 부르는 새 줄기도 계속해서 잘라야 한다.

딸기를 수확할 때는 예민한 딸기가 무르지 않도록 손으로 조심스레 감싸며 따낸다. 따낼 때부터 눈대중으로 크기를 분류하고 박스 포장을 할 때 역시 딸기끼리 서로 부딪쳐 상처가 나지 않도록 하나하나 신경 써서 포장 용기에 담아낸다. 세상에서 껍질이 가장 약하고 연한 과일이 바로 딸기란다. 살짝만 힘주어 잡아도 금방 물러서 상품 가치가 떨어지기 때문이다.

열매를 다 따낸 빈 가지는 마치 닭발처럼 생겼다고 해서 닭발이라고 부르는데 새로 자라는 딸기 열매의 성장을 방해하기 때문에 하나씩 손으로 꺾어 제거해준다.

물론 배양액 관리, 딸기 수정을 위한 꿀벌 관리, 온도 관리, 농약 살포, 비닐하우스 공기 순환을 위한 여닫이, 환풍기 개폐관리, 차양막 관리, 박스 포장 등도 매일매일 별도로 해야 하는 일들이다.

온종일 딸기를 수확하고 포장하여 저녁에 인근 딸기 영농인들과 함께 집하장에 가져가면 한밤중에 서울 가락시장에 도착하게 된다. 이후 경매를 거쳐 딸기 포장 단위마다 가격이 결정되고 새벽이면 동네 과일가게마다 딸기가 진열되어 소비자의 손에 들어간다.

지난한 과정을 겪으며 넷째는 이제 8년차의 딸기 영농인이 되어있다. 아직 베테랑 농민이 되려면 멀었지만, 초기의 어설펐던 시기에 비하면 어엿한 농업인이자 딸기전문가로서 잘 성장하고 있다.

 딸기 모종 번식부터 수확 및 판매에 이르기까지 이제는 지식과 경험이 상당하다. 비닐하우스의 비닐이나 수많은 파이프의 교체와 유지 관리, 전기 및 상하수도 배관설비의 수리를 포함하여 컴퓨터 이용 등 모든 면에서 전문가 대열에 올라가고 있음을 본다.

 부산물로 나오는 딸기 잎이나 런너, 작은 과육 등을 처리하기 위해 키우는 몇 마리 염소들도 살뜰히 잘 보살펴주고 있다.

 "재영아, 딸기 전문가가 다 되었네..."

 "아니요, 아직 멀었어요. 병충해도 그렇고 모종 키우는 것도 그렇고 정말 어려워요."

 "그래도 네 딸기는 정말 달고 맛있어서 좋아."

 "그러게요. 저도 다른 딸기보다는 제 것이 훨씬 맛있어요."

 "그래. 가격이야 경매로 결정되는 것이니 그렇다치고 너는 맛있고 싱싱한 딸기만 만들면 좋겠다."

 "네 사실 그게 제일 힘들어요."

 "네가 힘들여 농사짓기는 하지만 그래도 네가 하는 일의 목적은 분명해야 한다. 너는 돈을 벌려는 것보다는 세상에서 제일 맛있는 딸기를 통해서 사람들에게 행복을 준다는 것이 네가 이곳에서 일하는 최종 목적이 되었으면 한다."

"네 저도 그렇게 생각해요."

이른 봄날이 되어 많이 수확하는 날은 200kg도 따고 적은 날은 50kg 정도 수확하는 수준이라 아직은 어중간한 규모이다. 우선은 24시간 365일을 딸기와 씨름하는 자기 인건비라도 제대로 챙겼으면 한다. 몇 년을 살펴보았지만 여전히 처음 투자비용 회수는 언감생심이다. 그저 고등학교, 대학교를 거의 공짜로 다녔으니 정상적인 학비라고 여기고 잊어야 할까보다.

앞으로 얼마나 더 딸기를 배워야 할지는 모르지만 수업료 내는 셈 치더라도 언젠가는 노력한 만큼의 보상이 있겠거니 기대해 본다.

막내 꿈의 진화
– 화가에서 3D 애니메이션/CG 전문가로

막내는 어릴 적부터 그림 그리는 솜씨가 남달라 이런저런 대회에서 여러 번 괜찮은 상을 타오곤 했다.

자라면서도 공부보다는 그림 그리기와 낙서하는 것을 좋아했다. 상대적으로 피아노, 바이올린 등의 악기를 다루거나 음악을 듣는 것에는 그다지 관심을 보이지 않았다. 언젠가 영국에서 언니가 다니던 발레학원에 데려가 함께 가르쳐보려 했는데 전혀 흥미를 보이지 않아 그만두기도 하였다.

아이는 틈만 나면 여기저기 빈 종이에 숱한 그림과 만화 등을 그렸다. 심지어 벽에까지 여기저기 낙서를 해놓아 곤욕을 치른 적도 여러 번 있었다.

막내의 꿈은 어릴 적부터 화가였다. 하지만 이런 꿈을 대학진학까지 연결하기에는 문제가 있었다. 그 당시만 해도 우리나라 대입 제도에서는 아무리 손재주가 좋아 그림을 잘 그려도 일단 성적이 안 받쳐주면 소위 좋은 대학가기가 힘들었다. 막내가 딱 그랬다.

대학입시를 준비하며 고민이 깊어졌다. 학원에서는 막내가 그림 솜씨로는 국내 최고대학에 갈만한 수준이지만 내신등급이나 모의고사 점수로는 어림도 없다고 했다.

대학 입학 사정관이 혹여 많이 트인 사람이라면 합격시켜 줄지도 모른다는 학원교사의 안내와 내켜 하지 않던 담임선생님의 호의로 결국 아이가 원하는 학교에 입학원서를 제출했다. 혹시 하는 기대와는 달리 역시나 해당 대학에 많이 트인 사정관이 없었나 보다. 그 대학의 개교 이래로 막내와 같은 내신등급의 학생을 받아 주는 기적은 일어나지 않았다. 하지만 나는 미술대학에서는 그림에 관한 기술과 창의적인 실력이 다른 어떤 과목의 성적보다 더 중요하다고 생각한다.

막내는 대학입시에 실패하더니 이내 진학을 포기하였다. 공부보다는 3D 기술을 익혀 취직하겠다며 구청에서 지원해 주는 청년취업센터를 찾아다녔다. 졸업 후 반년 동안 구청의 지원을 받아 거의 공짜로 3D 컴퓨터 수업을 듣고는 취직보다는 해외에 나가서 3D 공부를 더 하겠다고 포부를 키웠다.

3D 학원에 다녀보니 고등학교만 졸업하고 다니는 사람은 자기 혼자라는 것이다. 나머지는 앞으로 3D 분야가 유망할 것으로 생각하고 학원에 온 대학 재학생이나 졸업생들이었다. 막내는 어린 나이가 경쟁력이 있었는지 그림 실력이 뒷받침되었는지 금방 해당 반에서 가장 우수한 학생으로 두각을 나타내었다.

막내는 열심히 그리고 재미있게 학원 과정을 마쳤다. 재수를 해서 미술대학에 진학하려던 생각이나 바로 취업하겠다는 생각을 버리고 보다 큰 꿈을 꾸었다. 해외로 나가 보다 전문적인 3D 그래픽과정을 공부하여 좀 더 깊고 넓은 능력을 갖춘 뒤에 취업하겠다고 했다.

마침내 막내는 해외에서의 3D 그래픽 공부를 위한 사전 단계인 영어연수를 받으러 캐나다 밴쿠버로 떠났다. 몇 달의 현지 영어연수를 마치고 밴쿠버에 있는 1년 과정의 애니메이션 전문학교에 입학하여 최고 성적으로 졸업하였다. 이후 다른 졸업생들처럼 바로 취직하기보다 본격적으로 더 깊게 애니메이션 분야를 공부하고 싶어 했다.

고등학교 시절에는 막연히 그림을 그리며 미술대학에 진학하려고 하던 막내가 점점 자기 실력과 수준을 개발하며 그 나름의 세상을 찾아 더 큰 포부를 품고 있었다.

막내는 학교의 졸업 성적과 포트폴리오를 준비한 뒤 3D 그래픽과 관련된 유망한 대학을 골라 입학서류들을 제출하였다. 몇 군데서 부분 장학금과 함께 입학 허가서를 받아내고는 의기양양하게 캐나다에서 미국 플로리다로 날아갔다. 지금은 엄청난 양의 과제물과 시험으로 인해 밤새워 작업에 매달리면서도 즐거운 마음으로 자신의 꿈을 향해 달려가고 있다. 막내의 꿈은 장차 남들이 오래도록 기억하는 3D 영화 제작자가 되어 세상 사람들을 행복하게 해주는 작품을 만드는 것이다.

잠언에 이런 표현이 있다. 22장 6절로 단순히 지나치기 쉬운 글이다. '마땅히 행할 길을 아이에게 가르치라. 그리하면 늙어도 그것을 떠나지 아니하리라. Train up a child in the way he should go [teaching him to seek God's wisdom and will for his abilities and talents], Even when he is old he will not depart from it.(Amplified Bible)' - 자녀의 능력과 재능에 관한 하나님의 지혜와 뜻을 자녀가 찾고 길러낼 수 있게 가르치는 것이 마땅한 자녀 훈계이며, 그렇게 스스로 찾아낸 능력과 재능은 평생토록 자녀와 함께 할 것이다.

하나님이 주신 아이의 잠재능력과 재능을 발견하도록 돕는 것이 부모의 마땅한 도리이고 의무이다. 은퇴하고 나서 늦게 목돈이 들어가 부담되긴 하지만 어쩌랴. 그게 막내의 복이며 부모 된 우리의 의무이자 하나님의 인도함(guide)인 것을...

아이들의 라면 전쟁

부인은 음식에 대하여 오래전부터 아니, 거의 신혼 때부터 매우 까다로운 편이다. 현재까지도 외식은 즐기지 않고 불가피하게 외식을 할 때도 반찬 재활용이나 조미료 사용 여부, 알루미늄 용기 등을 아주 민감하게 살펴본다.

집에서 사용하는 음식 재료 또한 유기농 농산물 및 발효효소 등을 주로 사용하고 짜거나 매운 재료나 인공조미료 등은 거의 사용하지 않는다. 그래서인지 식구들 모두 특별한 경우를 제외하고는 외식하는 일이 많지 않고 특히 패스트푸드나 인스턴트음식을 사먹는 것도 드문 일이다.

하지만 아직 어린아이들에게는 자극적인 인스턴트음식에 대한 유혹은 대단한 것이다. 첫째 하영이가 용돈을 받아 혼자 가게에서 물건을 살 수 있을 정도의 나이가 되자 집안에 라면 전쟁이 벌어졌다.

우리 부부가 집에서 라면이나 인스턴트음식을 조리하여 먹지 않으니 집에 라면이 있을 리가 없었다. 첫째는 부모 몰래 라면을 사다가 어딘가 자신만 아는 장소에 숨겨 놓았다. 우리 부부가 외출했을 때 기회를 엿보아 동생들 모르게 끓여 먹곤 한 모양이다. 물론 그게 그렇게 쉬운 일은 아니었을 것이다.

좁은 집안에 4명의 동생이 바글거리니 라면 냄새를 숨기고 혼자 편하게 라면을 먹는 것은 애당초 불가능한 일이다. 그렇다고 첫째의 빠듯한 용돈으로 동생들의 라면까지 다 사주기도 어려웠을 것이다. 몰래 라면을 끓여서는 결국 동생들한테 걸려서 정작 본인은 몇 가닥 먹어보지도 못하고 동생들 입으로 들어간 일이 앞서 몇 차례 있었던 모양이다. 그러다 첫째가 생각해 낸 묘수는 바로 라면이 다 끓으면 냄비를 통째로 화장실로 가져간 뒤 문을 걸어 잠가 놓고 혼자 먹는 것이었다.

어느 날 저녁, 부부 모임을 마치고 밤이 이슥하여 집에 돌아오니 동생들이 달려와 첫째를 일러바친다. 모임에 나가기 전 분명히 이른 저녁밥을 차려서 배불리 먹였었다. 셋째와 넷째는 큰 형이 화장실에 숨어서 혼자 라면을 다 먹었다고, 자기들한테는 조금도 주지 않았다며 목소리에 형에 대한 원망이 가득했다.

그 뒤로는 먹거리 원칙은 원칙으로 두되, 두어 달에 한 번은 라면을 사다가 공평하게 끓여 주었다. 솔직한 마음으로 영국에서 끓여 먹는 우리나라 라면은 나에게도 정말 꿀맛이었다.

얼마 전까지 미국에서 유학했던 막내가 유학 초기시절에 틈새라면인지 낌새라면인지를 보내 달래서 생일 선물로 몇 번 보내주었다. 요즘은 웬만큼 성장했는지 아니면 성숙했는지 라면이나 햄 같은 인스턴트식품에는 더 이상 관심을 보이지 않는다. 엄마처럼 유기농이나 채식 같은 자연식품에 부쩍 열을 올리고 있다.

아이들도 언젠가는 철들게 마련이다. 그런데 나는 철든건가 싶지만...

출산 진통과 삼겹살구이

결혼 초부터 아이들이 한창 자랄 때까지 우리 가족은 삼겹살 파티를 자주 즐겼다. 마당이 있는 단독주택에서는 숯불에 굽기도 하고, 아파트에서는 전기 프라이팬이나 가스레인지를 이용하였다.

삼겹살을 구울 땐 적당히 익히기보다는 바삭바삭할 정도로 구워 먹는다. 삼겹살에서 배어 나온 기름으로 삼겹살을 튀겨내듯 굽는다. 기름이 완전히 빠질 정도로 구우면 마치 과자처럼 바삭하고 쫄깃한 삼겹살을 즐길 수 있다. 영국에서 먹던 햄버거 빵 사이에 들어간 바싹 구운 베이컨처럼 씹는 식감이 좋아 아이들도 매우 좋아했다.

삼겹살 구이를 할 때마다 아이들 출산에 관한 추억거리가 떠오른다.

진통이 와서 병원에 가기 직전 항상 부인에게 삼겹살을 구워 먹이는 것이 내 임무였다.

첫째를 임신하고 점점 출산일이 다가오며 나름대로 출산에 대비하고 있었다. 하지만 그때 나는 해외유학을 꿈꾸는 무일푼의 대학원생이었다. 부인도 역시 장모님의 빠듯한 지원으로 초상화 학원에 다니고 있었다. 우리에게 출산과 육아에 따른 비용은 꽤나 부담스러웠다. 엄중한 군부 정권 아래 과외가 금지되었던 시절이었다. 군입대 전 그 흔했던 과외도 공포분위기 속에 사라지며 별 소득 없이 손가락만 빨며 죽어라 공부만 하고 있었다.

출산을 코앞에 두고 1년 정도 먼저 조카를 낳은 큰형수님의 출산 경험을 듣게 되었다. 형수님은 진통이 오자마자 병원에 입원하여 이틀이 넘도록 진통을 했었다. 기진맥진 속에 출산촉진 주사를 맞고서야 비로소 아주 힘들게 조카를 출산했다.

그런 형수님이 출산에 도움이 될 만한 몇 가지를 말해 주었다. 우선 이틀씩이나 분만실에 누워있으니 제대로 먹지 못하여 너무나 배가 고프더라. 시간이 갈수록 배에 힘을 줘야 하는데 너무 허기가 져서 도대체 힘을 쓸 수 없더라. 또한, 출산하기까지는 별다른 조치 없이 일반병실과 같은 분만대기실에만 있었는데도 아무튼 비용은 병원에 도착한 순간부터 계산되더라는 것이다.

당시 부부가 모두 직장에 다니던 형님 댁은 보험 혜택을 받고 있어 그런 것들이 문제가 되지 않았다. 하지만 보험 혜택이 전혀 없던 우리로서는 그런 자잘한 것들이 우선 귀에 들어왔다.

우리는 임신과 출산에 관한 책을 찾아보며 열심히 공부했다. 거의 병원 신세를 지지 않고 집에서 아이를 낳을 수 있을 정도로까지 꼼꼼하게 대비하였다.

출산에 관하여 귀동냥한 여러 이야기 중의 하나가 삼겹살 구이였다. 산모는 아이를 낳기 전에 기름기 있는 고기를 많이 먹어두어야 한다. 아이를 낳는 순간 엄청난 힘을 주어야 쉽게 나온다. 그때 배 속이 든든해야 힘을 잘 줄 수 있고, 그렇게 쉽게 나와야 아이와 산모 모두가 힘들지 않다는 것이다.

그런 연유로 우리는 출산이 가까이 오면 삼겹살 두어 근과 쌈 채소를 사서 냉장고에 넣어둔다. 이윽고 부인이 첫 진통을 시작하면 그때부터 나는 진통 간격을 재어가며 삼겹살구이를 준비한다. 진통 초기에는 30분 정도의 간격으로 진통이 오다가 점점 진통이 오는 주기가 빨라진다. 부인의 경우에는 첫 진통이 시작하면 출산까지 보통 대여섯 시간의 여유가 있었다. 첫 진통을 보고 그때부터 본격적인 출산 준비를 시작하곤 했다.

요즘은 번개탄에 대한 인식이 좋지 않아 번개탄에 고기를 구워 먹는 경우가 거의 없다. 하지만 그때만 해도 그런 인식이 거의 없었다. 오히려 번개탄에 고기를 구워 먹는 것이 유행이자 별미이고 일종의 과시였다. 부인의 진통이 시작되면 나는 번개탄에 불을 붙여 달궈놓고 석쇠를 얹어 삼겹살을 굽기 시작한다.

굽는 동안 부인은 샤워를 하고 병원에 챙겨갈 물건 중 빠진 것은 없는지 다시 살펴보며 진통 간격을 점검한다. 그리고 쌈 채소와 함께 삼겹살 구이를 천천히 그리고 충분히 먹는다. 바싹 구워 잘 익은 삼겹살을 먹으며 진통 간격이 5분 정도로 좁혀지면 나는 근처 길가에 나가 택시를 잡는다. 그리고 택시를 집 앞까지 오게 하여 출산보따리를 든 부인과 함께 병원으로 향했다.

첫째 때는 저녁 무렵 진통이 왔다. 샤워를 하고 삼겹살을 먹고 출산준비를 마친 뒤 늦은 밤 병원에 도착하여 약 두 시간 만에 출산하였다. 밤 11시 반에 입원하여 곧바로 분만실에 들어갔음에도 입원실 비용을 하루치 더 낸 것에 억울해 했던 기억이 새롭다.

둘째 때는 새벽 두 시 경에 진통이 왔다. 꼭두새벽에 삼겹살 구이를 먹고 이른 아침 시간에 병원에 도착하여 약 1시간 만에 몸을 풀었다. 이후의 세 아이 출산 때마다 부인은 삼겹살을 배불리 먹고 병원으로 향하였고 병원에 도착한 지 거의 30분에서 1시간 만에 출산하였다.

부인 말로는 배 속이 든든하여 아기를 낳을 때 힘주기가 훨씬 수월하단다. 출산 후 한동안 매일 똑같은 미역국 종류만 먹기 때문에 아기를 낳기 직전에 먹었던 삼겹살은 정말 주효한 방법이었다.

아이들이 다 성장한 요즘은 식구들이 모두 모여 식사하는 일이 드문 행사가 되었다. 함께 모여 고기를 굽더라도 예전처럼 삼겹살보다는 소갈비를 굽거나 스테이크 굽기를 더 좋아한다. 그래도 고기를 구울 때마다 다섯 아이가 우르르 몰려들어 번개탄 위의 석쇠에서 삼겹살 사냥을 하던 정겨운 모습들이 머릿속에 가득하다.

어느 날 아침 장모님께서 "요새는 정말 시간이 빨리 지나가는 것 같아." 하시기에 이렇게 대답했다.

"어머니, 요새 잘 지내시는 거예요. 항상 기분이 좋으시잖아요. 원래 즐겁고 행복할 때는 시간이 정말 잘 간대요. 반대로 고통스럽고 힘들고 뭔가를 애타게 바랄 때에는 시간이 너무나 더디게 가잖아요. 시간이 빨리 지나가는 것이 오히려 감사할 일이네요."

살아있는 구상나무를 이용한 크리스마스 트리 장식

엊그제 주말을 틈내어 거실에 크리스마스 트리 장식을 했다.

며칠 전 기존에 갖고 있던 크리스마스 장식품들과는 좀 색다른 장식을 구입하였다. 오랜만에 부인과 집 근처 영화관에서 'Loving Vincent'라는 영화를 감명 깊게 보고 난 뒤 영화관이 있는 건물의 쇼핑센터에 들러 구경하였다. 마침 성탄절 용품을 기획 진열한 곳이 있어 혹시나 하는 기대로 둘러보았다. 진열용으로 장식된 손톱크기 하얀 장식 전구가 앙증맞고 예뻐 보였다. 우리는 100구 짜리 전구 장식 2개와 육각형의 하얀 눈 모양 장식 몇 개를 샀다. 부인과 집으로 돌아오는 버스 안에서 올해는 인조 트리가 아닌 진짜 나무로 장식해보자고 이야기를 나누었다.

아이들이 어릴 때 영국에 머무는 동안 성탄절마다 살아있는 구상나무에 크리스마스 트리 장식을 했었다. 거실 가득 스며드는 구상나무 향기가 무척이나 인상적이었고, 아이들도 마냥 좋아했다.

성탄절이 가까워 오면 영국의 대형 쇼핑센터나 대형원예전문점에서는 건물 입구의 잘 보이는 곳에 수십 그루의 구상나무를 진열해놓는다. 키가 2m 정도 되는 구상나무의 밑동을 잘라 망사 그물로 포장하여 세워놓는 것이다. 사람들은 크리스마스 장식용으로 사용하기 위해 적당한 것을 골라서 각자 자동차 지붕 위에 싣고 간다. 그래도 시즌 일찍 찾아가야 나무의 생김새도 그럴싸하고 싱싱하고 좋은 나무를 살 수 있고, 성탄절이 임박해서는 볼품없는 나무들만 남게 마련이다.

물론 생나무를 자른 것이라 나무 밑동을 고정하는 철제 스탠드는 따로 구입해야 한다. 나무 밑동을 나사로 고정하고 그 틈새로 물을 채워 넣어주어야 한다. 마를 때마다 물을 채워주면 두어 달 이상을 싱싱하게 살아 견디며 진한 침엽수 특유의 향기를 내뿜는다.

몇 년 전 단독주택으로 이사 온 그해 가을, 부인이 근교의 어느 묘목매장에서 구상나무 한그루를 사 왔다. 우연히 매장을 지나다 삼각형의 1m 남짓의 구상나무 묘목이 눈에 띈 것이다. 구상나무는 성장이 느린 수종이다. 크리스마스 트리 장식용으로 큼직한 화분에 심었는데 그 나무가 벌써 제법 커서 족히 2m를 넘고 있었다.

묘목을 사 온 그해 겨울엔 어린 구상나무를 거실에 들여놓았다. 우리는 성탄절 장식으로 나무를 치장해주고는 살아있는 구상나무 향기를 맡으며 마냥 즐거웠다.

하지만 따스한 거실에 살아있는 침엽수를 들여놓으니 나무에 자잘한 벌레들이 들러붙기 시작했다. 병충해 방제를 하지 않고 따스한 실내에 들여온 까닭일 것이다. 뾰족한 잎마다 하얀 솜깍지벌레가 닥지닥지 붙고, 가느다란 가지에도 개각충이 군데군데 붙어 볼썽 사나웠다. 어린 나무가 거의 고사할 지경이라 안타까운 마음에 밖에 내놓고 농약을 뿌려주었다. 그 이후로 몇 년 동안은 집안에 들이지 않았다.

지난해 그 어린 나무도 많이 자라 지름이 70cm나 되는 큼직한 화분에 옮겨주었다. 그 덕인지 병충해 없이 수형도 예쁘게 잘 자라서 크리스마스 장식용으로 좋아보였다. 묵은 잎들과 마른 가지들을 정리하여 집안으로 옮기려니 화분이 커선지 엄청 무거웠다. 하는 수 없이 근처에 사는 첫째 내외에게 도움을 청했다. 명령 반, 부탁 반으로 손주들과 함께 크리스마스 트리 장식을 하려는데 와서 무거운 화분을 좀 옮겨달라고 했더니 들뜬 손주들과 함께 왔다. 힘 좋은 아들과 며느리의 도움으로 그 묵중하고 옆으로 넓게 퍼진 화분을 간신히 거실로 들여놓을 수 있었다.

그날 아들 내외와 함께 큰 손녀가 주축이 되어 왁자지껄 트리 장식을 하였다. 구상나무 향기가 물씬 풍기는 데다 새로 산 순백의 전구와 눈꽃 모형으로 장식을 마치니 완전히 새로운 성탄절을 맞이하는 느낌이었다. 장식을 다 마치니 다섯 살 손녀가 난리다. 전구 장식의 깜빡이를 이리저리 바꿔보며 아주 즐거워한다. 아들 내외는 아파트 거실이 좁아 집안에 크리스마스 트리 장식을 하지 않고 지내고 있었단다.

그날 저녁 온 식구들이 함께 즐거워하며 이런 말을 주고받았다. 아마도 살아있는 구상나무를 통째로 거실에 들여 성탄절 장식을 한 집은 서울 시내에서 몇 집 없을 거라고...
살아있는 구상나무 장식 아래에 성탄절까지 수북이 쌓여갈 선물들과 선물 포장을 뜯으며 즐거워하는 가족들 모습을 그려본다.

초달을 차마 못하는 자는 I
– 체벌과 원칙

아이들을 혼내거나 화내거나 매를 들지 않고도 잘 양육할 수 있을까? 아이들이 커가며 사랑이라는 포장 아래 고통을 주는 체벌은 참으로 오래된 논제이며 어려운 숙제다.

다섯 아이를 양육하는 동안 우리도 체벌을 사랑의 매라는 필요악이라고 정당화하고 종종 활용하였다. 물론 아이들이 한창 자라던 어느 시절 단번에 모든 체벌을 중단하였지만 말이다.

그러니 애꿎게도 첫째가 가장 많은 체벌을 받고, 자연스레 막내는 매의 아픔을 거의 모른 채 자라났다. 어쩌면 훈육 방식의 차이가 두 아이의 성격이나 태도에도 어느 정도 영향을 끼쳤을 것이다. 첫째는 보다 순종적이고 자기 영역을 중시하는 반면 막내는 자유분방하고 자기의 길을 나아가는데 좀 더 저돌적이다.

사실 처음부터 우리는 기독교 신앙을 토대로 아이들을 양육하고자 마음을 많이 쏟았다. 특히 아이들을 훈육하는 부분에 대해 성경의 잠언 13장 24절 말씀을 굳건하게 붙잡고 있었다.

'초달(매질)을 차마 못하는 자는 그 자식을 미워함이라. 자식을 사랑하는 자는 근실히 징계하느니라.(He who withholds his rod hates his son, but he loves him disciplines him diligently.)'

즉, '자식이 잘못을 저질렀을 때 애처로운 마음에 차마 매질을 하지 못하면 결국 그 자식은 더 잘못된 길로 나가 미워하는 것이 된다. 진정 자녀를 사랑하면 매질로 훈육하라.'라는 의미이다.

그때 우리는 나름대로 아이들에 관한 체벌과 훈육의 원칙을 갖고 있었다. 초기에는 아이들의 행동을 바로잡아 주어야겠다는 생각을 하긴 했지만, 막상 매를 들기는 망설여졌었다. 우리는 회초리보다는 차라리 화장실에 가두기로 했다. 지금은 너무 미안한 이야기지만 아이들을 두어 번 정도 창문이 없는 화장실 안에 가두고 불을 꺼버렸었다. 갇힌 아이들은 화장실 문을 두들기며 무섭다고, 다시는 안 하겠다며 울고불고 난리였다.

지금은 무엇을 하지 않겠다고 애걸한 것인지 가두었던 나도 갇힌 아이들도 전혀 기억나지 않는 사소한 일이었을 것이다. 소리를 지르며 울기도 하고 바닥에 아예 뒹굴기도 하였다. 체벌 초기여서 대부분 첫째와 둘째가 그 대상이었다.

하지만 그 방법은 곧 중단하였다. 벌을 준 뒤 아이들은 잘못한 일에 대한 반성대신 아주 무섭고 나쁜 일을 겪은 것으로만 기억하고 있어 오히려 우리가 경악했다. 그 일을 통해 우리도 정신적으로 고통을 주는 벌이 아닌 신체적인 체벌이 훈육으로서 더 적절한 방법이라고 여기게 되었다.

결국, 훈육을 위해서는 사랑의 매가 필요하다는 전제로 회초리를 만들었다. 가늘게 쪼갠 대나무를 약 30㎝ 정도의 길이로 매끈하게 다듬은 뒤 책장 맨 위에 올려놓았다. 다만 매질할 때는 반드시 우리가 세운 원칙을 지키려 했다. 당시의 원칙들은 이랬다.

첫째, 회초리를 들고 체벌하는 일은 언제나 아빠의 역할이었다.

엄마가 직접 매질을 하는 것은 부적절하다고 여겼다. 혹시 내가 부재 중인 낮에 생긴 일이라도 절대로 엄마는 매를 들지 않았다. 내가 돌아온 이후에 함께 상의하고 나서 체벌을 결정하였다. 우리는 매질할 것인지, 한다면 몇 대가 적절할지 등을 이야기하였다.

둘째, 매질하는 곳에는 항상 아이와 나 둘만 있도록 했다.

대개 건넌방에 들어가 문을 닫고 엄마나 외할머니 그리고 다른 형제들이 얼씬하지 않도록 했다. 혼나는 아이가 홀로 있어야 온전히 책임을 지고 누구에게도 의존하지 않고 스스로 해결해 나갈 것으로 생각했기 때문이다.

셋째, 매를 맞는 그 이유를 항상 아이와 함께 이야기했다.

나는 아이에게 본인이 무엇을 잘못했는지, 그런 상황에서는 앞으로 어떻게 행동해야 하는지 설명해주었다. 때때로 아이가 잘 수긍하지 않으면 먼저 충분히 그 상황에서 상대방의 입장이 되어 생각하는 습관이 들도록 가르쳤다. 물론 처음에는 쉽지 않았었다. 시간이 지나며 점차 아이들은 자신이 무엇을 잘못했는지, 다음에는 어떻게 하는 것이 좋을지 스스로 깨닫는 것 같았다.

넷째, 매질은 항상 같은 회초리만 사용하였다.

대나무로 만든 일정한 크기의 회초리만을 사용하고 일체 다른 도구를 사용하지 않았다.

다섯째, 매질의 횟수를 함께 정하였다.

아이가 자신의 잘못에 대하여 몇 대의 매질이 적당한지 스스로 정하게 하고 내 생각을 덧붙여 함께 조정하였다. 아이는 3대, 나는 5대는 맞아야겠다고 말하면 다시 조정해서 4대가 되는 식이었다. 가장 많은 매질 횟수는 아마도 10대 정도였을 것이다.

여섯째, 매를 맞는 부위는 언제나 종아리 부분으로 정했다.

두 다리를 모으고 온몸을 곧게 세우고는 회초리로 맞을 때마다 매질의 횟수를 큰소리로 세도록 하였다.

일곱째, 매질은 상당히 엄하고 아프게 실시하였다.

한 대를 맞더라도 그 아픔이 확실하게 느껴지도록 하였다. 작은 회초리지만 매를 한 대라도 맞으면 금세 붉은 줄이 작은 아이의 종아리에 그어지곤 했다.

여덟째, 매질을 하고 나면 그 즉시 맞은 부위를 치료해 주었다.

매질 직후 바로 아이를 앞혀서 맞은 부분을 문질러주고 바셀린이나 연고를 발라 주었다. 병 주고 약 주고 하는 식이었지만 매질도 내가 하고 약도 내가 직접 발라 주었다.

아홉째, 반드시 한 번 더 매를 맞은 이유를 서로 확인하였다.

왜 매를 맞게 되었는지, 다시는 반복하지 않을 것을 서로 약속하였다.

열째, 매 맞은 아이를 내가 품에 안고 기도해 주었다.

다시는 이런 일로 인해 매를 맞지 않게 해달라고, 더욱 선하고 아름다운 아이로 자라게 해달라고, 아빠도 마음이 아프다고... 하나님도 슬퍼하실 것이라고...

열한째, 매질이 끝나고 문을 열고 밖에 나오면 언제나 엄마가 품에 안아주며 매 맞은 이유를 설명해주고 다시 기도해 주었다.

이런 원칙을 얼마 동안 지켜오며 아이들을 바람직한 방향으로 훈육하고 있다고 나름 뿌듯하게 여기고 있었다. 아이들도 그러한 분위기와 원칙에 적응하였는지 별다른 사고나 반항하는 기색 없이 자라났다.

하지만 그건 아이들이 어릴 때의 모습일 뿐이었다.

초달을 차마 못하는 자는 II
– 신발끈으로만

우리는 나름의 양육과 체벌원칙을 세우고 막내가 아장아장 걸을 때까지 별다른 생각 없이 아이들에게 회초리를 들곤 했다.

그러다 마침내 첫째가 영국에서 중학교에 들어간 얼마 후, 1996년 초즈음에 모든 체벌을 완전히 중단하게 되었다.

첫째가 중학생이 되어 사춘기에 들어서자 부모와 부딪치는 일이 잦아졌다. 영국 생활에 적응해 나가는 어려움이 사춘기의 성장통과 맞물렸던 모양이다. 예전처럼 매도 들어 봤지만 이제껏 사용하던 작은 회초리로는 아이의 반항을 다루기가 쉽지 않음이 느껴졌다.

무엇을 잘못했는지에 대한 것조차 서로 이야기하는 것이 힘들었다.

이유를 알 수 없는 예측하기 힘든 행동이 잦아졌다. 이해하기 어려운 여러 가지 상황에서 가족들과 갈등을 빚으며 동생들에게 과격하게 대하기도 했다.

나도 변해가는 첫째의 마음을 받아 주기는커녕 분노조절장애라도 있는 사람처럼 불같이 화를 내기도 하였다. 아이의 대드는 모습에 울컥하며 순간적으로 앞이 노래졌다. 체벌 원칙으로 사용하던 자그마한 회초리만으로는 안 되겠다싶어 좀 더 큼직한 체벌 도구를 찾게 되었다.

어느 때인가 체벌을 시작하려다 격분한 마음을 가라앉히지 못하고 골프채를 거꾸로 들었다. 그것도 아이언 샤프트, 쇠로 된 막대기라 그야말로 쇠몽둥이를 쳐든 꼴이었다. 아이는 설마 그것으로 때릴까 싶었는지 뭐라 큰소리로 계속 항의 겸 자기방어를 하고 있었다. 그런 모습에 더더욱 열이 오른 나는 화를 주체하지 못하고 종아리를 두어 대 후려쳤다.

아이는 금세 새하얗게 질려 고꾸라질 듯 휘청거리고 나는 나대로 씩씩대고 서 있었다. 순식간의 상황에 놀란 나의 마음은 아이에 대한 분노와 스스로에 대한 절망으로 뒤죽박죽이 되었다. 매질을 마치고 기도해 줄 마음도, 안아줄 여유도 사라져 냉랭한 분위기만 감돌았다. 결국, 그날 저녁 식사 때의 온가족 분위기는 아주 썰렁하고 어색하며 어둡게 가라앉았다.

그날 밤 부인과 아이들 훈육과 체벌에 관한 이야기를 나누었다. 영국 가정에서는 체벌이 거의 없으며, 학교에서도 체벌 대신 모든 것을 대화로 풀어나간다는 내용이었다. '우리가 점점 커가는 아이들과 대화하는 방식이 잘못되었거나 아마도 부족한가보다.' '아이들이 잘못할 때마다 매질로 다스릴 나이는 아닌 것 같다.' '앞으로 더 큰 잘못을 하게 되면 더 강한 체벌로 다스릴 수는 없지 않으냐.'고 서로 이야기를 나누고 손잡고 기도하였다.

잠언에 사랑하는 아이에게는 부지런히 훈육(discipline)이 필요하지 매질이 필요한 것은 아니라는 내용에도 함께 동의하였다.

아이들 체벌에 관하여 유대인의 탈무드 격언에 이런 말이 있다.

'아이들을 체벌해야 할 때는 절대 신체가 서로 닿지 않도록 해야 한다. 그리고 체벌에 사용하는 도구로는 신발끈으로만 해야 한다.'

부모가 화가 난 상태에서 아이들에게 손찌검하거나 발길질을 해서는 절대 안 된다는 것이다. 아이들에 대한 신체적 접촉은 그 강도가 점점 더 심각해질 위험이 있기 때문이다. 나아가 감정적으로 치우쳐 아이에게 정신적인 문제를 초래하거나 관계를 악화시킬 수도 있다.

신발끈으로만 체벌해야 한다는 표현도 역시 의미가 깊다. 신발끈이란 당연히 심한 고통을 줄 수 있는 수단이 아니다. 체벌은 자녀에게 신체적 고통을 주고자 하는 것이 목적이 아니다. 그보다는 반성의 시간을 갖게 하는 것이 본래의 목적이 있을 것이다. 곧, 물리적인 체벌 수단보다는 아이와의 대화를 통하여 반성토록 하고 용서해야 한다는 뜻이다.

그러나 신발끈으로 체벌하기 위하여 몸을 구부려 신발끈을 풀어야 하는 상황을 염두에 둔 것이 오히려 더욱 깊은 깨달음이다. 즉 자기를 낮추어 신발끈을 바라보며 부모로서의 자기를 되돌아보는 것이다. 꽉 매어진 신발끈을 차곡차곡 끄르며 아이에 관한 체벌의 필요성을 생각할 것이다. 더더욱 혹여 자신이 감정적으로 반응하는 것은 아닌지 반성할 수 있는 시간을 가져야 한다는 의미도 포함한다.

아이를 체벌하기에 앞서 부모로서 자신을 먼저 살펴보는 시간이 필요함을 함축하고 있는 체벌방식이다.

그날 이후로 나는 신발끈으로든 무엇으로든 모든 매질을 끊었다. 나아가 아이를 섭섭하게 하거나 노엽게 하는 언사나 행동들도 조심하게 되었다.

또한, 아이들과 갈등이 있을 때나 어떤 행동이 눈에 거슬리고 마음에 들지 않을 때에도 대화와 기도로, 포옹으로 해결하려고 노력해왔고 지금도 그렇다.

아이들이 간혹 실수할 수는 있어도 본래부터 잘못되거나 그릇된 아이는 없다. 다만 아이는 부모의 모든 것을 거울처럼 따라 할 뿐이다. 그래서 아이들은 부모의 거울이다.

첫아이 임신

결혼식도 생략한 채 무일푼의 대학생과 미술학원 수강생 두 사람이 만나 시작한 신혼살림이었다. 당시 우리는 갈아탈 버스비조차 아까와 하며 부인은 생머리, 나는 더벅머리로 지내며 절약해야했다.

서 발 막대 거칠 것 없다는 옛말처럼 집안에 변변한 세간살이나 주방 물품들이 거의 없었다. 그야말로 청춘의 열기로 용감하게 시작한 신혼 생활이었다. 성경에는 백성들이 무식하여 망한다고 했지만 우리는 결혼 에 무식하였기에 사뭇 용감하고 자신만만했다.

아직은 그래도 젊다는 이유 하나만으로 금전문제를 무시했다. 오히려 없으면 없는 대로 살 수 있다는 똥배짱에 가까운 자신감이 넘쳤다. 굶어 죽을 것 같으면 언제든지 취직은 가능할 것이란 생각을 최후의 보루로 삼았다. 무리해서라도 공부할 수 있는 시기에는 공부에 전념하는 것이 최선의 판단이라고 여겼다. 당장의 이익이나 현실적인 어려움보다 더 먼 미래를 바라보며 살기로 했다.

물론 결혼 당시에는 대학만 마치면 맨몸으로라도 유학을 떠나겠다는 당찬 계획이 있었다. 그러다 잠깐 국내 대학원에 다니며 미래의 모습이 바뀌었다. 미국의 학기가 시작되는 8월 말까지 네트워크도 쌓을 겸 국내 대학원에 적을 두고 잠시 공부하기로 하였다.

미국에 가면 내가 먼저 공부하고 부인은 아르바이트로 나를 지원하기로 하였다. 내가 학위를 마치면 다시 부인이 공부할 계획이었다. 그럴 목적으로 부인은 당시 유행하던 초상화 그리기를 배우고 있었다. 미국에서는 손으로 그린 초상화가 매우 인기라고 듣고 있었다.

지금 되돌아보면 아마도 당시 배웠던 초상화 그리기는 점차 컴퓨터 그래픽으로 대체되어 큰 돈벌이가 되지 못했을 것이다. 어쨌든 그 당시 신출내기 부부는 나름 근사한 미국 유학과 정착을 기대하며 준비하고 있었다.

그렇게 국내 대학원에 등록하고 유학을 준비하는 동안 미국 대학원들의 경영학 분야에 관한 장학금 지원이 예전 같지 않다는 소식이 들려왔다. 아울러 외국의 석박사학위에 대한 국내 기업이나 연구소의 대우가 눈에 띄게 하향 평준화되고 있었다. 하는 수 없이 좀 더 나은 조건의 입학을 위해 유학 시기를 1년 더 늦추기로 하였다.

그런데 애초 한 학기만 다니려던 국내 대학원을 2학기까지 등록하는 와중에 초상화를 배우던 부인이 임신한 것이다. 그때까지만 해도 아이에 대해서는 별다른 계획을 갖고 있지 않았다. 다만 한 가정에서 아이라는 존재는 하나님의 축복이고 전통에 가득한 화살과도 같은 자산이라는 성경적이지만 순진하고 개념적인 생각만 가지고 있었을 뿐이었다. 학생 신분에다 유학 준비로 인해 아이에 관하여는 막연히 유학을 마칠 즈음의 일일 것이라고 여겼었다.

그런데도 부인의 임신에 관하여 우리는 부양 능력이나 그 어떤 계획을 떠나 감사함 그 자체로 받아들였다.

그 이후 우리의 모든 생각과 계획은 아이를 갖기 전과는 확연히 달라졌다. 유학을 떠나든 취직이든 둘이 아닌 셋이라는 가족 구성의 관점에서 세상을 보기 시작했다. 부양가족이 늘어난 이유도 있었지만, 국내 대학원에 세 번째 학기를 등록하며 유학을 재검토하게 되었다.

아기가 태어나면 먹이고 입히고 재우는 일, 그야말로 늘어나는 식구들을 먹여 살려야 한다는 생각이 내 안에서 강하게 일었다. 당장 미국 유학을 떠나기보다 우선 국내 대학원을 졸업하고 괜찮은 직장에 취업하는 것을 고려하였다. 자비 유학보다는 취직 후 직장에서 보내주는 유학을 추진하는 것이 더 현실적인 방안이라는 생각도 들었다.

첫 아이의 임신은 우리 부부의 모든 계획을 바꾸었고 새로운 세상을 향하여 나아가는 계기가 되었다. 우리 가정에 주어진 새 생명은 하나님의 엄청난 사랑과 축복의 시작이었다. 아니 계속해서 이어지는 축복의 여정 가운데 우뚝 선 것이다.

첫아이 입덧과 고깃국

부인의 임신 사실을 알게 된 이후 출산에 대비해야겠다고 생각은 했지만 딱히 내가 할 일은 막막했다. 그저 당장은 학생 신분으로서 열심히 공부하고 학위를 취득하는 것만이 최선이었다. 금전적 부담을 어찌 되든 되겠지 라는 알량한 자신감으로 견뎌내고 있었다. 배운 게 있고 몸이 건장한데 산 입에 거미줄 치겠냐는 순진한 용기만 가득했다. 그러나 그 자신감은 부인이 임신 초기 입덧을 시작하면서부터 슬금슬금 녹아내리고 있었다.

어느 날 저녁 부인이 지나는 말처럼 담담하게 말했다.

"초상화 그리기를 연습하고 있던 오후 시간에 바람을 쐬려고 화실을 나와 걷다가 갈비탕집 앞을 지나게 되었어요."

"갑자기 갈비탕이 너무나 먹고 싶었는데 막상 지갑을 열어보니 차비만 남아 있더라고요."

"식당 앞에 서서 잠시 물끄러미 쳐다보다가 그냥 돌아왔어요."

"아마도 갑자기 갈비탕이 먹고 싶었던 게 입덧이었나 봐요."

부모님이 원하지 않는 혼인신고를 한 탓에 학비며 생활비 지원을 전혀 받지 못하고 집 나간 자식 취급을 받고 있었다. 용돈이라도 벌려 해도 군사정부의 과외 금지라는 서슬 퍼런 분위기로 과외 자리는 아예 생각지도 못하였다.

당시 혼자이신 장모님께서 받아오시는 얼마 안 되는 급여로 세 식구의 생활비를 해결해야 했다. 당연히 우리 부부는 여유자금은커녕 교통비 이외의 비상금조차 없었다. 먼 친척으로부터 내 학비며 부인의 화실 비용만 간신히 빌려 해결하고 있던 터였다. 임신한 부인에게도 갈비탕 한 그릇을 사 먹을 여윳돈이 없었던 것이다.

부인은 담담히 그냥 지나가는 이야기처럼 말했지만, 명색이 남편인 나에게는 그 말이 깊숙이 박혀 갑자기 많은 생각이 들었다. 사랑하는 부인에게 갈비탕 정도는 먹이고 싶은 생각이 간절하였다.

지금이야 수입 쇠고기가 워낙 흔해졌지만, 그 때 갈비탕은 어쩌다 큰마음을 먹어야 사 먹을 수 있던 외식거리였다. 갈비탕 전문점의 한 그릇 가격이 웬만한 김치찌개 두세 그릇 가격과 맞먹었다.

어느 날 대학원 게시판에 아르바이트 자리가 붙은 것을 보고 신청하였다. 주말을 이용하여 서울 시내 번화가 몇 곳에서 종일 지나가는 사람들의 숫자를 세고 리포트를 작성하며 얼마간의 현금을 손에 쥐었다. 아마도 요즈음 가치로 치면 4~5만 원 정도일 것이다. 그 돈을 전부 쓴다면 둘이서 갈비탕 한 그릇씩을 사 먹고 나올 수 있는 금액이었다. 하지만 당장 급하게 2~3만 원을 다른 용도에 써야 하다 보니 정작 2만 원 정도만 남게 되었다. 그래서 남은 돈으로 사랑하는 부인의 갈비탕 입덧을 해결할 가장 좋은 방법을 생각해보았다.

궁리하여 얻은 아이디어는 바로 안양 가는 길목의 독산동에 있는 도축장이었다. 갈비탕 집에서 한 그릇 사주는 것보다 국을 직접 끓여 몇 끼를 더 해결하는 게 낫지 않을까 싶어서였다. 부인이 결혼 전에 오랫동안 독산동에 살았던 적이 있어 근처에 도축장이 있다는 것을 알고 있었다. 마침 학교에서 버스를 타고 한 번에 갈 수 있는 곳이었다. 도축장 근처에는 갈비탕 재료를 좀 더 저렴하게 구할 수 있는 고깃간들이 있을 것이었다. 버스에서 내려 줄지어 들어선 정육점 중의 한 곳에 들러 갈비탕을 끓일만한 고기를 알아보았다.

물론 갈비탕 재료라 해서 소갈비 부분을 살만한 형편은 아니었다. 내가 가진 돈으로는 제대로 된 갈비탕 거리를 해 먹을 만큼의 충분한 고기를 살 수 없었다. 하는 수 없이 주인에게 갈비탕 거리를 구해야 하는데 돈이 부족하다고 하소연하니 갈비뼈가 붙어있지 않은 잡고기를 사가라고 했다.

당시에는 소뼈에 붙은 살점을 완전히 발라낸 고기들만 따로 저렴하게 팔았다. 그것도 뼈 부위마다 고기 가격이 달랐다. 정육점 주인은 마침 갈비 부위에서 발라낸 고기가 있으니 그것을 사다가 국을 끓이면 아주 맛있을 것이라고 했다. 생각해보니 그 가격이라면 그래도 갈비뼈는 없지만, 갈비 근처의 고깃점이 들어간 갈비탕을 세 식구가 몇 끼니는 넉넉히 먹을 수 있을 것 같았다. 냉장고에서 고기를 꺼내어 종이에 싸주는데 자잘한 조각고기들이었지만 나름 기름기가 적당히 섞여 맛있게 보였다.

그날 고기가 들어있는 봉지를 안고 저녁 어스름에 버스를 타고 집으로 돌아오며 혼자 얼마나 행복했는지 모른다. 그 이후에도 간혹 그 일을 떠올릴 때마다 슬그머니 미소가 번지곤 한다. 그날 집으로 돌아와 부인에게 고기를 전해주고 갈비탕에 가까운 쇠고깃국을 맛있게 끓여 먹었을 것이다. 사실 지금은 그 고깃국을 먹었을 때의 기억은 전혀 없고 독산동 우시장 고깃간에서 흥정하던 기억만 또렷하다. 부인도 그 당시 갈비탕 입덧과 내가 쇠고기를 구해온 일까지는 기억하지만 끓여 먹은 고깃국 맛은 기억나지 않는다며 웃는다.

돌이켜보면 궁핍했지만 지금 넉넉한 가운데서 느끼는 행복과는 또 다른 차원의 행복이 가득하던 시절이었다.

그렇게 부담스런 입덧을 시키며 부인의 뱃속에서 자라던 아기가 어느덧 귀여운 세 아이의 아버지가 되었다.

크리스마스 트리 아래 선물상자들

결혼한 첫해부터 한 해도 거르지 않고 크리스마스 트리 장식을 해왔다. 지금 창고에 보관하고 있는 큼직한 성탄절용 인조 소나무도 처음 영국에서 돌아오던 해에 장만했으니 세월은 참 빨리도 후다닥 지나간다.

우리집은 매년 11월 말이면 온 가족이 모여 크리스마스 트리 장식을 한다. 영국에서 사용했던 진짜 구상나무 대신 2m 정도의 인조 소나무에 장식 전구와 리본, 하얀 눈 모양의 장식들을 매달고 점등식을 하며 한 해를 마무리할 준비를 한다. 트리 장식을 마치면 본격적으로 크리스마스 선물 준비를 시작한다.

성탄절 전날까지 여유가 생길 때마다 틈틈이 온 가족들을 위한 선물을 마련하고 가족 모두에게 카드를 써놓는다. 정성껏 포장한 선물들과 카드를 장식트리 밑의 지지대를 가리는 빨간 포장 보자기 주변에 가득히 쌓아 놓는다. 어떤 해에는 빨강색 대신 금빛 포장 보자기를 둘러놓기도 한다.

아이들이 어릴 적에는 우리 부부가 서로 간의 선물과 아이들의 선물을 준비하여 트리 아래 놓아두곤 했다. 아이들은 아침마다 일어나 지난밤 사이에 어떤 선물이 새로 쌓였는지 살펴보는 것이 매일 일과의 시작이었다. 자기 이름이 쓰인 성탄 카드가 있는지, 누가 준비한 것인지 등등을 살펴보는 것은 아이들뿐 아니라 그것을 바라보는 우리 부부에게도 큰 즐거움이었다.

아이들이 점점 자라며 자연스레 엄마 아빠를 위한 선물을 직접 만들거나 구입하여 트리 장식 아래 두었다. 어느덧 형제들끼리의 선물과 카드도 서로 준비하여 쌓아놓으며 어느 해부터는 으레 성탄절이면 당연한 연례 가족행사로 자리잡았다.

크리스마스 트리 장식 아래에 온 가족이 서로 선물을 주고받는 선물 교환 장소가 마련된 것이다. 아이들은 성탄절이 가까워 오면 저희끼리 필요한 게 무엇인지, 받고 싶은 게 무엇인지 서로 이야기한다. 대학에 다닐 때까지만 해도 아이들이 각각 엄마 아빠에게 줄 자잘한 선물을 준비하곤 했다. 첫째가 직장에 다니면서부터 아이들이 돈을 모아 우리 부부를 위한 공동 선물을 준비하게 되었다. 실상은 값나가고 큼직한 선물보다는 예전의 자잘한 싸구려 선물이 더 그립고 마음이 가지만 아이들 생각은 다른가 보다. 어쩌다 성탄절 시즌에 우리집에 머무는 친척이 있을 때면 친척을 위한 선물도 함께 마련하였다.

드디어 성탄절 당일이면 가득 쌓인 선물을 풀고 카드를 개봉한다. 오전에는 교회에서 성탄 예배를 드리고 집에 돌아와 성탄절 점심을 잔치처럼 차려 먹은 다음 느지막한 시간에 선물개봉을 시작한다. 예전에는 주로 내가 한 명씩 이름을 부르고 선물들을 나눠주곤 했지만, 요즘은 아이 중 한 명이 성탄절 선물개봉 행사를 주도한다. 호명된 사람은 자기가 받은 여러 카드를 읽고, 선물들에 대한 품평을 한다. 포장을 뜯은 선물들을 함께 입어보고 맞춰보고 틀어보고 하며 서로 고맙다는 인사로 성탄절 행사를 마무리 짓는다.

점점 집을 떠나는 아이들이 늘어나 지금은 셋째 아이 혼자만 집에 머물고 있다. 예전처럼 한 달 내내 신경 써가며 요란스레 온 가족의 선물을 장만하고 풀어보는 기쁨이 줄었다. 그래도 아이들이 집에 있든 없든 해마다 온 가족의 선물을 장만하여 시간 여유를 두고 나누어주곤 한다. 물론 최근 몇 년은 감사하게도 멀리 나가 있는 아이들의 빈자리를 며느리와 손주들이 채워주었다. 덕분에 선물의 숫자는 거의 변함이 없지만, 예전처럼 매일 아침 자기 선물을 살펴보며 들떠있는 아이들의 표정을 볼수 없음이 못내 아쉽다.

다시 성탄절을 맞이하며 손주들과 함께 요란한 크리스마스 트리 장식을 마쳤다. 과연 올해에는 그 아래 얼마나 많은 선물과 축복의 카드들이 쌓일지 자못 궁금하다.

까까머리 막내 딸

2020년을 코앞에 둔 성탄절 즈음 미국에서 공부하고 있는 막내와 카톡으로 영상통화를 했다. 졸업을 앞두고 마지막 학기를 힘겹게 보내고 있다기에 얼굴이라도 보며 위로해주고 싶었다.

대부분의 미국 대학들이 그러하듯 4학년 1학기라는 졸업 시즌은 공부 압력이 최고조로 오르는 중요한 학기이다. 듣기로는 12월 학기 말 들어 거의 잠도 못 자고 엄청난 리포트와 과제물, 야박한 시험 대비를 하느라 퀭한 눈의 초주검이 다 되었단다. 힘든 시간을 어찌 보내고 있나 싶었다. 성탄절 연휴는 다가오는데 의미 있는 휴가 계획이라도 세웠는지 궁금하여 영상통화를 시작했다.

막내는 여전히 해맑은 목소리로 밝게 웃으며 전화를 받았다. 간신히 학기를 마쳤다고, 성탄 연휴와 연말 방학에는 특별한 계획을 세웠다며 재잘거린다.

그렇게 떠드는 중에 삭발 이야기가 나왔다. 이번 방학 기간에 삭발을 한번 해 볼 작정이란다. 왜 하필 빡빡머리냐고 물으니 자기의 버킷리스트에 있었던 항목이라며 여자로서 삭발할 기회가 흔한 것도 아니고 대학 시절에나 한번 큰맘 먹고 해 볼 수 있는 일이기 때문이라고 대답한다. 마지막 남은 학기는 수강과목도 한 과목뿐이고 오직 졸업 작품 한 가지와 취업 면접 등에만 전념할 수 있는 기간이란다. 다른 사람들에게 주목받지 않고도 삭발해 볼 수 있는 좋은 타이밍이라는 것이다.

그래도 그렇지 도대체 어떤 이유로 삭발이 버킷리스트가 되었냐는 물음에 그럴싸한 대답이 돌아왔다. 사실은 대학 생활 내내 머리카락을 자르지 않고 최대한 길러보는 것이 바램이었단다. 이제는 머리카락이 제법 길다 보니 짧게 다듬어야겠는데 곱게 잘 길러온 머리카락을 그냥 자르는 것이 조금은 아깝고 별 의미가 없는 듯했단다.

마침 그때 누군가 길고 검은 머리카락을 기부해 보라는 제안을 하더란다. 미국에서는 동양인의 검고 긴 머리가 가발로 인기가 좋은 모양이었다. 특히 암 투병으로 머리가 빠진 여성 환우들에게는 가발이 매우 필요한 물건이라는 것이다. 그래서 이왕 기부하려면 좀 더 긴 머리카락을 만든 후에 아예 삭발하기로 했단다. 또한 삭발은 살면서 실행해보기 쉽지 않은 색다른 경험이라며 들떠 있었다. 시기상으로도 졸업 학기가 가장 좋을듯하여 결정했다는 것이 요점이었다.

옆에서 함께 영상통화를 하는 부인은 아무 대답도 못 하고는 '저 녀석이 무슨 배짱으로 저런 엉뚱한 짓을 하려고 하나.' 하며 한숨만 내쉰다. 아직은 머릿결이 어깨에 걸쳐 있는 모습을 보며 설마하니 정말 삭발을 하겠나 싶은 표정이다.

새해가 되면 본격적으로 취업을 위한 면접들이 줄지어 있을 텐데 여자애가 삭발한 모습으로 면접에 나가면 어쩌나 싶은 것이다. 하고많은 일 중에 왜 하필 삭발이 버킷리스트에 올라간 것인지 부인은 이해하고 싶지도, 이야기하고 싶지도 않은 눈치이다.

부인은 많은 사람들의 심리와 정신세계를 상담하고 치유하며 복잡한 인간관계, 사회성을 보듬어온 전문 심리상담가이다. 아무리 그래도 자기 딸아이의 튀는 행동에 대해서는 여전히 적응하기 벅차고 못내 아쉬운 마음인가보다. 부인은 결국 설득하지도, 설득당하지도 못한 가운데 설마하며 통화를 마쳤다.

며칠 후 새해를 앞두고 연말과 다가올 새해 인사를 겸하여 막내와 다시 영상통화를 하였다. 영상에 올라온 막내는 까까머리 모습으로 환하게 웃고 있었다.

적당하게 짱구인 두상이 모난 부분 없이 동그라니 예쁘장하다. 어찌 되었든 막내의 새하얀 머리를 본 건 처음이라 살짝 충격이었다. 갓 태어났을 때도 이미 머릿결이 까맣게 자란 상태였고 그 이후로도 이렇게 짧게 잘랐던 기억이 없다. 깔끔하게 삭발하여 새하얀 머리를 보고 있자니

언뜻 저 아이가 내 딸이 맞나 싶은 착각마저 든다. 시원하니 느낌이 좋다
는 말 외에 아이에게 별다르게 해줄 만한 말이 떠오르지 않았다.

"머리통이 역시 예쁘네." 하고는 다시 말문이 막혔다.

머리카락은 따로 정리하여 소아암 환우들 가발을 만들도록 기부하였
단다. 부인은 "기부할 만큼 머릿결의 품질이 좋지도 않을 텐데... 예전에
밤색으로 염색도 했었잖아..."를 반복하고는 말을 아낀다. 우리는 더 뭐
라 해줄 만한 말을 찾지 못하고 어물쩍 영상통화를 마쳤다.

카톡을 통해 보내준 사진에는 머리를 깎는 과정들이 담겨있었다. 공동
기숙하는 집 거실인지 화장실인지에서 막내가 큰 거울 앞에 앉아 있고
친구들이 그 주변에 모여서 심각하게(?) 웃고 있는 기념사진이었다.
긴 머리를 좌우 두 갈래로 따내려 끝을 묶은 다음 가위로 크게 잘라내
는 사진도 보인다. 이발 기구로 머리를 반지레하게 깎아내는 모습도 있
다. 마침내 삭발을 마치고 잘라낸 머리 타래를 손에 들어 양옆에 대고 입
이 귀에 붙은 듯 미소를 짓고 있는 어린 비구니 같은 막내의 모습까지
여러 장의 사진들이 고스란히 담겨있다. 외적인 모습은 여전히 여성이
지만 단단해 보이는 막내의 본연의 성격이 잘 표현된 사진들이다.
카톡방에 올라온 사진을 보며 오빠들과 언니의 환호성 가득한 댓글이
이어진다.

'머리통 예쁘다.'

'마지막에 면도질까지 해서 완전히 삭발하지 그랬냐.'

'삭발하고 다시 기르면 머릿결이 좋아진다는데 나중에 머리카락이 다시 자라면 진짜 그런지 알려줘.'라는 언니의 이야기.

셋째는 에이리언 영화에 나오는 한 장면 - 에이리언이 삭발한 여주인공을 쳐다보며 냄새를 맡는 장면 - 을 카톡방에 올렸다.

삭발한 막내가 입고 있는 티셔츠가 멋있었다.

부인은 영상통화 중에도, 카톡방에 올린 사진에 대해서도 일언반구 대꾸가 없다. 말 없음이 자기 나름의 의사 표현이란다. 긍정도 아니고 부정이라고도 말할 수 없지만 그런 막내의 모습을 보는 속마음은 불편한 게 사실이라고 했다.

언젠가 한국에 사는 외국인 눈에 비친 우리나라 사람들의 평범한 모습에 관한 촌평이라는 방송 내용이 생각난다.

그 외국인의 표현 중 한국은 유난히도 군중에서 튀는 것을 싫어하는 사람들로 보인다고 했다. 길거리에 다니는 사람들 대다수가 어둡고 검은색의 칙칙한 옷을 입고, 신발도 검은색에 머리 모양도 아주 평범하고 엇비슷하게 보인다고. 길거리의 차들도 대부분 검은색, 회색 계통이고 사는 집도 아파트가 많다 보니 성냥갑같이 모두 엇비슷한 모양이라는 것이다. 학교나 학과에 관한 생각들도 마찬가지로 별다른 차이가 없어서 마치 평균화된 사회, 생선으로 말하면 머리와 꼬리가 없는 몸통만이 존재하는 듯한 느낌을 받는다는 내용이었다.

몸통만 존재하는 생선이라면 그게 무슨 생선인지 구분할 수 없을 것이다. 한마디로 실체는 존재하나 정체성이 전혀 없는 모습일 것이다. 몸통이 갖는 권력과 힘만이 사회의 주축이 되는 그런 우스꽝스럽고 획일화된 모습이 한국의 현재 좌표일 것이다. 미래 사회의 진정한 힘은 다양성과 꿈, 자아정체성과 탄탄한 기본으로부터 나온다는 마지막 멘트가 기억에 남는다. 영상을 보는 내내 나 자신도 그런 평가에 과감하게 반기를 들 만한 입장이 되지 못하여 부끄러웠다.

그런 시각에서 보면 오히려 막내딸의 버킷리스트의 신선함은 다행스럽다. 다른 사람들과는 다른 길을 걸어보고자 하는 시도가 눈이 시도록 아름답다. 프로스트의 '두 갈래 길' 시에는 자기가 꿈꾼 것, 가보지 못하고 실행하지 못했던 것에 관한 후회보다는 한 걸음 내딛어보는 용기와 자신감이 두드러진다. 작은 두려움에 멈칫하여 망설이다 보면 정작 나아가야 할 방향과 목표를 상실하는 경우가 대부분이다.

특별히 애니메이션에 자신의 꿈을 담고 전문가의 길을 걷고자 하는 막내의 엉뚱한 시도가 자랑스럽다. 신선한 꿈과 망설임 없이 후다닥 해치울 수 있는 용기와 실행력, 결단에 이제라도 박수를 보낸다.

머리카락은 다시 자랄 것이다. 시간이 지나면 모두 추억의 상자에 가득히 보관되어 나의 한가한 날들의 시간에 소중한 벗이 될 것이다.

이층계단 미끄럼틀과 칸막이

1994년, 첫 해외 발령으로 런던에 도착한 지 얼마 되지 않았던 무렵이다. 온 가족이 낯선 환경에서 생존하기 위해 매우 바쁜 나날들을 보내고 있었다.

이층집이었던 영국 집은 일층에 11개월 된 아기를 풀어둘 만한 안전한 공간이 마땅치 않았다. 하는 수 없이 아직 걷지 못하는 막내를 이층에서 돌보기로 했다.

이층으로 연결된 계단에는 폭신하고 두텁지만 오래되어 맨지르르 밑바닥이 드러난 카펫이 깔려 있었다. 살짝 미끄러워 해서 우리 부부도 계단을 오르내릴 때마다 조심해야 했다. 게다가 집안 전체에 깔린 카펫들도 대체로 낡아 먼지가 많이 나오는 편이었다. 그동안 카펫 깔린 집에서 살아본 적 없던 우리 가족에게는 카펫 생활에 적응하기가 적잖이 불편했다.

부인은 아래층에서 요리 등 집안일로 많은 시간을 보내야 했다. 어쩔 수 없이 막내를 이층에 홀로 둘 때가 많았다. 이층 카펫 바닥에 얇은 이불과 커다란 수건을 깔아놓고 그 위에 눕혀 재운 다음 문을 살짝 열어놓는다. 막내가 깨더라도 울음소리를 듣고 이층으로 올라가 막내를 살필 수 있기 때문이었다. 처음 얼마 동안은 별문제 없이 잘 적응하는 듯했다. 그러다 급작스레 이층과 계단을 막아주는 칸막이를 설치해야 하는 일이 벌어졌다.

처음 몇 번은 막내가 깨서 울거나 칭얼거리는 소리를 듣고는 부인이 이층으로 올라가 안아주며 달래주었다. 어느 날 부인은 평소처럼 아래층에서 계속 주방일, 청소 등을 하던 중이었다. 부인의 눈을 의심하게 만든 사건이 일어난 것이다. 막내가 아래층 카펫 바닥을 기어 다니고 있는 게 아닌가. 분명히 이층에서 자거나 놀고 있어야 할 아기가 울지도 않고 쌕쌕거리며 아래층 바닥을 활기차게 기어 다니고 있었다. 부인은 깜짝 놀라 아기를 부여안고 혹여나 어디 다친 데가 없는지 온몸을 살펴보았다. 다행스럽게도 막내는 작은 상처 하나 없이 아주 멀쩡했다.

부인은 도대체 어떻게 아기가 혼자 이층에서 내려왔는지 너무나 궁금했다. 부인은 아기를 안고 이층으로 올라가 원래 뉘었던 방바닥에 눕혀

놓고는 한 번 살펴보기로 하였다.

막내는 곧바로 몸을 뒤집고 기기 시작하더니 이층 계단 끝에 이르러 아래쪽을 바라보며 잠시 머뭇거리는 듯했다. 그러더니 곧 머리를 아래로 향하고는 손을 앞으로 내밀어 카펫이 깔린 계단에서 신나게 미끄럼틀을 타듯 배를 깔고 간단히 내려가는 게 아닌가. 아기가 가벼워서 그런지 그렇게 빠르지도 않게 사뿐히 아래까지 내려갔다. 바닥에 부딪히는 기색도 없이 안전하게 내려온 다음 무엇이 문제냐는 듯 아래층 바닥을 여유만만하게 기어 다녔다.

부인은 그 장면을 보고 다시 너무나 놀라 아기가 다친 데는 없는지 재차 확인했다. 그리고는 즉시 인근 지인에게 부탁하여 원목 가구를 파는 이케아에서 조립식 원목 칸막이를 마련하였다. 나무로 만든 창살문에 걸쇠가 걸려 여닫을 수 있는 구조의 칸막이였다.

하지만 막상 설치하고 보니 다른 아이들이 이층에 오르내릴 때마다 여간 불편한 게 아니었다. 오르내릴 때마다 걸쇠를 풀고 여닫아야 하는 불편함에 급할 땐 조금 짜증까지 날 정도였다. 그 뒤 어쩌다 칸막이가 열려있을 때 두어 번 더 막내가 계단 미끄럼틀을 타고 내려오는 것을 보았으나 어쨌든 혹시 모를 위험한 사고는 막을 수 있었다. 불편한 중에도 그 칸막이는 거의 1년 가까이 계단 위 끝에서 막내를 막아 지켜주었다.

아기가 아장아장 걷기 시작할 즈음이 되자 계단 위 칸막이에 매달려 간청하듯 울며 소리를 질러댔다. 칸막이를 열어주면 막내는 이제 배를 깔고 미끄럼을 타는 대신 엉금엉금 기는 자세로 내려왔다. 그러며 우리는 자연스레 칸막이를 떼어낼 수 있었다.

아기들이 자라는 것은 정말 순식간이고 되돌아보면 찰나와도 같다. 갓 태어난 아기의 말랑한 종아리에 근육이 좀 붙었다 싶으면 다음엔 금방 발길질을 해댄다. 곧 어깨를 흔들어 뒤집고 배를 깔아 수영하듯 기어 다니다 금세 배를 들고 기어 다닌다. 벽에 기대어 일어나 한 발 두 발 걸음을 떼며 넘어지기를 반복하다가 아기는 어느새 아장아장 걷고 뛰는 게 한순간이다.

그런 순간들 사이에서 계단 위 칸막이가 제 역할을 한 기간 역시 눈 깜짝할 순간이고 소중한 시간이다.

작년 이맘때만 해도 둘째 손자가 우리집 거실에서 부엌에 이르는 세 단짜리 계단에 오르기 위해 안간힘을 썼었는데 이제는 거의 뛰어 날아 다니는 수준으로 자랐다.

이번 달 초에 태어난 셋째 손녀도 눈 깜짝할 사이에 오빠처럼 그렇게 계단을 오르내릴 것이다.

첫째의 첫 직장, 그리고 방황

첫째 하영이는 대학 시절 지방에 소재한 학교에 다녔다. 대입준비 당시 서울 소재 학교에서도 합격통지서를 받기는 했지만, 설립된 지 얼마 되지 않은 작은 대학을 선택하였다. 학교의 자율전공학부 시스템과 신앙교육을 중시하는 학교철학이 아이와 우리 부부의 마음에 들었기 때문이었다.

첫째는 대학에 다니며 특별한 불평불만 없이 무사히 학업을 마쳤다. 졸업 후에 전공을 바꾸거나 대학원에 진학하는 친구들도 많다고 들었는데 첫째는 별다른 관심을 보이지 않고 졸업 후 취직에만 관심을 두는 듯했다.

4학년 2학기 시작 전부터 여기저기 입사원서를 제출하며 부지런히 면접을 다녔다. 마침내 9월 초, 대기업 계열의 손해보험회사에 정식직원 전환을 전제로 하는 인턴으로 선발되었다. 졸업 전에는 인턴으로 근무하다 졸업과 동시에 정규직원으로 전환하는 조건이었다. 근무 장소는 졸업 시까지 학교 인근 지점에서 일하다 졸업 후에는 다시 조정될 수 있다고 했다.

첫째의 취업 소식, 그것도 굴지의 대기업 계열의 보험회사에 취직하게 되었다는 소식을 듣고 우리 부부는 얼마나 기뻤는지 모른다. 드디어 다섯 아이 중 하나가 처음으로 대학을 졸업하여 자기 직업을 갖고 온전하게 자신의 길로 나아가는구나 싶었다. 언제 다섯을 다 키우나 했는데 드디어 첫째가 직업을 갖고 자립하게 된 것이다.

첫째는 일주일에 한 번 수업이 있는 날에만 학교에 나가고 나머지는 보험회사의 지점에서 근무했다. 직장 선배들로부터 OJT(현장업무연수 : On the Job Training)를 하며 일을 배우고 익히는 중이었다. 그렇게 두어 달이 지난 늦가을 어느 날이었다. 주말을 이용하여 서울 집에 온 첫째가 아무래도 다니는 회사를 그만두어야겠단다. 업무환경도 그렇고 지금 하는 일도 자기 적성과 거리가 멀게 느껴진다는 것이다.

부인은 물론 나 역시 화들짝 놀랄 수밖에 없었다. 내가 비교적 큰 회사에서 오랫동안 근무해서 그런지는 몰라도 입사 후 얼마 되지 않아 사표를 내는 사람들에 대한 일종의 선입견이 있었다. 많은 사람을 채용하고, 면접하고, 훈련시키며 갖게 된 고정관념이었다. 나는 차마 첫째의 의견에 동의할 수가 없었다.

우리는 어떻게든 첫째를 설득해보려 했다.

"보험업에 대해 아직 잘 알지 못하면서 그렇게 몇 달 만에 그만두어서는 안 된다."

"처음에는 무슨 일이든 힘든 법이니 일을 배워가며 참고 견디면 곧 적응하게 될 것이다."

"요즘 같은 세상에서 그만한 취직자리를 찾기가 쉬운 일이 아니다."

"네가 얼마나 어렵게 그 회사에 합격했는지 한번 생각해 봐라."

"근무하며 손해사정인 자격증을 따고 나면 어느 정도 재정적으로나 사회적으로 상황이 나아질 것이다."

하지만 여러 이야기로 아무리 설득해 보아도 첫째는 자기주장을 굽히지 않았다. 업무 자체적인 것도 있겠지만 사람 관계에서 잘 헤쳐 나가기가 어렵다는 게 주된 이유였다. 손해보험 업무는 자동차 사고처리가 가장 주된 업무였다. 사고처리를 하는 과정에서 사람들 사이에 오고 가는 거친 말들과 대립하는 분위기가 온순한 성품인 첫째에게 버거운 모양이다.

나중에 알게 된 또 다른 이유는 해외선교 기회였다. 당시 학교에서 신앙 관련 수업을 듣던 중 시리아로 단기 선교여행을 떠나게 되었는데 거기에 꼭 참여하고 싶은 마음이 컸기 때문이라고 했다.

그런 갈등과 고민 속에서 두어 달 더 회사에 다니던 아이는 기도 응답을 받았다며 성탄절을 앞두고 기어이 사표를 던졌다. 새해가 되자마자 학교 친구들과 함께 자신이 그렇게 원하던 단기 선교여행을 떠났다.

첫째의 행동을 바라보는 우리에게 나름의 걱정과 염려가 밀려왔다. 아무래도 수도권 대학이 아니다 보니 취직이 다시 쉽게 되려나 싶었다. 또한, 인턴 자격으로 달랑 두어 달 받은 돈을 가지고 구직활동은 접고 선교여행을 간다는 게 잘 이해할 수 없었다. 나로서는 이것이 첫째의 믿음인지 무모함인지 잘 판단하기가 어려웠다.

우리는 첫째가 그때까지 반듯하게 자라나서 신앙적인 면에서도 스스로 잘 성장하고 있다고 여기고 있었다. 하지만 당장 현실적인 문제 앞에서는 염려를 내려놓기가 쉽지 않았다. 아이가 잘되기를 바라는 심정과 염려를 구분하기는커녕 동전의 앞뒷면이 아닌가 싶다.

선교여행에서 돌아온 아이는 2월 말 졸업식에 참석하고는 곧바로 자취방을 정리하여 서울로 올라왔다. 나름 여기저기 기회가 닿는 대로 입사원서를 내며 자리를 알아보았다. 3월이면 이미 그럴싸한 취직기회를 잡기는 어려운 시기라 우리 부부는 그저 기도하며 기다릴 뿐이었다.

그러는 중에 첫째가 관심을 갖는 직종이 어렴풋이 금융업종, 특히 은행이나 증권업 분야라는 것을 알게 되었다. 내가 은행과 증권업계에서 일하다 보니 알게 모르게 첫째가 전공인 경영학으로부터 시작하여 은행이나 증권업에 관심을 가지는 듯했다.

대부분 가정이 그렇듯 부모의 직업을 대물림하거나 자녀의 직업이 밀접하게 연결되는 경우가 많다. 부모의 직업을 포함한 삶 자체의 영향이 자녀의 삶, 직업, 의식에 아주 강하게 작용하게 된다. 물론 부모 스스로 직업에 대하여 긍정적인 시각에서 살아오며 최선을 다하는 모습과 함께 나름 좋은 결과를 보여 주어야만 자녀들에게도 긍정적인 영향을 줄 것이다.

부모가 자신의 직업과 삶에 대하여 부정적인 견해와 태도, 좋지 않은 결과를 보여 주었다면 자녀들도 마찬가지로 부정적인 영향을 받을 것이다. 그런 면에서 다행히 우리 아이들에게 우리 부부의 영향은 그다지 부정적인 것은 아니었나 싶어 감사했다.

늦은 삼월의 어느 날 첫째가 나를 찾더니 외국계 은행과 은행의 Back Office(후선 업무)에 관하여 질문을 하였다. 외국계 은행들이 우리나라에서 하는 일이 무엇인지, 그런 일 중에서 후선 업무란 무엇인지 등등을 알고 싶다는 것이다. 예전에 내가 런던에서 근무하던 일이 바로 우리나라에 진출한 외국계 은행들이 하는 일과 동일한 것이란 설명을 해주었다. 은행 업무의 수익 창출 업무(Front Business)와 이를 지원하는 후선 업무의 특성에 관하여 설명해 주었다.

얼마 전 어느 외국계 은행의 후선 부서 인력채용에 이력서를 제출했는데 연락이 왔단다. 다음 날이 면접이라 뭐라도 준비하는 것이 좋을 듯싶어 내게 물어본 것이다.

다음 날 저녁에 면접에 관해 물어보니 내용도 그렇지만 면접 내내 분위기가 좋았단다. 면접은 영어로 이루어졌고 다행히 막히지 않고 원만하게 대답했다는 것이다. 또 업무적인 내용보다는 아이의 성장 배경, 장단점, 비전 등 일반적인 사항들을 더 많이 물어보더란다. 마침 면접관인 이사님이 기독교인이어서 최근에 다녀온 시리아 선교여행에 대해서도 관심을 가져 꽤 오래 이야기를 나눴단다.

며칠 후 함께 일해보자는 연락이 왔고 우리는 모두 뛸 듯이 좋아했다. 넉 달에 걸친 청년 백수 생활에 종지부를 찍었다. 길다면 길고 짧다면 찰나처럼 짧은 기간이었다. 첫째는 구직기간 동안 거의 매일같이 인터넷을 뒤지며 초조한 날들을 보냈을 것이다.

첫째는 그 직장에서 성실하게 잘 근무하며 어느덧 세 아이의 아빠가 되었다. 올해 초에는 생각했던 것보다 빨리 부장으로 승진하여 월급도 올랐다고 기뻐하는 모습에 나도 덩달아 기분이 좋았다.

첫째가 첫 직장을 그만두고 몇 달간 빈손으로 지내던 때를 떠올려 보면 참 오래된 추억이라 여겨지고 감사할 뿐이다. 사실 청년의 한창때에 대학을 졸업하고 몇 달, 아니 몇 년을 그냥 빈손으로 지낸다 한들 그게 무슨 문제가 될 리 없다. 어찌 보면 오히려 그런 아픈 방황과 기다림의 시간이 더 필요할지도 모르겠다.

이제야 고백하지만 그 시절의 나는 성숙하지 못했다. 보다 여유롭고 넉넉한 시선으로 아이를 대하지 못했다.

나아가 되돌아보니 첫째가 지방소재 대학에 다닌 것이 얼마나 감사한지 모른다. 그곳에서 첫째는 아름답고 지혜로운 여인을 캠퍼스커플로 만나 행복한 가정을 이루게 되었으니 말이다.

신문지 패션놀이

　둘째 서영이는 아들인 첫째와 여러 면에서 많이 달랐다. 남녀 차이를 넘어 같은 부모에게서 태어난 형제라도 이렇게 다르구나 싶었다. 첫째는 아들이라도 조금은 섬세하고 감성적인 면이 강하였다. 아이의 마음이 상하지 않도록 조심스레 다루며 아이와 친밀한 대화를 많이 해야만 했다.

　둘째는 딸이라도 자기표현이 강하고 나름의 근거가 뚜렷하였다. 둘째의 의견을 바꾸려면 상당한 노력과 함께 치밀한 설득과 기교가 필요했다. 성격도 활달하고 즉각적이어서 어릴 적부터 다루기가 쉽지 않았고 끝내 언성을 높여야만 할 때도 여러 번이었다.

그렇게나 사내아이 같아 보이던 둘째도 역시 여자아이라고 인정하게 된 일이 있다. 서너 살쯤 되어 자그마한 공작용 가위질이 손에 익었을 무렵이었다.

둘째는 종이 인형에 옷을 입히며 놀기를 좋아하였다. 문방구에서 인형과 옷들이 인쇄된 종이를 몇 장 사주면 열심히 종이 인형을 오려내고 다시 옷들을 오려 내어 종이 인형 위에 걸치며 즐거워했다. 와이셔츠 포장 상자에는 둘째가 오려낸 종이 인형들과 종이옷들이 가득할 정도로 그 놀이를 좋아했다. 나는 동네 문방구에서 종이 인형들을 사준 기억이 없는데 아마 부인이 종종 사다 주었던 모양이다.

언제부터인지 모르게 둘째가 시나브로 인형 놀이를 중단하더니 패션 놀이를 시작하였다. 자그마한 옷들을 종이 인형에게 입히는 놀이를 그만 두었다. 대신 자신이 직접 모델이 되어 자기가 만든 종이옷을 입는 패션 놀이였다. 어디서 패션쇼 하는 것을 보았는지 둘째의 패션 놀이는 종이 인형 놀이와는 전혀 다른 규모로 진행되었다.

둘째는 신문지를 반으로 접어 크레용으로 커다란 옷 그림을 정성껏 그려낸다. 가위로 오려낸 뒤 풀과 테이프를 이용해 붙이고는 자신이 직접 종이옷을 입었다. 처음엔 옷인지 뭔지 알아보기 힘들 정도로 어설프게 그림을 그리고 엉성하게 신문지를 오려내더니 점점 실력이 나아졌다. 하지만 방바닥과 거실은 여지없이 신문지 조각들과 크레용이 온통 뒤섞여 난장판이 되기 일쑤였고 그사이를 어린 동생들이 헤집고 다녔다.

어떤 때는 종일 씩씩거리며 신문지에 다양한 무늬와 색깔의 그림을 그리고 여러 모양의 다양한 원피스를 오려낸 후 그 옷을 입고 돌아다녔다. 줄기차게 신문지들을 오려대며 때로는 화관을 만들어 머리에 쓰기도 했다. 투피스인지 쓰리피스인지 신문지 옷을 두세 개씩 덧대어 겹쳐 입기도 했다. 그 덕에 나도 매일 퇴근길에 회사에서 구독하던 신문지 한 뭉텅이씩을 가방에 넣어와 집에 풀어내야 했다.

걸쳐 입은 신문지 옷매무시가 그럴듯해 보이던 어느 날 둘째는 갑자기 패션 놀이를 딱 끊어버렸다. 엊그제까지 온 방과 거실을 어지르며 각종 옷 만들어 입기에 열중하던 아이가 무슨 이유에서인지 가위와 크레용, 신문지 등을 일절 건드리지 않았다.

그 즈음 둘째는 새로운 관심거리를 갖게 되었다. 부인이 이사 가는 이웃집으로부터 저렴한 값에 피아노를 들여놓은 것이다. 둘째는 아파트 입구 상가에 있는 피아노학원에 등록하며 피아노라는 신세계에 눈을 뜨고 개척정신을 발휘하기 시작했다. 아무래도 둘째는 남다른 집중력이 있었나보다. 그 후 집안이 깨끗해지긴 했지만 시도 때도 없이 띵똥거리는 피아노 소리에 온 가족이 시달려야 했다.

우리는 다섯 아이 모두 취미 겸 특기 교육으로 몇 가지 악기들을 배우게 했었다. 주변에 기회가 되는대로 피아노를 우선하여 바이올린, 플루트, 기타, 하모니카 등을 사주며 개인 교습도 받게 했다. 하지만 악기에 관심을 보이는 아이가 있는가 하면 전혀 흥미를 느끼지 못하고 반항하는 아이도 있었다.

다행히 둘째와 넷째는 피아노를 어느 정도 다룰 실력이 되어 지금도 한가한 시간에는 피아노를 연주하곤 한다. 좀 더 강압적으로 악기를 다루게 했다면 다섯 아이 모두 최소 한 가지 악기라도 다룰 수 있었을 것이다. 하지만 그런 수준까지 이르도록 하는 게 아이에게나 부모에게나 쉬운 일은 아니다.

아이 스스로 좋아하여 선택하는 것은 적극적으로 밀어주되, 싫어하거나 거부하면 빨리 되돌아 나오는 게 현명한 일이다.

식당 테이블 아래서 잠자던 넷째

'Early bird can catch the worm.'
일찍 일어나는 새가 벌레를 잡을 수 있다.

시간 관리나 생활습관을 언급할 때마다 자주 인용하는 영어 속담이다. 새벽형 인간 신드롬으로 불리는 일반적인 경구이지만 올빼미가 더 많은 우리집에서는 그다지 인기 있는 문장은 아니다.

같은 배에서 난 형제들이라도 잠자고 일어나는 습관이 확연히 다르다는 것을 인정해야 한다. 우리 부부는 잠자고 일어나는 습관이 서로 판이하다. 내가 올빼미인데 비하여 부인은 종달새로 일찍 자고 새벽에 일찌

감치 일어난다. 나와는 사뭇 다른 부인의 수면습관에 대하여 괘념치 않았고 아이들의 서로 다른 수면습관 역시 그러려니 했다. 그런 습관은 태어날 때부터 어느 정도 타고나는 것으로 보는 것이 속 편할 듯싶었다.

어릴 적부터 보아온 내 부모님의 수면습관도 서로 너무 달랐다. 어머니는 초저녁잠과 한참을 용을 쓰며 싸우다 결국 포기하고 주무시러 가던 시각은 저녁 8시 언저리였다. 저녁 8시면 가족들이 식사를 하고 밥상을 치울 즈음이었다. 그런 초저녁에 어머니는 수저를 놓자마자 고개를 끄덕이며 졸기 시작하셨다. 그리고는 방 한쪽 벽에 등을 대고 앉았다가 스르르 옆으로 쓰러지듯 누워 주무시는 것이었다.

거의 날마다 저녁상 치우기와 설거지는 여지없이 우리 형제들의 몫이었다. 물론 최종적인 설거지와 부엌 정리는 새벽에 일어난 어머니께서 마무리하셨지만, 어머니의 저녁 일과시간은 여름 겨울을 막론하고 8시까지였다. 그런 연유로 어머니는 드라마와도 인연이 거의 없으셨다. 저녁 8시를 전후해서 방송되었던 라디오 드라마는 물론, TV 드라마 역시 줄거리나 예고편 등에 관해 관심조차 없으셨다. 대신 낮 시간대에 라디오에서 들려주는 노래와 만담 등을 좋아하셨다.

아버지는 어머니와 아주 딴판으로 한밤중 12시를 넘겨 거의 새벽 한두 시가 되어서야 비로소 잠자리에 드시는 올빼미였다. 내 어릴 적 아버지는 그 늦은 시간까지 늘 무언가를 하며 시간을 보내셨다. 친구들과 바둑을 두거나 혼자 바둑책을 연구하거나 라디오를 듣거나 TV를 보거나 소설책을 읽으셨다. 술을 좋아하지 않아선지 집에서 술을 마시는 것은 거의 본 일이 없다. 밖에서 늦게 들어왔던 기억도 거의 없던 나름 모범적인 분이셨다. 아무튼 저녁에는 늦은 밤이 되어서야 주무시는 것이었다. 대신 아침에는 가까스로 일어나 출근 시간을 겨우 맞추기 일쑤였고 주말이면 늦은 시간까지 잠을 주무시는 것이 일종의 즐거움이었다.

그런 부모님 슬하에서 나의 오 형제는 모두 아버지를 닮았는지 예외 없이 올빼미들이었다. 언제나 새벽에 일찍 일어나신 어머니께서 아버지와 우리를 깨우고 아버지를 출근시키고 우리를 학교에 보내는 전투를 날마다 반복하셨다.

새벽에 깨어난 부인은 집안 모든 일을 아이들이 잠든 새벽 시간에 다 해놓는다. 새벽에는 머리가 맑고 집중이 잘된다는 것이다. 낮에는 집안일 대신 아이들과 함께 시간을 보내는 것이 일상이었다. 나는 반대로 한밤중이 되어서야 머리가 맑아지고 정리가 잘 되는 듯싶어 새벽까지 글을 쓰거나 책을 보거나 TV를 시청하곤 했다.

어쩌다 부인을 따라 이른 저녁 잠자리에 들어보기도 하고 새벽에 알람을 켜놓고 일찍 일어나는 시도도 해 보았다. 하지만 막상 새벽에 일어나 책을 읽거나 글을 쓰려고 하면 영 진척이 없었다. 마음이 영 산란하고 머릿속에 구름이 낀 듯 멍한 것이다. 그래도 어릴 적부터 들어오던 Early Bird 이야기가 있어 여러 번 시도는 해봤지만 별다른 효과는 기억나지 않는다.

언젠가 교회의 선배 부부가 아주 확실한 Early Bird 가족이어서 조언을 받아본 적이 있었다. 온 가족이 저녁 8시부터 잠자리 준비를 하고 새벽 4시면 예외 없이 일어나 하루를 시작하는 집이었다. 선배는 그런 습관이 선천적인 것은 아니고 어느 날 갑자기 변했다고 했다. 선배의 젊었던 어느 날 친했던 형에게서 들은 한마디에 자신의 삶의 방식이 바뀌는 계기가 되었다는 것이다. "새벽에 돌아다니는 사람 중에는 절대 게으르거나 악한 사람이 없다."

이 한마디 말에 새벽형 인간으로 바뀌었다고 했다. 내 생각에도 새벽에 일찍 다니는 사람이라면 나름 그럴 것이라며 동의했다. 하지만 이해도 되고 동의도 했지만 내 행동과 삶을 변화시키지는 못했다.

셋째 때까지 아이들의 잠자는 습관에 대해서 별생각이 없었다. 아이들 대부분 그러하듯 어른들이 잘 때까지 뒹굴며 서로 놀다가 전등을 내리고 어두워야만 비로소 잠이 들었다. 아침이 되어도 아이들이 새벽부터 일찍 일어나는 경우보다는 부모가 깨우면 그제야 일어나 씻고 양치질을 하는 것이 일상이었다. 세 아이는 나를 닮아선지 부계 유전자를 받았는지 모두 올빼미 종족이었다.

그러다 넷째가 태어나 자라는 모습을 보니 뭔가 달랐다. 물론 갓난아기 시절에야 하루 대부분을 잠자고 먹고 싸는데 시간을 다 보내니 별 차이를 느낄 수 없었다. 넷째가 기고 걷는 시기가 되며 위의 세 아이와는 잠자는 습관이 사뭇 다른 것을 알게 되었다.

이후에 태어난 막내도 위의 세 아이와 같이 올빼미라면 넷째는 부인을 꼭 닮은 완벽한 종달새였다. 말 그대로 해만 떨어지면 잠을 자고 새벽 시간에는 온통 넷째 아이 혼자만의 세상이 되었다. 같은 종달새인 부인은 잡다한 집안일들을 마무리하고 아이들을 돌보느라 9시 이전에는 잠자리에 들기 어려웠고 아침 5시가 기상 시간이었다. 하지만 넷째는 식구들 모두의 리듬을 엇박자로 만드는 별종이었다.

아장아장 처음 걸음마를 할 때에도 새벽 서너 시면 안방으로 기어들어 왔다. 침대 모서리에서 칭얼대어 새벽잠을 설치게 만드는 것이 예사였다. 워낙 이른 저녁에 곯아떨어지다 보니 넷째의 저녁 식사는 항상 별도로 먼저 챙겨 주어야 했다.

여름철에는 북극에 가까운 영국의 해는 저녁 10시가 되어도 훤하고 새벽 3시 반이 되면 다시 대낮처럼 밝아왔다. 즉 넷째가 잠드는 예닐곱 시는 해가 중천에 떠 있어 대낮처럼 밝은 시간이었다.

당시 아이들을 9시나 10시에 재우기 위해 방의 창문마다 두꺼운 암막 커튼을 쳐서 방을 인위적으로 깜깜하게 해야 했다. 하지만 우리집은 넷째로 말미암아 저녁 6시부터 훤한 대낮에 커튼을 치고 아이를 재워야 했다. 그러다 보니 나머지 아이들의 볼멘소리가 흘러나왔다. 궁여지책으로 첫째가 사용하던 복도 끝 작은 방을 이른 저녁에 넷째의 잠자리로 잠깐 사용하다가 9시쯤 다시 방을 옮겨 재워야 했다.

어느 주말 저녁, 근처 킹스턴 시내의 중국식당에서 온 가족이 들떠 외식을 하게 되었다. 낮에 가까운 관광지에 들러서 아이들과 즐겁게 시간을 보낸 뒤였다. 집에 돌아가 저녁을 준비하기에는 마땅치 않은 시간이라 아이들이 좋아하는 중국식당에 들렀다.

영국 대부분의 식당이 그러하듯 주말이라도 저녁 6시쯤이면 아주 한가한 시간이다. 최소 8시는 되어야 사람들이 식당으로 모여들기 시작하기 때문이다. 우리는 6시가 채 못 되어 식당에 도착했고 식당 안에는 우리 가족만 있어 한산했다. 아이들은 각자 자기가 좋아하는 메뉴들을 고르고 당시 만 세 살 갓 넘은 넷째도 자기가 좋아하는 음식을 골랐다. 아이들 메뉴야 통상 달걀 볶음밥, 볶은 누들, 바닷가재 볶음이나 볶음 자장면 같은 것들이었다. 모두 자리에 앉아 요란스레 주문하고서는 재잘거리며 음식이 나오기를 기다리는데 이윽고 넷째가 고개를 끄덕이며 졸기 시작했다.

아이가 주문한 음식이 나오면 먹게 할 요량으로 몇 번이나 몸을 일으키고 안아도 보았지만 소용없었다. 아이는 졸다가 의자 옆으로 떨어질 듯 고꾸라지곤 하여 부인이 아이 의자를 옆으로 끌어당겼다. 여러 번 깨워 보았으나 아이는 쌕쌕거리며 점점 더 깊은 잠 속으로 빠져들었다.

이윽고 주문한 음식이 나오기 시작했다. 아이들 모두가 환호성을 지르며 자기가 주문한 음식들을 확인하며 먹을 준비에 나섰다. 하지만 넷째는 자기 음식이 나왔는지는 관심도 없이 이미 쌕쌕거리며 곤하게 잠자고 있었다.

부인과 나는 어쩔 수 없이 잠자는 넷째를 껴안은 상태에서 차려진 음식을 먹어야만 했다. 어린 막내에게 밥을 떠먹여 가며 동시에 위의 세 아이가 먹는 것도 살펴야 하는 번잡한 상황이 되었다. 결국 우리는 번갈아 안고 있던 넷째를 떼어 놓을 수밖에 없었다. 궁리 끝에 둥근 식탁 아래 발 닿는 부근에 막내를 감쌌던 큰 수건을 깔고 넷째를 눕혔다. 날은 나름 포근하여 별다르게 덮을 것은 필요하지 않을 듯했지만 내 겉옷을 벗어 아이에게 살짝 덮어 주었다.

큰아이들 셋은 넷째가 잠을 자든 말든 자기들이 주문한 음식을 먹으며 와자지껄 떠들썩했다. 아이는 여느 때 집에서처럼 식당에서도 음식을 다 먹을 때까지 깨어나지 않고 잠을 잤다. 늦은 시각, 식당에 들어오던 다른 손님들도 식탁 밑에서 잠자는 아이를 보며 간간히 미소만 지을 뿐 아무 말 없이 각자의 자리에 앉았다.

그 뒤에도 다섯 아이와 함께 식당에서 저녁을 먹을 때면 그때마다 넷째는 먹고 싶은 음식과 잠 사이에서 힘든 싸움을 하였다. 거의 대부분 넷째 몫은 따로 포장하여 다음 날 먹이곤 했다.

그런 넷째가 나이가 들며 다른 형제들처럼 점점 올빼미로 변하는가 싶어 그런가보다 했었다. 하지만 시골에서 딸기 농사에 매달리며 다시 종달새 농부로 바뀌는 것을 바라보며 잠시 옛 생각에 젖었다.

아이들 젖니 보관함

잘그락잘그락... 짜르르륵 짜르르륵...

다락방에 올라왔다가 구석에 놓인 낡은 장신구 상자에서 까만 필름통을 꺼내 흔들어 본다.

어느 날 집에 놀러 온 손녀가 자기 입을 벌려 보이며 앞니를 뽑았다고 자랑을 한다. 앞니 빠진 모습이 우스꽝스럽기도 하고 귀엽기도 하여 꼬옥 껴안고 볼에 뽀뽀를 해주었다.

"벌써 앞니 뺄 때가 되었구나. 아빠가 뽑아주었니?"

"아니요. 치과에 가서 뽑았어요. 의사 선생님이 금방 뽑아주셨어요."

"그렇구나. 뺄 때 아프지는 않았어?"

"아니요. 하나도 안 아팠어요. 병원 가기 전에 흔들릴 때는 조금씩 아팠는데 이제 괜찮아요."

"뽑은 이는 어떻게 했니? 네가 가지고 있니?"

"아니요. 병원에서 돌아오다가 중간에 잃어버린 것 같아요."

"저런, 아쉬워라. 기념으로 잘 간직하면 좋았을 텐데."

나는 어릴 적 치과병원이란 게 있는 줄도 몰랐다. 이가 흔들리면 어머니께 알리면 될 일이었다. 어머니는 흔들리는 내 이에 굵은 실을 감아 매고 여닫이 문고리에 실 끝을 묶어 연결하였다. 그리고는 잠깐 다른 말로 내가 정신을 빼앗기면 냅다 방문을 여셨다. 그러면 그 문고리에 연결된 실 끝에는 빠진 이가 매달려 달랑거렸다. 어머니는 빠진 이를 내게 주시며 마당으로 나가 지붕을 향해 서도록 하였다. 그리고 어머니가 하는 말을 큰 소리로 따라 한 뒤에 내 이빨을 지붕 위로 집어 던지라고 하셨다.

"헌 집 줄게 새집 다오. 헌 이 줄게 새 이 다오."

큰소리로 노래를 부르듯 따라 외친 다음 나는 이빨을 냅다 지붕 위로 던졌다. 어머니는 그렇게 이를 뺀 우리 형제들에게 따스한 술빵이며 찐빵 등을 금방 쪄내어 나눠주시곤 했다.

다섯 아이들이 자라는 동안 이가 흔들려도 치과는 생각도 못 했었다. 이빨 정도는 당연히 집에서 뽑는 것으로 생각하였다. 첫째부터 막내까지 흔들리는 이는 모두 내 몫이었다.

나는 두꺼운 실을 아이의 흔들리는 이 뿌리에 감고 눈을 감게 한 뒤 큰 소리로 하나, 둘 숫자를 외치게 했다. 동시에 잽싸게 실을 잡아당겨 이를 뽑는 게 가장 많이 사용하던 방법이었다. 어떤 때는 실을 잘 묶지 않아선지 실만 빠져나오고 여전히 이는 남아 아이가 아프다고 울 때도 있었다. 그래도 다시 세게 묶은 뒤 재차 잡아당기면 웬만해선 깔끔하게 뽑히기 마련이었다. 심하게 흔들리는 이는 실을 감을 것도 없이 엄지와 집게손가락만으로도 쉽게 뽑아내기도 했다. 초등학교 3, 4학년 정도로 아이들이 크면 마지막 흔들리는 어금니를 자기 손으로 직접 뽑기도 하였다.

우리는 이를 뽑을 때 나름 규칙이 있었다. 뽑아낸 자기 이를 깨끗이 씻어 그날 저녁까지 아빠 엄마에게 확인을 받은 다음 잠자기 전에 자기 베개 밑에다 넣어두는 것이다. 아이가 뽑은 이를 베개 밑에 감추고 잠들면 우리 부부는 그것을 꺼내어 확인하고 베개 밑에 돈을 넣어주었다. 대신 뽑은 치아의 상태에 따라 넣어주는 돈의 액수가 달랐다. 처음 런던에 가기 전 깨끗한 젖니의 가격은 1만 원이었다. 그리고 충치로 인한 구멍이나 충치를 치료한 흔적이 있는 이는 절반인 5천 원을 넣어주었다. 물론 이런 사실은 전날 이를 뺄 때 칭찬과 함께 넌지시 알려주었다.

"아! 이번에 뽑은 이는 제값을 다 못 받겠네. 여기 구멍이 나 있어서..."
이런 식으로 미리 언질을 주었다. 영국에서는 각각 10파운드와 5파운드를 넣어주었다. 좀 더 큰 아이들이 어금니를 뽑았을 땐 각각 20파운드와 10파운드를 베개 밑에 넣었다. 한국에 돌아온 뒤로 어금니는 앞니 가격의 두 배인 2만 원, 충치를 먹은 어금니는 1만 원을 넣어주었다.

아이들은 뽑아낸 자기 이를 보물 다루듯 하며 그날 밤 받게 될 보상에 대한 기대로 들뜨게 마련이다. 아이들이 커가며 젖니를 다 뽑아버린 큰 아이들은 동생들이 이를 뽑을 때마다 부러운 눈으로 바라보았다. 그러면서 자기들끼리 이 뽑는 방법이나 뽑은 이의 상태, 받게 될 돈에 관한 이야기를 나누며 즐거워하였다.

돈으로 교환한 아이들의 젖니는 보관함에 넣어 따로 챙겨놓았다. 보관함 이래야 작은 필름통이지만 이제는 필름통 2개가 거의 가득 차서 흔들면 잘그락거린다. 아이들의 젖니들은 하나도 잃어버린 것 없이 모두 잘 보관하고 있다. 젖니를 필름통에 넣기 전에 반드시 누구의 것인지 네임펜으로 표시해 두었다. 아이 이름의 가운데 글자와 이빨을 뺀 날짜를 치아의 매끈한 부분에 깨알 같은 글씨로 적어 놓는다. 그 덕에 지금도 어느 이를 꺼내든지 그게 언제 뽑은 누구의 이빨인지 금세 알 수 있다. 어쩌다 다른 물건을 찾으려 다락에 올라가면 한 번씩 까만 필름통을 꺼내 자그마한 새하얀 젖니들을 살펴보게 된다. 작은 충치 구멍을 아말감으로 때워 넣은 것도 있고, 꽤 큼직한 어금니도 여러 개 섞여 있다. 그중에는 나중에 영국에서 돌아와 쌍문동 단독주택에서 키웠던 하얗고 멋진 진돗개의 작고 날카로운 이빨도 몇 개 포함되어 있어 쏠쏠한 재미를 더한다.

앞니가 빠진 손녀를 이끌고 다락에 올라가 젖니가 들어있는 필름통을 흔들며 물어본다.

"이 속에 뭐가 들어있나 알아 맞춰봐라."
"글쎄요, 목걸이 만드는 구슬 소리 같은데요?"
"아니야. 여기에는 네 아빠와 삼촌들, 고모들이 어릴 적 뽑았던 젖니가 들어있단다."
"네? 아빠 젖니요? 그걸 왜 가지고 있으세요?"
"할아버지가 아빠랑 삼촌들, 고모들 어릴 적에 젖니 뽑을 때마다 돈 주고 산거야. 너도 빠진 이 가져가면 아빠가 사줄 텐데. 아빠가 안 사주면 할아버지가 대신 사줄게."

언젠가 큰아이 내외에게 tooth fairy(이빨 요정-밤에 어린아이의 침대 머리맡에 빠진 이를 놓아두면 그것을 가져가고 대신 동전을 놓아둔다는 상상 속의 존재) 이야기를 하며 넌지시 손주들에게도 그렇게 해주기를 바랐다. 그런데 돌아온 반응은 뜻밖이었다.

"글쎄요. 괜한 미신 같은 걸 믿게 하는 것 같아서..."

하지만 나는 여전히 미신과 상상의 차이를 잘 모르겠다. 어릴 때 맘껏 자유롭게 상상할 수 있는 것이 아이들이 가진 큰 특권일텐데... 발전과 성공의 원자재인 상상력은 다양한 체험에서 나오는 것이 아닐까?

둘째의 인도 여행

해마다 여름이 되면 한강 변 아파트 숲은 엄청난 데시벨의 떼창으로 가득해진다. 밤이면 가로수마다 다닥다닥 매미 유충이 올라와 껍질을 벗고 화려한 출발을 위한 우화를 시작한다. 가로수 등걸에 반투명한 빈 껍질들을 수없이 남겨놓고 날아간 매미들은 아파트 주민들의 귀청이 따갑도록 고래고래 큰 소리로 노래를 한다.

그런 어느 여름날 저녁, 온 집안 식구들이 거실에 모여 있는데 갑작스레 초인종이 울렸다. 현관문 가운데 뚫려있는 꼬마 렌즈로 바라보니 수건으로 머리를 칭칭 감아올린 웬 여자가 밖에 서 있었다. 조심스레 "누구세요"하고 물으니 밖에서 커다란 목소리로 "아빠~~아"하는 대답이 돌아온다.

황급히 문을 여니 웬 인도 여자가 함박웃음을 지으며 커다란 여행 가방을 들고 서 있는 게 아닌가. 머리에 둘둘 말아 쓴 얇은 보자기와 새까맣고 자그마한 얼굴, 밝게 웃으며 빛나는 하얀 치아가 눈에 확 들어온다. 시골에서 일할 때 입는 몸뻬바지 비슷한 인도식 치마바지를 입고 어깨 절반에는 넓은 스카프를 두른 영락없는 인도 여자다. 영국에서 유학 중인 둘째가 인도 여자가 되어 돌아와서는 온몸을 던지며 나를 껴안는다.

그렇지 않아도 얼마 전 둘째가 이번 여름방학에는 어떻게 지낼 예정인지 궁금하여 전화했었다. 영국 대학들은 통상 6월 말이면 학기가 끝나고 긴 방학이 시작된다. 이번 여름방학에는 여기저기 여행을 다닐 예정이라 한국에는 들어올 시간이 될지 잘 모르겠다고 했던 터라 둘째의 깜짝 방문에 더욱 놀랄 수밖에 없었다.

영국 대학 생활은 3년 동안 9개 학기를 이수하는 엄청 빡빡하고 힘들어 낙제를 밥 먹듯 한다. 많은 학생에게 여름방학 기간은 낙제과목을 보충하거나 아예 좀 더 능력에 맞는 다른 대학을 찾아 옮기는 전학기간으로 매우 바쁜 시기다. 낙제를 넘겨 여유로운 경우라도 아르바이트를 하거나 가까운 유럽이나 멀리 남미, 아프리카 등을 여행하며 값진 경험을 쌓는 것이 영국 대학생들의 전형적인 모습이다.

1년에 3개 학기를 이수하는 영국 학기제로 인하여 겨울 방학은 아주 짧다. 크리스마스 직전에 첫 학기가 마감되고 신년이 되면 곧바로 새로운 2학기가 시작되어 겨울 방학은 불과 열흘 남짓이다. 봄 방학 역시 3월 말부터 부활절에 이르는 동안의 짧은 며칠이다. 4월부터 6월 말까지 마지막 3번째 학기가 진행되고 6월 말부터 9월 중순까지 비로소 긴 여름방학을 맞이한다. 여름방학이 시작되면 초등학생부터 대학생까지 영국의 모든 학생들은 다양한 경험과 여행을 떠나 이 기간을 속칭 온 나라의 여행시즌이라고도 부른다.

영국 대학은 입학부터 졸업까지 한마디로 매우 엄정하고 빡빡하기 그지없다. 온전히 졸업가운을 입고 학사모를 쓰려면 엄청 고된 세월을 각오해야 한다.

불과 3년이란 짧은 시간이지만 3년 만에 졸업장을 거머쥐는 경우는 흔하지 않다. 대부분 학생들이 4년에서 5년에 걸쳐 입학한 학교에서 간신히 졸업하게 된다. 하지만 입학한 학교와 졸업하는 학교가 다른 경우도 엄청 많고 그사이에 몇 군데 학교에 학적을 두는 일도 다반사다. 물론 끝내 졸업하지 못하고 십 년 가까이 이대학 저대학을 떠도는 학생들도 어렵사리 볼 수 있다.

둘째도 순탄하지는 않았지만, 본인이 선택하여 입학한 명망있는 대학교에서 힘들게 졸업장을 거머쥘 수 있었다.

갑자기 인도 여자로 변신하여 나타난 둘째의 행적에 대하여 가족 모두가 궁금해했다. 차근차근 둘째의 이야기를 정리하며 들어보니 한 달 이상이나 혼자 인도를 여행한 것이었다. 그것도 여자들에게 특히 더 위험하다는 인도에서 여자 혼자 돌아다녔다니... 둘째도 본인 입으로 스스럼없이 인정하는 위험천만 인도여행이다.

"인도는 정말 여자 혼자 여행하기에는 너무나 위험하고 힘든 곳이다. 절대 여자 혼자서는 여행하면 안 되는 나라다."

둘째의 인도 여행은 우연찮은 계기로 시작하였다. 대학에서 같은 과 여학생 친구 중에 인도 출신이 있었다. 그 친구가 말하길 여름방학에 인도에 있는 자기 집에 돌아가는데 인도 여행에 혹시 관심이 있으면 자기 집에 들러도 좋다고 했단다. 그렇게 하여 원래 계획하고 있던 동유럽 대신 인도 여행을 떠난 것이다.

동유럽이나 유럽 나머지 지역이야 언제든지 가볼 수 있는데 인도는 언제 기회가 올지 모르는 곳이다. 인도 역시 나름 살펴볼 만한 여행지역이라고 생각하던 터였다. 친구가 인도에 머무는 동안 잠깐이나마 숙소도 해결하고 도움도 받을 수 있을 것으로 여겨 실행하였다.

친구 집은 인도 중서부 지역에 있는 뭄바이 도시였다. 둘째는 뭄바이에서 시작하여 중부 지역을 가로지르고 북부의 델리와 네팔 근처의 높은 산악지역까지 여행하였다. 한 달이 넘는 긴 여행으로 인도의 구석구석을 여유를 갖고 세밀하게 경험할 수 있었다.

둘째는 여자 혼자 무사히 인도여행을 마칠 수 있게 만들어준 자신만의 자랑스런 비법이 있다며 털어 놓았다.

첫째, 인도는 시골보다는 철저하게 대도시 위주로 여행한다.

안전문제도 그렇고 급한 일이 벌어질 때에도 치안이나 도움을 받을 수 있는 환경이 더 낫기 때문이다.

둘째, 숙소는 반드시 며칠 전, 하다못해 하루 전에라도 예약하고 자세한 정보를 사전에 조사한다.

저녁에 들어갈 숙소가 일찍 정해져야 오후에 헤매지 않고 시간을 절약할 수 있기 때문이다. 또한 다른 사람들의 유혹이나 간섭으로부터도 자유로울 수 있다.

셋째, 아침 일찍 숙소를 나와 도시 한복판이나 주요 관광지에 도착하여 영어권의 외국 청년들 여행팀을 물색한다.

물론 영어가 자유로운 둘째라 가능하겠지만 원래 천성이 붙임성이 좋고 사교적이어서 처음 보는 외국인 여행객들에게 쉽게 접근할 수 있었다. 말문을 트고 접근하여 그날의 여행 및 관광 목적지를 알아보고 웬만하면 동행해도 되는지 확인한다. 허락을 얻어 그날의 관광여행 팀으로 합류하는 것이다. 목적지가 다를 경우에는 다른 여행객들에게 다시 접근하여 자기가 가보려는 관광지에 대부분 가볼 수 있었다.

아울러 그들과 함께 하루 이틀 다니며 인근의 다른 지역들의 여행 정보를 수집하고 일정을 조정하였다. 자신이 만난 영어권 청년 여행팀의 경우 대부분 매우 예의 바르고 동양여자의 안전에 특히 신경을 쓰더란다. 따라서 하루 또는 며칠의 일정을 함께 보내며 많은 도움을 받고 시간이나 비용도 많이 절약할 수 있었다.

넷째, 다른 도시로 이동할 때도 웬만하면 영어권 여행객들과 어울려 같은 기차나 버스를 타고 단체여행하는 것처럼 행동한다.

특히 인도에서는 여성 혼자 대중교통을 이용하는 게 위험할 수 있다. 어쩔 수 없이 혼자 이동하는 경우에는 사람들이 많은 대낮에 이동하거나 기차의 경우 여성 전용 침대칸을 고집했다.

우여곡절을 겪으며 인도 여행을 무사히 마무리하고 돌아온 둘째는 완전히 인도 여자가 되어있었다. 가뜩이나 훤칠한 키, 깡마른 몸, 작은 얼굴, 새까맣게 탄 피부에 까만 눈동자만 반짝거리다 보니 오히려 흰자 부위가 더욱 하얗게 돋보였다. 게다가 옷마저 완전한 인도 여자 복장을 하고 돌아왔으니... 인도의 하렘 바지가 여행 내내 그렇게 편할 수가 없었단다. 왜 시장통 아주머니들이 소위 몸뻬바지를 입고 장사를 하시는지 금세 이해가 가더란다.

우리는 둘째의 무모한 듯 용감무쌍한 인도 여행 이야기를 다 듣고는 가슴을 쓸어내리며 대화를 주고받았다.

"여자애 혼자서 인도를 한 달씩이나 돌아다니다니... 남자라도 혼자서는 위험할텐데..."

어릴 적부터 좀 극성맞다고 해야 하나 담이 크다고 해야 하나 조금은 용수철처럼 통통 튀는 생활방식과 성격을 가지고 있는 둘째다. 그런 아이가 한 달간 인도를 휘돌며 까무잡잡한 인도사람이 되어 돌아온 것이다. 더구나 둘째가 말하는 인도여행에 대한 총평은 더 가관이다.

"인도는 정말 대단한 나라예요. 볼 것도 많고 인종도 다양하고 저력이 있는... 다음에 기회가 되면 인도 남부 지역도 샅샅이 돌아보고 싶어요."

나는 우리집 사설 이발사

　나는 다섯 아이가 모두 중학교를 졸업할 때까지 아이들의 사설 이발
사였다.

　갓난아이의 가느다란 머리카락 손질은 물론 남자아이들의 상고머리,
스포츠형 머리도 내가 직접 다듬어 주었다. 여자아이들의 웬만한 단발
이나 숏커트도 내가 매만졌다. 가끔이지만 부인 머리의 간단한 기장 손
질이나 귀밑머리 다듬는 일도 내게는 기쁨이었다.

　내가 머리카락을 다듬게 된 데는 오랜 이력이 있다. 이미 고등학교 1
학년 때 속칭 바리캉이라 불리는 이발 기구를 손에 잡게 되었고, 군대에
서도 3년 내내 중대의 이발병 역할을 도맡아 했었다. 결혼 이후부터는

우리 아이들의 머리카락을 직접 잘라 주었고 영국에서는 동료 직원들의 아이들 머리도 다듬어 주었다.

　고등학교 1학년 여름방학이 끝나갈 무렵이었다. 어머니는 어느 날 큰 형과 작은 형, 나를 모아 놓고 말씀하셨다.

　"너희들 다섯 명의 이발 비용이 너무 많이 들어가니 이제부터는 너희들끼리 서로 머리를 깎아주어야겠다."

　그리고는 이발 기구 및 간단한 도구들이 들어있는 상자를 우리에게 내미셨다. 그 안에 빗이며 솔, 이발 가위와 이발 기구에 덧대는 부속들이 들어있었다. 그 이후로 어머니는 몇 년 동안 우리에게 이발 비용을 주지 않으셨다.

　장발이 유행하던 때여서 대학생인 큰 형은 자기는 머리를 기를 것이니 작은 형과 나 둘이서 알아서 하라고 하고는 얼른 내빼버렸다. 고등학교 2학년이던 작은 형과 내가 초등학교에 다니던 두 동생까지 맡아야 하는 난감한 상황이었다. 그 전에 간혹 아버지가 용수철이 없는 구식 이발 기구로 할아버지 머리를 다듬어 주시던 것을 옆에서 본 적은 있었다. 그렇지만 나나 작은 형이나 이발 기구를 직접 손으로 다루어보긴 처음이었다.

　작은 형이 먼저 이발 기구를 쥐고 나를 의자에 앉히고 머리를 깎기 시작하였다. 이발 기구를 손에 잡고 이렇게도 깎아보고 저렇게도 해 보다가 결국은 여기저기 쥐 뜯어 먹은 듯 듬성듬성 파먹은 형상이 되었다. 머리카락이 쥐어뜯길 때는 따끔하며 머리카락 몇 올이 빠지기도 했다. 조금 뒤 작은 형은 그런 내 머리를 살펴보더니 안되겠다며 아예 빡빡 밀어 삭발을 만들고 미안해했다. 거울 속 빡빡머리가 무척 낯설기는 했지만 어쩔 수 없는 일이었다.

나음 내 차례가 되었다. 나는 형이 기구를 다루던 것을 떠올리며 형의 머리를 조심스레 깎아나갔다. 그래도 다행히 당시 학생들의 스포츠형과 비슷한 모습으로 다듬을 수 있었다. 내친김에 두 동생의 머리도 상고머리로 다듬어 주었다.

그렇게 시작한 우리 형제들의 이발은 결국 내 담당이 되었고 내 머리만 작은 형이 깎아주었다. 2학기 개학날이 되어 학교에 가니 친구들이 난리가 났다. 2학기가 되어 공부하려고 마음을 단단히 먹었다는 둥, 빡빡 깎은 머리가 이쁘다는 둥, 무슨 1학년 때부터 그렇게 공부에 신경을 쓰려고 하느냐는 등 남의 서글픈 속내를 알 리 없는 친구들의 야유와 조롱을 넉살로 이겨내야 했다. 그렇지 않아도 형편이 어려워 1학기 중간부터는 학교 외부에서 주는 장학금을 받아 등록금을 해결하던 터였다. 장학금 이야기마저도 학급 친구들에게는 비밀로 하고 있었던 때라 삭발사건은 그냥 재밌는 해프닝처럼 넘어갔다.

결혼 후 아이들 머리를 다듬게 된데도 역시나 돈 이야기가 숨어있다.

첫째는 갓난아기 때부터 머리숱이 유난히 무성하였다. 여름이 푹푹 익어가며 무성한 머리털로 인해 땀을 많이 흘리며 힘들어했다. 하는 수 없이 2개월 된 갓난아기를 안고 이발소를 찾아갔다. 내가 갓난아기를 꼭 안고 있는 사이 이발사는 전기이발기로 아기 머리를 홀라당 깎아 하얗게 만들었다. 어린 아이들에게 더운 여름날을 지내는 가장 최적의 헤어스타일이 빡빡 깎는 것이란다. 첫째의 두상은 동그랗고 앞뒤로 긴 짱구인데 더북한 새까만 머리카락이 없어지니 하얀 머리 모양이 더욱 돋보였다.

그 뒤 두어 번 더 아기 머리를 깎기 위해 이발소에 갔었다. 그때마다 무일푼의 학생이었던 나는 아기의 이발비용조차도 부담스럽게 느껴졌다. 결국 옛 기억을 되살려 청계천 상가를 뒤져 저렴한 이발 기구 한 세트를 마련하였다. 배터리를 넣어 가동하는 간단한 전동 이발기와 수동 이발기, 작은 윤활유병, 얇고 기다란 이발 전용 가위, 톱니 모양 가위와 크고 작은 형태의 빗들이 들어있는 종합 세트였다.

집에 오자마자 넓은 보자기와 높다란 의자를 가져왔다. 부인이 아기를 안고 의자에 앉아 있는 동안 나는 아기 머리카락을 잘라 주었다. 처음에는 아기의 가느다란 머리카락이 싸구려 바리캉에 끼여 아기가 소스라치게 울어대기도 했지만, 점차 예전 실력을 발휘하여 대부분 가위로만 다듬어 주었다. 첫째가 얌전하게 잘 견뎌준 덕에 이발이 수월하게 끝나고 목욕만 시켜주면 끝이었다.

그렇게 시작한 사설 이발사 역할은 다섯 아이를 이끌고 영국에 가며 제대로 진가를 발휘하였다. 영국은 이발비용이 엄청 비쌌다. 당시 우리나라에서 동네 이발비용이 2~3천 원 정도였는데 영국에서는 거의 열배인 15~20파운드(약 2~3만 원)이었다. 대부분의 한국 주재원들도 영국의 정식 이발소에 가는 것을 부담스러워 할 정도였다. 그뿐만 아니라 현지 미용사와 주고받아야 하는 낯선 이발 용어 역시 부담이었다.

수요가 있으면 공급이 있고 불편함이 있으면 불편함을 해결해 주는 서비스가 생겨나기 마련이다. 인근에 개인 집에서 운영 중인 사설 이발관을 찾아내었다. 유학생 부부 중에 한국에서 간단한 이발이나 파마, 염색 기술을 배워와 자기 집 거실이나 차고에 간이 미용실을 차린 경우가 간혹 있었다. 시중 미용실보다는 가격이 저렴해서, 남자 이발이 9파운드 또는 10파운드 정도면 가능했다.

영국의 정식 이발소에서 이발하려면 반드시 사전에 특정 이발사와 시간을 예약해야 한다. 머리를 다듬기 전에 원하는 머리 모양을 영어로 잘 설명하는 것도 어려운 일이지만 이발을 마치고도 여간 찜찜한 것이 아니다. 영국 이발소는 우리나라처럼 물로 감겨주는 것이 아니라 몸에 붙은 머리카락들만 에어 드라이어로 불거나 솔로 털어주는 식이기 때문이다.

영국 사람들이야 머리카락이 가늘어 그렇게 털어주기만 해도 웬만큼 다 날아가고 남아 있는 머리카락도 얇아 별 상관이 없을 것이다. 하지만 동양인들의 머리카락은 비교적 굵어서 에어 드라이어만으로는 영 불편했다. 목덜미에 붙어있거나 머리에 남아 있으면 따갑고 찜찜한데도 아는지 모르는지 그냥 그것으로 이발은 끝이다. 집에 돌아와 반드시 따로 머리를 감아야만 했다.

거금에 별도의 예약시간을 들여야만 이발을 할 수 있는 영국에서 근무하다 보니 우리 다섯 아이의 머리를 다듬는 일은 온전히 내 몫이었다. 주말이 되어 다섯 아이 차례로 머리를 다듬고 감기고 씻기고 나면 하루가 거의 다 지나곤 했다. 그래도 창고나 식당 바닥에 수북이 떨어진 머리카락들을 치울 때면 뿌듯하고 보람찼다. 워낙 인건비며 물건 값이 비싼 런던에 살다 보니 이발의 수고보다 절약에서 오는 만족감이 더 크지 않았을까 싶다.

어떤 때는 부인의 머리도 다듬게 되고 직원들이나 직원들의 아이들 머리가 덥수룩하게 자라있으면 주말에 우리집에 초대해서 머리를 깎아 주었던 일도 여러 번 있었다.

그런 아이들이 고등학교에 진학하며 내가 머리를 깎거나 다듬어 주는 것에 대하여 반발하기 시작하였다. 친구들은 다들 이발소에 가는데 왜 자기만 집에서 머리를 깎아야 하고 또 맨날 똑같은 스타일로만 깎느냐는 것이다. 그럴 즈음 나도 회사 일이 바빠지고 주말까지 밖에 나갈 일들이 많아지며 어느 순간부터 이발 기구를 손에서 놓게 되었다. 이제는 다 커버린 아이들에게 농반 진반 머리를 다듬어 주겠다고 하면 아연실색이다.

그래도 창고 선반에는 예전에 쓰던 손때 묻은 이발 기구들이 여전히 잘 보관되어 있다. 차마 버리기엔 아쉬운 값진 추억이 깃든 싸구려 골동품이다.

셋째 능름한 해병대원이 되다

셋째가 날밤을 새워가며 대학생활을 치열하게 지내는 듯싶더니 어느 날 군대 이야기를 꺼냈다. 군대에 대한 계획을 묻자 자기는 해병대에 지원하겠단다. 속으로 '이거 이상한 놈일세.'라고 생각하며 재차 진짜 의중을 물어도 자기는 해병대에 갈 거라는 대답뿐이었다.

이유를 물으니 '이왕에 다들 가는 군대에 가야 한다면 군대다운 군대를 다녀오는 게 더 좋아 보인다.'는 일종의 호기인지 별난 호기심인지 모를 대답이 돌아왔다. 내 눈엔 그저 젊은 아이들의 치기로 보일 뿐이었다. '편하고 배울 것도 많은 다른 병과도 있는데 하필이면 해병대냐?'고 설득해 보려 했지만 셋째는 '그래도 해병대가 좋아 보인다.'는 것이었다.

해병대에 관한 별의별 빡빡한 소문도 소문이지만 해병대의 근본 역할이 침투와 교란이고 전쟁의 최전선 또는 후방에서 어느 병과보다도 목숨을 내놓아야 하는 위험한 병과라는 것이 평소의 내 생각이었다. 퍼뜩 뭔가를 해야 할 것만 같아 이미 병역의 의무를 마치고 직장에 다니던 첫째에게 SOS를 쳤다.

"셋째가 군대를 꼭 해병대로 가야겠다는데 네가 좀 말려보면 어떠냐?"
"제가 보기에도 해병대는 좀 아닌 것 같은데... 셋째는 몸도 허약하잖아요. 제가 잘 얘기해 볼게요."

자신 있게 설득에 나섰던 첫째도 곧 포기하였다.

"셋째 고집에 설득이 안 되네요. 그냥 가보고 싶대요. 아빠, 그냥 다녀오라고 하세요. 요즘 해병대는 지원한다고 다 가는 건 아니니까 우선 지원이나 해 보게 놔두세요."

셋째는 해병대에 입대 지원을 하고 무슨 영어 점수 같은 것을 제출하는 듯싶더니 떡하니 해병대 입영 날짜를 받아왔다. 그것도 가장 빠른 시기로 정해져 금방 군대에 간다며 들떠있었다.

마침내 날이 여전히 쌀쌀한 초봄 어느 날 입대하러 간다며 엄마와 마침 집에 와있던 누나와 함께 집을 나섰다. 워낙 평소에도 말수가 적은 셋째는 덤덤히 다녀오겠다며 인사를 했다. 나 역시 몸조심하라는 말과 함께 손을 흔들어 배웅했다. 포항까지 딸아이와 함께 다녀온 부인이 셋째가 머물던 텅 빈 방을 정리하는 모습을 보니 영 서운한 눈치다.

하지만 어쩌랴 아이가 자라면 둥지를 떠나 새로운 자기만의 세상으로 날아가야 하는 것을...

셋째는 해병대 기초훈련을 마치고 자신의 전공인 건축설계 분야가 고려되었는지 공병 병과에 배속되어 후반기 공병대 훈련에 들어갔다. 내심 어리숙한 감각으로 셋째가 공병대의 특수 장비들의 운전이나 정비 등을 경험해볼 수 있겠구나 싶어 다행으로 여겼다.

그런데 그게 아니었다. 다리를 대신하는 도강장비나 임시로 사용하는 군대막사나 숙소, 지휘소 등의 간이 건물들을 다루는 분야란다. 누가 건축설계 전공 아니랄까 싶었다.

셋째는 후반기 교육을 마치고 해병대 본부가 있는 포항 근처에서 근무하게 되었다며 섭섭해 했다. 다른 동기들은 대부분 서울에서 가까운 김포에 배치되거나 섬 생활을 경험할 수 있는 강화도나 백령도에 배치되었다는 것이다. 하지만 우리 부부는 여러 이유로 포항 근무를 다행이라 여겼다. 만일 북한과 교전 상황이라도 발생하면 그래도 좀 더 안전하지 않겠냐는 것이 우선이었다. 또 먼 지방에 있으니 쓸데없이 외출, 외박을 나와 집에 자주 연락하는 일은 없겠다 싶었다. 우리 예상대로 셋째는 첫째와 마찬가지로 외출이나 외박을 자주 나오지도 않고 휴가 때만 집에 들러 쉬다 가곤 했다.

영어를 특기로 지원해서인지 해병대 근무 내내 통역병을 겸하게 되었다는데 본인 말로는 별로 유용하게 영어를 사용했던 적은 없었단다.

다만 언젠가 태국에 두어 달 파견 나갔을 때가 그나마 가장 많은 도움이 되었다고 했다. 우리나라 정부 차원에서 태국의 시골 마을에 학교를 지어주는 프로젝트가 해병대에 할당되어 건물도 지으면서 함께 작업하는 외국인들의 통역을 담당하게 된 것이다. 물론 태국의 시골구석에 파묻혀 건축일에만 매달리다 돌아와선지 태국에 관하여는 물어봐도 아는게 전혀 없었다.

군대는 다른 곳보다 고참 운이 중요하다는 말이 있는데 감사하게도 셋째의 고참 운은 좋은 편이었다. 군에 간지 일 년 남짓 되었을 때 내무반에서 본인이 최고참이 되고 나머지 일 년을 왕고참 대우를 받으며 지냈단다.

워낙 심성이 착하고 말없이 자기 일에만 열중하는 셋째는 왕고참 생활을 하던 내내 후배들로부터 나름대로 존경과 지지를 많이 받았던 모양이다. 아마도 건설 분야의 공병대 내에서 나름 건축전문가로서의 공고한 위치를 확보하고 있었던 게 아닌가 싶다.

언젠가 셋째가 오랜만에 며칠 정기휴가를 나와 잘 쉬다가 군대 복귀를 위해 인사를 하고 집을 나섰다. 그런데 떠난 지 이틀 만인가 다시 해맑게 웃으며 집에 나타난 것이다. 놀란 우리 부부가 다시 집에 온 이유를 물었더니 재미있는 이야기가 돌아왔다.

셋째는 정기휴가를 마치고 휴가 동기생들과 용산역에서 만나 함께 귀대하기로 하였다. 셋째를 포함한 몇 명이 용산역 앞에서 다른 복귀병들을 기다리던 중에 사건이 발생하였다.

갑자기 앞에서 별 하나 계급장을 단 장군이 신사복을 입은 사람들과 함께 용산역 앞 광장에 나타난 것이다. 갑작스러운 별의 출현에 혼비백산 얼어버린 4명의 해병대원은 그 자리에서 일렬 차렷 자세를 하고는 목소리 구성지게 구호를 외치면서 경례를 하였다.

그랬더니 그 별 하나 장성이 경례를 받고는 다가와서 관등성명 및 소속과 용산역에 서 있는 이유를 묻더란다. 별다른 생각 없이 간단하게 답하고는 멀어져 가는 장성에게 다시 목소리 높여 경례했다. 그리고 나서 기다리던 다른 복귀병들을 만나 부대에 잘 들어갔는데 부대에서 4명의 군인에게 다시 특별 휴가 명령이 내려왔다는 것이다. 해병대원들이 나중에 알아본 내막은 이랬다.

셋째가 용산역에서 본 장성은 해병대에서 매우 중요한 위치에 있는 분인데 패기 넘치는 경례 모습이 마침 함께 있었던 다른 사람들에게 해병대원에 대한 아주 좋은 인상을 주었다는 것이다. 그런 공로로 소속과 관등성명을 기억하여 그때 함께 있었던 4명의 해병대원에게 3일간의 특별 휴가를 주도록 지시한 것이다. 군 장병들에게 휴가만큼 커다란 선물이 어디 있을까 싶고 반갑게 사흘을 함께 더 보낼 수 있어서 이름도 모르는 장성에게 감사했다.

남들은 힘들다는 해병대 생활을 셋째는 그렇게 히죽거리며 즐겁게 잘 지냈다. 어느덧 복무기간을 다 채우고 새까만 얼굴을 하고는 늠름하게 집으로 돌아왔다.

곧바로 복학을 준비할 줄 알았던 아이는 복학 대신 장장 1년간에 걸치는 세계일주 여행을 준비하였다.

첫 아이의 황달과 햇볕처방

"아기한테 황달 기운이 있네요. 아기가 너무 어린데 병원에 데리고 가 보는 게 어떨까요."

태어난 지 5일밖에 안 된 첫째의 얼굴에 노란 기운이 많아 보이는 게 좀 이상했다. 갓난아기 얼굴이 원래 이런가 싶다가도 불안하고 조바심이 났다. 아기는 잘 자고 엄마 젖도 잘 먹었지만, 혹시나 하는 불안한 마음이었다. 온몸이 퉁퉁 부어 바깥바람을 쐬면 안 되는 부인 대신 집 근처 약국에 아이를 안고 갔다.

당시 학생 신분의 아기 아빠는 아기를 병원에 데려가 진찰을 받을만한 형편이 되지 못하였다.

6월 중순의 초여름 더위 속에서 출산한 부인은 해산 후 바로 다음 날 아기와 함께 집으로 돌아왔다. 아기 엄마가 된 부인이 젖이 잘 나오고 건강을 회복하도록 돕는 것이 아기 아빠가 된 나의 첫 임무였다. 젖을 잘 나오게 한다는 늙은 호박과 배를 삶아 베 보자기를 이용해 있는 힘을 다해 즙을 짜주었다. 목욕하면 안 된다는 주변의 조언에 따라 따스한 물수건으로 온몸을 닦아주었다. 아기의 면 기저귀를 빨고 삶고 말리는 일뿐만 아니라 첫아기 출산에 따른 뒷바라지가 모두 내 몫이었다.

경황 중에 보니 아기의 얼굴과 몸에 어딘지 누런 기운이 감돌았다. 어디 아픈가 싶어 우선 약국에 가서 도움을 청한 것이다. 병원에 데려가라는 약사의 권고를 따른다면 며칠 입원해야 할지도 모를 일이었다. 비용도 문제지만 아기 수유는 물론이고 막 나오기 시작하는 모유 처리문제도 있어 어찌해야 할지 난감하였다.

하는 수 없이 출석하는 교회의 담임목사 사모님께 전화를 걸어 도움을 청하였다. 사모님은 S 종합대학병원에서 수간호원으로 근무하고 있었다. 우리는 아이의 임신 중에도 간혹 전화를 하거나 교회에서 간단한 도움을 받곤 하였다. 부인이 사모님께 전화해 아기의 황달 상태를 말씀드렸다. 사모님은 설명을 듣고 신생아에게 간혹 나타나는 증상이니 크게 염려하지 말라며 몇 가지 조치를 알려 주셨다.

'우선 아기에게 따스한 맹물을 조금씩 떠먹이되 먼저 모유를 충분히 먹이도록 해라. 아기의 온몸을 벗기되 춥지 않게 해서 햇볕을 자주, 많이 쏘여 비타민D를 보충해주도록 해라. 며칠 동안 아기에게 햇볕을 쏘이면 황달 기운이 사라질 것이다.'

그 말을 전해들은 나는 당장 아기를 안고 현관 밖 계단으로 나가 아기에게 햇볕을 쏘이기 시작하였다. 아직 눈을 제대로 뜨지 못해 보지도 못하는 아기임에도 밝은 햇볕을 인식하는지 눈을 찡그리기도 하고 칭얼대기도 하였다. 나는 발가벗긴 아기를 커다란 수건으로 감싸 안고 아기를 뒤집어 가며 햇볕이 온몸에 고루 닿도록 하였다.

하루에 서너 번씩 한 번에 2~30분 동안 사나흘 이상 아기를 안고 씨름했다. 약도 먹이지 않고, 주사를 맞히지도 않은 채 단지 미지근한 맹물을 조금씩 먹이며 6월의 따스한 햇볕만 쏘였을 뿐이었다. 그러자 신기하게도 아기의 노란 황달 기운은 거짓말처럼 사라졌다. 아기는 활발하게 움직이며 엄마의 젖도 잘 빨고 변 색깔도 노란색으로 아주 좋아졌다.

하지만 장모님의 유별난 지시를 따랐던 부인은 온몸과 얼굴에 커다란 종기들이 닥지닥지 일어나 곪기 시작했다. 가뜩이나 더운 6, 7월의 여름날, 제대로 목욕도 안 하고 연탄보일러까지 가동하여 뜨거운 방안에서 몸조리를 한 탓이었다. 끼니마다 먹는 기름진 미역국과 늙은 호박 삶은 물의 효과까지 더하여 온몸에 나는 땀을 제대로 처리하지 못한 것도 한몫 했다. 얼굴에 열 개 이상의 엄지손톱만한 종기가 나고 목 뒤와 어깨 등에도 종기로 가득해져 가렵고 아프다며 많이 힘들어했다.

한 달 만에 아기를 안고 교회에 처음 출석했을 때 교회 지인들이 부인 얼굴을 제대로 알아보지 못할 정도였다. 종기에 시달리며 얻은 종기 흔적은 거의 2년이 지나서야 비로소 사그라들었다.

그때쯤 선선한 5월에 둘째가 태어났다. 둘째를 낳고 당연히 열심히 씻고 샤워하였다. 덕분에 얼굴이며 등에 종기 하나 없이 말끔한 모습을 유지할 수 있었다.

역시 제대로 알아야 할 일이다. '내 백성이 지식이 없어 망하는도다'라는 성경 말씀을 되새기게 하는 사건이다.

셋째의 세계일주 여행 I
- 준비

2010년 가을이 저물 무렵 셋째가 해병대 생활을 마치고 집에 돌아왔다. 마침 대학입시를 앞두고 얼굴을 보기 힘든 막내만 집에 남아있었다. 셋째가 돌아오니 이전보다 집안에 훨씬 생기가 돌며 사람 사는 냄새가 나는 듯했다. 오랜만에 셋째와 두런두런 이야기를 나누다가 학교 복학을 화두에 올렸다.

"이제 군대도 해결했으니 내년에는 학교에 복학해야겠네."
"저 내년에는 세계일주 여행을 떠날 생각이에요."
"세계일주 여행이라? 학교는 어떡하고?"
"이제 2학년까지 마쳤으니 졸업까지는 아직도 3년이나 더 남았잖아요. 일단 세계일주 여행을 다니며 생각할 시간을 가진 뒤에 복학은 나중에 결정하려고요."

"나중에 결정한다니... 무슨 다른 진로라도 생각하는 거냐?"

"글쎄요, 아직은 잘 모르겠어요. 군에 가기 전 2년 동안 공부를 한다고 했는데 전공은 그렇다 해도 학교문제는 고민이 되네요. 유학을 떠날 수도 있고, 다른 학교도 한 번 생각해보려고요."

"왜 학교가 어때서? 그래도 네 분야에서는 유망한 학교인데."

"그렇긴 하지만 아직은 시간적 여유가 있으니 급하게 졸업에만 매달리기보다는 기회가 되면 해외유학을 포함해서 여러 대안을 알아보려고요. 그래서 해외여행을 다니며 이 나라 저 나라에서 경험도 쌓고 앞으로 어떻게 할지 생각도 정리해보고 싶어요."

셋째는 군에서 좀 더 큰 세상을 겪은 영향인지 자기가 다니던 학교에 관하여 보다 현실적으로 인식하는 듯하였다. 전공인 건축설계 분야를 지속하기 위해 먼저 더 큰 세상, 더 넓은 세상으로 나아가 몸으로 직접 겪어봐야겠다고 여겼다.

우리나라에서 사회생활을 위해서는 어느 정도 국내에 뿌리가 있는 것이 더 좋다는 것이 내 생각이었다. 일단 대학은 국내에서 마치고 필요하다면 석사 박사과정을 해외에서 밟도록 조언해 주었다.

석박사 과정은 장학금을 받을 기회가 많으므로 당장 해외 유학을 떠나는 것을 권하지는 않았다. 좀 더 세상을 겪어보며 생각할 시간을 갖고 싶다는 셋째가 오히려 바람직해 보였다.

셋째는 제대 직후부터 겨우내 세계일주 여행을 계획하더니 설을 쇠자마자 곧바로 첫 여행목적지인 호주로 떠났다.

여행을 준비하는 과정에서 깨끗하던 셋째의 방이 조금씩 바뀌어 갔다. 우선 한쪽 벽에 커다란 세계지도가 걸렸다. 지도 위에 조그마한 메모지와 쪽지들이 다닥다닥 붙고, 책꽂이에는 세계 여러 나라 여행안내 책자들이 점점 늘어갔다. 방구석에도 여행에 필요한 배낭이며, 침낭 등의 물건들이 계속 쌓여갔다.

셋째는 거의 매일 아르바이트를 다니며 부지런히 여행자금을 마련하였다. 자신의 전공 분야를 살린 아르바이트로 건축설계에 따른 모형, 미니어처 건물들을 열심히 만들었다. 셋째는 매우 섬세한 편이어서 어릴 적부터 레고나 작은 피규어를 조립하며 노는 것을 좋아했다. 자기 적성과 취미에 잘 맞는 아르바이트를 구한 것이다.

여행 경비에 관하여 물어보니 1년 동안 세계 여행을 위해 대략 1,500만 원 정도를 예상한단다. 그중 절반 정도는 스스로 모을 수 있을 것 같은데 나머지 절반은 나에게 보태 줄 수 있는지 물어봤다. 그거야 여행을 떠나봐야 정확히 아는 것이니 우선은 여행 준비나 잘하라고 격려하고는 우선 지켜보기로 했다.

자금 마련을 위해 매일 출근해서 하는 일이 아르바이트가 아니라 중노동 수준이었다. 줄 야근에 주말 근무를 밥 먹듯 하고 일감을 집으로 가져와 밤늦게까지 일하곤 했다. 딱딱한 하드보드나 얇은 스티로폼 판지를 오리고 붙이고 자그마한 인형, 자동차, 나무 모양과 가로등 모형들을 붙이고 세우는 작업으로 추운 겨울을 땀내며 몇 달을 지냈다.

그사이 벽에 붙은 세계지도에는 여기저기 작은 쪽지들이 빠끔한 틈 없이 덧대졌다. 붉은 매직으로 여기저기 여행 경로인지 모를 선들을 하나씩 표시하며 서로 연결해 나갔다. 나중엔 지도를 보아도 어디서 어디로 가는지조차 모를 정도로 복잡해졌다.

작은 쪽지에는 관광지 이름이나 숙박, 음식 이름이나 이동수단 같은 별의별 내용이 빼곡하게 적혀있었다. 아마도 우선은 가보고 싶은 나라와 장소를 조사해서 쪽지에 붙여 놓고 점점 목적지를 좁혀가면서 여행 경로와 가봐야 할 곳을 고르는 모양이었다.

여행에 필요한 물품 준비는 차곡차곡 잘 진행되고 있는지 방 한구석에는 여행준비물들이 수북이 쌓여졌다. 커다란 배낭과 허리에 차는 작은 쌕, 트래킹화, 샌들, 모자, 예비안경, 담요, 수건, 튼튼한 우산, 물통, 컵과 수저세트며 면도기 등이 먼저 쌓이고 나중에는 양말과 옷들도 차곡차곡 놓여졌다. 작은 헝겊 주머니에 종류별로 나누어 배낭 안에 모두 집어넣을 것이란다. 여행에 꼭 필요한 최소한의 물건을 찾아 최종적으로 선별하기 위해 여기저기 많은 여행 서적과 인터넷 자료들을 뒤졌다.

여행에 필요한 경비도 최소한의 현금만 달러로 갖고 다니고 대부분은 은행과 신용카드를 이용할 것이란다. 씨티은행에 계좌를 만들고 씨티은행 지점이 있는 도시들을 중심으로 여행 계획을 세웠다.

여행목적지에 있는 씨티은행 지점에서 현지 통화로 계좌인출이 가능한지도 꼼꼼하게 파악하였다. 여행책자에서 대부분 자세히 알려주고 있는 내용이지만 그래도 셋째는 씨티은행을 직접 방문하여 환전비용 등 여러 가지 궁금한 사항들을 다시 한 번 확인했다.

특히 편도로 여행하는 것이어서 비행기 스케줄과 요금도 중요한 고려사항이었다. 청년들에게 주어지는 여러 항공사들의 혜택 및 할인시즌 같은 것들도 빠짐없이 정리하였다.

셋째는 여행을 가는 국가들에 대해 미리 사전 조사를 하는 동안 이미 여행 전문가가 된 것처럼 보였다.

그런데 셋째가 메모해 놓은 세계일주 여행 지도를 보니 우선 큰 나라 몇이 빠져있었다. 미국, 중국, 러시아가 빠져있고 아프리카 국가가 전혀 포함되어 있지 않았다. 나 같으면 반드시 가볼 것 같은 나라들이 빠져서 잘 이해가 되지 않았다. 셋째에게 그 이유를 물으니 나름대로 그럴듯한 설명이 돌아왔다.

"우선 미국은 나중에 가볼 기회가 많을 것이므로 제외했다. 외삼촌과 할머니가 살고 있고, 외사촌들도 있으니 이번이 아니라도 또 가볼 기회가 많을 것이다."

"중국이나 일본, 동남아국가들 역시 언제든지 며칠만 짬을 내면 쉬이 여행을 다녀올 수 있어 목록에서 제외했다."

"러시아는 가보고는 싶지만, 서부의 일부 지역만 가는 것도 그렇고 언젠가 동유럽 전체를 다녀올 기회가 있을 때 모스크바를 포함하여 러시아의 다른 지역도 함께 여행할 것이다."

"처음에는 아프리카도 가보려 했는데 기후나 문화 특성상 별도의 계획을 세워서 가보는 게 더 좋을 것 같다. 건축설계 분야와도 그렇게 많은 관련이 없어 보인다."

셋째가 세계일주 여행을 준비하며 세운 자신만의 여행 원칙은 다음과 같았다.

첫째, 나 홀로 여행을 다닌다.

둘째, 문화와 역사를 바라보며 특히 건축과 자연환경에 관련된 볼거리에 주목한다.

셋째, 젊은 시절이 아니면 평생 가보지 못할 나라를 우선한다.

넷째, 위험한 지역은 피하고 대도시를 중심으로 머문다. 꼭 보고 싶은 주변 자연환경은 며칠 내로 대도시로 돌아올 수 있도록 교통을 고려하여 일정을 세운다.

다섯째, 현지에서 돌아다니며 관광할 수 있는 낮 시간대가 긴 여름을 이용하고 환절기에는 적도 근처의 국가들을 여행한다.

여섯째, 건축설계에 도움이 될 만한 자료, 건물, 박물관, 자연환경에 대한 것들을 최대한 사진으로 많이 남긴다.

일곱째, 일과 여행을 겸하는 워킹홀리데이 제도가 가능한 호주를 첫

여행지로 삼는다. 필요경비 일부를 초기에 확보하며 다양한 해외 경험
을 쌓는다.

 몇 달 동안 열심히 여행 준비를 하더니 마침내 고드름이 길게 매달린
추운 2월 중순 어느 날 아침, 한여름 태양으로 달궈진 호주를 향해 커다
란 배낭과 함께 휑하니 집을 나섰다.

셋째의 세계일주 여행 Ⅱ
– 실행

여전히 겨울바람이 매서운 설 연휴 다음 날, 셋째는 세계일주 여행을 시작했다.

여행 출발이 가까워지자 처음에 예상한 경비보다 좀 더 많은 2,000만 원 정도가 필요할 것 같다며 도움을 청했다. 그때까지 모은 돈은 약 700만 원 정도이고, 부모님이 1,000만 원을 지원해 주면 부족분은 호주에서 직접 마련하겠단다. 여행 출발 며칠 전 셋째의 통장에 1,000만 원을 입금해주었다. 필요할 때마다 자신의 국내은행 계좌에서 해외에서 사용할 수 있는 씨티은행 계좌로 이체하여 사용할 계획이었다.

나중에 셋째가 여행을 마치고 돌아와서 정리해 준 15개 국가의 여행

순서와 목록은 이랬다.

　(출발) 호주 → 인도 → 두바이 → 튀르키예 → 스페인 → 아이슬란드 → 캐나다 → 멕시코 → 쿠바 → 코스타리카 → 콜롬비아 → 페루 → 볼리비아 → 브라질 → 아르헨티나 (귀국)

　순서를 보면 남반구의 호주에서 출발하여 점점 지구의 서북 방향으로 이동하며 이후 북미에서 남미 방향의 남쪽으로 옮겨 다닌 것이 눈에 띈다. 계절과 연관하여 출발 시기인 2월 중순에는 여름철인 호주에서 워킹홀리데이로 일하여 여행경비를 마련하며 지냈다.

　석 달 후 호주의 가을이 되며 태양을 따라 올라와 따스한 인도를 여행했다. 여름철에는 튀르키에, 스페인, 두바이 및 북극에 가까운 아이슬란드로 올라갔다가 가을이 다가오며 캐나다를 여행했다. 그런 다음 9월 말이 되어 다시 추워지는 북반구를 떠나 적도 근처의 따스한 멕시코와 쿠바, 코스타리카에서 여행을 지속했다.

　남반구의 여름이 다가오는 11월부터는 덥지만 긴 여름날을 이용하여 남미에 있는 여러 나라의 자연경관을 즐겼다. 그렇게 다음 해 2월 말이 되어 마침내 1년간의 세계일주를 마치고 귀국하였다.

　셋째는 주로 덥거나 따스한 계절을 따라 다니며 여행을 해서 두꺼운 겨울옷을 챙길 필요가 없었다. 옷의 부피를 줄일 수 있었던 덕분에 짐을 등에 메거나 들고 다니는 부담이 적었다. 따뜻한 날씨로 여행 중에 휴식이 필요할 때엔 언제든 잠깐 길거리에서도 쉬어갈 수 있었다.

물론 땀을 많이 흘릴 때도 있지만, 숙소마다 샤워 시설이 잘되어 있어 샤워 및 빨래가 쉬웠다. 여름철이라 빨래는 하룻밤 사이에도 잘 건조되었다. 낮이 길어 늦은 시간까지 구경할 수 있고, 관광지들도 조기에 문을 닫거나 폐쇄하지 않아 편리했다. 해가 짧아지는 겨울철에는 대부분의 관광지가 아예 몇 달간 폐쇄하거나 이른 시간에 입장을 제한하기 때문이다.

첫 도착지인 호주에서는 우선 일자리를 신청하여 속칭 워킹홀리데이를 통하여 여행 경비를 든든히 마련해야 했다. 셋째는 호주에서 여름이 끝나고 선선해지기 시작하는 5월까지 석 달 동안 다양한 아르바이트 자리를 찾아다녔다. 레스토랑 주방보조, 웨이터, 청소 등은 물론 교외의 농장에서 동물들을 돌보기도 하고 건축전공을 살려 건축 분야에서 잡일도 많이 했다.

특히 건설현장에서의 잡일 보조 중에서는 타일작업 보조 일을 가장 많이 했고 급여도 제일 좋았다. 어깨너머로 타일 일을 거들다보니 타일 자르는 작업이나 바닥과 벽 등에 타일을 붙이는 작업쯤은 자기한텐 식은 죽 먹기라며 웃는다.

석 달 가까이 일하며 부족한 여행 경비를 마저 채우는 동안 짬을 내어 호주 동부의 몇몇 곳을 여행하였다. 호주의 가을이 깊어갈 즈음 드디어 경비 모집을 완료하고 인도로 출발하였다.

셋째는 여행 중 어느 도시에 가든지 비행기나 버스에서 내려 숙소를 잡으면 우선 가까운 슈퍼마켓부터 들렀다. 해당 도시에서 머무르는 동안 직접 만들어 먹을 수 있도록 간단한 재료들을 구입하였다. 의외로 여행객 중에는 보는 것만큼이나 먹는 것에 관심을 두는 사람들이 많더라고 했다. 유명 먹거리를 찾아다니다 보면 비용만 턱없이 많이 들어가고 여행을 제대로 즐기지 못한단다. 자신이 가진 경비로는 숙박과 교통비용을 대기도 빠듯한 수준이었다. 먹는 비용이라도 아끼지 않으면 사전에 예상한 비용으로는 여행이 어려웠을 것이라고 했다.

인도의 주요 도시와 관광지를 거쳐 두바이에 들러 첨단 도시 환경을 구경하였다. 다음으로 튀르키에로 올라가 가족 카톡방에 자신이 찍은 사진들을 보내왔다. 인도보다는 튀르키에가 훨씬 인상 깊은 장소들이 많고 진짜 여행을 하는 것 같다는 소감도 함께 전했다. 특히 새벽하늘을 나는 애드벌룬 열기구에 올라탄 사진과 아래에 내려다보이는 튀르키에의 장엄한 자연경관 사진들이 눈길을 끌었다.

서유럽의 스페인에 들어서며 걸출한 건축물 중심으로 살펴보았다. 유명한 알람브라궁전과 그라나다, 세계적인 곡면의 건축가 가우디가 설계하고 지은 여러 건축물을 구경하며 사진으로 남겼다.
스페인의 자연과 역사, 종교와 정치가 어우러진 경관과 건축을 뒤로하고 이번엔 아이슬란드가 갖는 태고의 장엄한 자연으로 향했다. 붉은색, 흰색, 회색과 검은색들의 원초적인 숨결을 머금은 아이슬란드의 자연을 감상하며 늦은 여름을 그곳에서 지냈다.

그 뒤로 캐나다 동부의 퀘벡, 몬트리올 등을 여행했다. 북미의 초가을 멋진 풍광과 아메리카 신대륙의 초창기 모습을 간직하고 있는 흔적들을 살펴보며 감동에 젖었다.

마침 캐나다를 여행하는 중에 둘째의 결혼식이 있어서 누나의 결혼식 참가를 위하여 잠깐 귀국하였다. 둘째 말로는 셋째가 방금 캐나다 여행을 시작하였는데 누나가 한국까지 왕복 항공편 비용을 대주면 누나 결혼식에 참석하겠다고 하여 둘째가 그 비용을 대주었단다. 그 덕에 잠깐 귀국하여 누나의 결혼식에 참석하고는 결혼식 이틀 후에 다시 캐나다로 출발하여 자신의 여행을 이어갔다.

캐나다 동부를 여행하고 날이 차가와지자 태양을 따라서 남으로 내려와 멕시코와 쿠바를 여행하였다. 특히 쿠바가 인상이 깊었는지 여행에서 돌아와서 많은 사진과 이야깃거리를 들려주었다. 남미의 여름이 다가오며 코스타리카를 비롯하여 남미의 여러 나라를 여행했다.

특히 페루의 마추픽추는 누구든지 반드시 한번은 가볼 만한 곳이라고 웅변을 토한다.

남미여행 중간에 우연히 한국에서 알고 지내던 친구를 만나 한 달 정도 함께 지낼 기회가 있었다. 처음엔 반갑고 좋았으나 점차 견해차가 심해져 결국 헤어졌단다.

이윽고 칠레의 먼 남쪽 지역은 물론 브라질을 거쳐 아르헨티나까지 여행하고는 1년간의 대장정을 마감하고 2월 늦은 어느 날 인천공항에 도착하였다.

시간과 여유가 되면 여행 목적지에서 제외한 아프리카와 동유럽, 미국과 중국 등을 꼭 가볼 것이라며 벌써부터 벼르는 모습이다.

혼자 배낭을 지고 세계를 한 바퀴 돌고 온 셋째는 군에서 제대한 때보다 훨씬 성숙해졌다. 세상을 바라보는 눈도 깊어진 듯하고 자신이 개척해 나갈 건축설계에 관한 안목도 달라진 듯했다. 군에 있으며 고민했던 학교문제는 어느덧 눈 녹듯 사라지고 3월에 복학하여 3년 전처럼 다시 밤늦게까지, 때로 밤까지 새워가며 건축설계 공부에 빠져들었다.

넷째의 한 달 짜리 군 복무

넷째는 농업대학교를 졸업한 뒤 곧바로 농업 현장에 뛰어들었다.

마침 할아버지께서 은퇴하시고 할머니와 함께 조상 대대로 살아온 고향에 내려와서 서투른 농사일을 하고 계셨다. 넷째는 그런 조부모님께 노동력을 더해드리고 경험도 쌓을 겸 해서 아예 시골로 주소를 옮겼다. 한창 땀을 흘리며 역시나 서툴게 일하던 어느 여름날, 넷째에게 군대 소집 안내서가 날아왔다.

첫째와 셋째는 현역으로 군 생활을 마쳤지만 넷째는 산업기능 요원으로서 군 복무를 대체하는 혜택을 누리게 되었다.

후계농업경영인으로 등록되어 농업 현장에서 일하는 병역의무 대상

청년들에게 주는 제도의 혜택을 받은 것이다. 약 한 달간의 기초 군사훈련을 마치고 산업 일터인 영농 현장에서 3년간 농업 활동에 전념하며 지역을 방위하는 대체복무이다.

일반적인 산업기능 요원의 경우, 주로 연구소나 특정 회사에서 근무하며 급여를 받고 정해진 직무를 수행한다. 이에 비하여 후계농업경영인의 대체복무란 직계 선친이 농업에 종사하는 가운데 해당 농업 현장을 인계받아 농업에 전념하는 것이다. 청년경영인으로서 자신이 농사를 지어 얻는 소득이 곧 급여와 같은 보상이다.

후계농업경영인은 우선 소유 또는 임차방식으로 자기 명의의 농지를 확보하여야 한다. 3년간의 대체복무 동안 주거지에서 일정 범위를 무단으로 벗어나서는 안 된다. 여행이나 타지역 방문 시에는 담당자의 승낙을 받아야 하는 일종의 위수지역 제한이다.

다행하게도 넷째는 약간의 자기 명의의 토지와 함께 조부 명의의 전답과 임차농지 등을 확보하여 자연스레 산업기능 요원으로서 혜택을 받을 수 있었다. 은근히 그런 혜택을 받을 수 있기를 기대한 터라 산업기능 요원 대상으로 확정되었다는 소식에 온 가족이 무척이나 감사하고 기뻤다. 일찍부터 개성이 강하고 뚜렷한 편인 넷째가 현역입대 시 2년간의 병영 생활을 잘 겪을지 우려하던 터였다.

드디어 소집일 아침, 넷째는 기대 반, 염려 반이 되어 모집 장소로 출발하였다. 농사를 짓는 지역에 모이도록 하여 서울에 있던 우리 부부는 전화로만 응원해 주었다.

군사훈련 과정은 산업기능 요원이라고 별다르지 않았다. 일반 현역 군인들의 기초 군사훈련 과정과 같은 듯했다. 입고 간 옷과 신발을 소포로 돌려보내 주는 것이나 일반 보병으로서의 기초 군사훈련 내용 등은 40년 전과 다름이 없었다.

다만, 군사훈련의 모든 일과를 인터넷에 올려주어 사진으로 많은 것들을 볼 수 있고, 그 짧은 와중에도 격려편지까지 올릴 수 있어 격세지감이었다. 사진 속 넷째는 모두 밝고 신나는 표정 일색이다. 시골에 내려가 외롭게 농사일에 전념하다 또래 친구들을 만나 함께 생활하는 것이 무척이나 즐겁고 신나는 모양이다.

한 달 가까운 훈련기간이 눈 깜짝할 새 지나가고 돌아오는 날 우리도 시골집에 내려가 아이를 기다렸다. 넷째는 마치 개선장군처럼 의기양양하게 돌아와서는 그 짧은 군사훈련 경험을 늘어놓기에 여념이 없다. 진짜 총알로 사격을 했다, 군대 음식이 맛있었다, 총검술 연습이 어떻다는 등 나름 군인이 된 것을 자랑스러워했다.

다행히도 함께 훈련받은 동료들 대부분이 근처에서 농사를 짓거나 주변 회사에서 산업기능 요원으로 일하고 있었다. 앞으로 3년 동안 자주 만날 수 있는 동료들을 사귀게 되었다며 흡족해했다.

하긴 넷째가 워낙 사귐성이 좋고 어릴 적부터 힘든 상황들을 잘 견뎌온 터라 웬만한 사람이면 넷째의 눈에 거슬릴 턱이 없을 것이었다. 함께 훈련하며 찍은 사진들과 나름 군인다운 자세로 찍은 사진들을 바라보며 참으로 감사하고 행복했다.

그 이후 3년 동안 정기적으로 소집, 동원되어 이런저런 작업에 참여하곤 했다. 예초기를 들고 도로변 잡초를 깎거나 일손이 달리는 농가를 도와주기도 하고 지역 내 행사를 준비하고 마무리하는 일 등이었다. 불쑥 군 복무 담당자가 시골집의 영농 현장에 예고 없이 방문하여 농사를 짓는지, 현장에 있는지 등등을 확인하러 들르기도 하였다. 간혹 근처의 예산군이나 보령시에 농사일로 다녀올 때는 반드시 사전에 담당자에게 전화로 신고하여 방문예정지를 포함한 일정 등에 관하여 승낙을 받고 출발하였다.

3년의 대체복무기간 동안 넷째는 시골집에서 할아버지, 할머니의 임종을 지켰다. 두 분의 임종을 제대로 하지 못한 나대신 넷째가 효도를 한 셈이다. 시간이 흘러 넷째는 단순하지만 바쁜 농촌 생활이 몸에 많이 익은 듯하다. 비닐하우스에서 딸기수경재배를 시작하며 어느새 군 복무를 마치고 예비역이 되었다.

하얀 딸기꽃과 향긋한 딸기냄새가 가득한 비닐하우스 안에서 짧다면 짧고 적당하다면 적당한 수준의 넷째의 군인으로서의 경험은 추억이 되어 묻혀 버렸다.

수산시장을 다니며

아이들이 많다 보니 자연스레 먹는 것이 주요 관심사가 된다. 단지 우리 가족들만의 먹거리뿐 아니라 더 넓은 의미에서의 식구들 먹거리에 관하여 신경써야 한다.

아이들이 많으면 아이들 친구들도 다양해지고, 그 친구들의 엄마들, 그 엄마들의 친구들까지 시나브로 한 솥밥을 먹는 식구가 된다. 그러다 보면 우리집은 오랫동안 동네의 사랑방이 되기도 하고 함께 모여 기도하는 장소가 되기도 하였다. 한동안은 부인이 침과 뜸을 익힌 연유로 동네 노인들의 치료센터이자 휴식처가 되기도 하였다.

물론 간식거리나 간식 수준을 넘는 먹을 것 가득한 보따리를 풍성하게 가지고 오는 식구들도 많았다. 하지만 암튼 우리는 냉장고며 어딘가 구석에 비상식량과 반찬거리를 항상 준비하고 있어야 했다. 그런 먹거리 조달방법 중의 하나가 대형 수산시장에서 생선을 다량으로 사놓는 것이다.

영국 가기 전에는 노량진수산시장을 토요일 새벽마다 정기적으로 들렀다. 토요일이나 일요일 새벽에 수산시장에 들러 냉동 명태를 상자로 사서 동태 아가미에 노끈을 꿰어 매달아 꾸둑꾸둑 말렸다. 도루묵이나 가자미, 냉동 조기 등을 상자째 구입하여 소금 갈무리하여 반찬거리로 요긴하게 사용하였다.

특히 냉동 조기는 누구나 아주 좋아하는 생선이다. 가격이 좀 부담되기는 하여도 한 상자에 200마리 정도 들어있는 나름 뼘치 급의 조기를 주로 확보하였다. 꽁꽁 언 조기를 녹여 골고루 소금을 뿌려 하루쯤 건조시켜 몇 마리씩 비닐봉지에 담아 냉동고에 넣어둔다. 밑반찬이 허술할 때 굽거나 튀겨내고 찌개로 끓이면 아이들이나 대식구들 반찬으로 아주 안성맞춤이다. 때때로 집을 방문한 손님들 돌아가는 손에 냉동 조기를 담은 봉지를 들려서 보내면 손님들도 아주 좋아하였다.

영국에서는 런던 동부의 템즈 강변에 위치한 빌링스게이트 수산시장 (Billingsgate Fishery Market)에 자주 다녔다. 우리는 런던 서남부 써리(Surrey)의 킹스턴역 근처의 뉴몰든(New Malden) 지역에 살았다. 빌링스게이트 수산시장까지 가려면 런던 시내를 가로질러 템즈 강변을 타고 한참을 가야하는 복잡한 코스였다. 처음 몇 번은 복잡한 길에 숙달되지 않아 몇 번이나 도중에 길을 잃고 헤맸었다. 몇몇 직장동료들이 수산시장에 관한 이야기를 듣고 토요일 새벽, 특히 겨울철 아주 깜깜한 시간에 우리를 따라나섰다가 길을 잃어버리면 아주 난감하였다. 몇몇은 그 뒤로 다시는 수산시장에 가지 않겠다며 선을 긋기도 하였다. 그래도 우리집은 거의 생계가 달린 일이라 월 1회 토요일 새벽 수산시장은 필수 코스였다.

거대도시인 런던의 수산시장이라도 규모 자체는 노량진수산시장보다 오히려 작았다. 그러나 노량진수산시장에 비하면 아주 깨끗하게 정돈되어 있고 시장 운영원칙이 확실했다. 상인들은 모두 하얀색 가운을 입어야 하고 철저한 상자단위 판매와 어린이 출입금지 등이 그랬다. 말하자면 소매가 아닌 도매 원칙이었다. 그저 몇 마리만 필요한 일반 소비자들에게는 부담스러운 곳이다. 런던의 한인들은 몇 집이 함께 가서 상자단위 생선을 시장 밖에서 나누곤 했다. 우리는 항상 상자로 사는 것이 너무나 당연했기 때문에 다른 집과 생선을 나누는 경우는 거의 없었다.

우리는 그곳에서 정기적으로 큼직한 연어를 구입하여 회나 구이로 즐겨 먹었다. 10kg정도의 연어를 토막내어 냉장고에 보관하는 작업만도 쉽지 않았다. 아구(monk fish)도 보기 흉한 머리 부분을 제거하고 살이 탄탄한 몸통과 꼬리 부분만 따로 상자에 담아 팔아서 자주 사 먹었다. 집게와 발이 짧아 뭉툭하지만, 몸집은 엄청나게 크고 살집이 아주 많고 단단한 갈색 게를 삶아 파는 곳도 자주 이용하였다. 가격은 부담되지만 싱싱한 바닷가재도 아이들이 아주 좋아하는 메뉴였다. 특히 커다란 광어 같은 넙치(halibut) 종류가 많고 값도 상당히 저렴해 자주 사 먹었다. 우리나라처럼 아주 다양한 생선들이 제공되지는 않지만 비싼 영국 물가에 비하면 싼 가격에 매우 훌륭한 먹거리를 구입할 수 있는 좋은 기회였다. 영국에서도 워낙 많은 사람들이 우리집을 드나들어 수산시장에서 확보한 생선들은 훌륭하고 충분한 먹거리의 밑반찬이 되었다.

그래서인지 다섯 아이들 모두 생선을 좋아한다. 그중에서도 특히 노량진수산시장에서 살아있는 큼직한 고급 생선을 구하여 집에서 직접 다듬어 떠주는 회를 가장 좋아한다. 고급 생선회를 넉넉히 맛볼 기회가 많지 않기 때문일 것이다.

얼마 전 해외에 사는 사위와 딸이 한국에 왔기에 노량진수산시장에 들러 살아있는 5kg짜리 자연산 광어에 큼직한 도미 몇 마리를 사 왔다. 내가 껍질을 벗겨 두툼한 살덩어리로 다듬어 놓으면 그다음부터는 막내 차지가 된다. 막내는 두툼한 살덩어리를 먹기 좋은 크기로 잘게 회 뜨는 일을 재미있어한다. 주방 일을 좋아해선지 손재주가 있어서 그런지 일정한 모양으로 회칼을 잘 다룬다.

오랜만에 가족들이 모여 함께 이야기하며 생선을 손질하는 시간을 가졌다. 살덩어리를 다듬고 회를 떠 맛있는 초밥을 만들고 매운탕도 끓여 먹으며 왁자지껄 즐겁고 행복했다.

다섯 아이 목욕시키기
– 씻기고 닦이고 입히고

아이들이 두 명, 세 명 점점 늘어나면서 먹이고 입히고 재우고 가르쳐야 하는 일의 양은 비례하여 배가하는 것이 아니라 제곱으로 폭증하는 듯싶었다. 그중에서도 삼사일에 한 번씩 아이들을 씻기는 일은 특히나 많은 시간과 노력을 요구했다.

영국 가기 전 살았던 고강동 아파트의 욕조는 비교적 큰 편이어서 아이들 셋이 들어가 물장난을 치며 놀기에 충분했다. 따스한 물에서 어느 정도 놀게 하며 적당히 때를 불렸다. 이윽고 아이들 얼굴이 빨갛게 달아오르면 나는 한 명씩 붙잡고 번갈아 가며 목욕을 시작한다. 머리를 감기고 수건에 비누칠하여 온몸을 밀어준 다음 샤워기의 깨끗한 물로 씻긴

후 내보낸다.

욕실 밖에서 기다리던 부인은 아이들을 차례로 받아 마무리 짓는다. 마른 수건으로 몸의 물기를 닦고 준비한 옷을 입힌 후에 드라이기로 머리를 말려주는 것이다. 물론 흥건하게 땀에 젖은 내가 아이들이 목욕한 물에 몸을 담그며 조금 휴식을 취한 다음 씻고 나오는 것이 진짜 마지막 순서였다.

그런데 영국에 온 뒤로는 한국에서보다 아이들의 목욕을 더 자주 시켜야 했다. 아무래도 동양인 특유의 체취에 대한 영국 사람들의 편견 어린 시선 때문일 것이다. 여름철 땀범벅이 되도록 뛰어 놀다 들어온 아이들을 매일 같이 샤워시키다 보니 어느새 다섯 아이의 목욕은 거의 전투 수준의 치열한 노동이 되다시피 했다.

런던에 살던 집은 4 bedroom house라는 거창한 이름과는 달리 방과 화장실 크기는 정말 협소했다. 서울 본사에서 배정한 빡빡한 하우스 렌트 예산으로 7인 가족이 거주할 만한 충분한 방이 있는 집을 얻어야 했기 때문이다.

그나마 화장실 변기라도 2개가 확보되어 다행이었다. 아래층 화장실은 변기와 세면대만 있었고 어른 한 사람만 간신히 들어갈 수 있는 그야말로 여객기의 화장실 크기였다. 위층 화장실은 변기, 세면대, 작은 욕조와 샤워기가 있었지만, 욕조는 어른 한 명만 겨우 앉을 수 있을 정도로 짧고 비좁았다. 그래도 인형의 집처럼 오밀조밀했던 이 집에서 4년을 잘

버티며 가족 모두가 즐거운 추억들을 쌓았다.

그곳 화장실에 한 가지 심각한 문제가 있었다. 우리나라와는 달리 영국 집의 화장실 바닥에는 푹신한 카펫을 깔아 놓았다. 욕조 밖의 두툼한 카펫에 함부로 물을 쏟기는커녕 물이 튀어 젖게 만들어도 곤란했다. 반드시 좁은 욕조 안에서만 물을 사용하고 헹굴 때도 샤워기 물이 욕조 밖으로 튀지 않도록 조심해야 했다. 물론 카펫 위에 수건을 여러 장 깔아놓기는 했지만, 목욕할 때마다 여간 신경이 쓰이는 게 아니었다.

아이들 목욕은 주중에 한 번, 주말에 한 번 거의 가족 전체의 행사로 이루어졌다. 화장실 안에 어른 두 명이 같이 들어가 움직이기는 협소하여 먼저 내가 들어가 욕조 가득 따뜻한 물을 받아 놓는다. 욕조에 물이 어느 정도 차기 시작하면 부인이 막내를 안고 들어와 내게 전달해 준 뒤 밖에서 기다린다.

막내가 첫돌이 되기 한 달 전에 런던에 도착하여 그 후로 4년을 살았으니 막내는 거의 아장아장 젖병을 빨던 시절부터 유치원(nursery)에 다닐 때까지 영국에서 지낸 셈이다. 덕분에 막내는 항상 다섯 명 중 첫 번째로 목욕하는 영광을 누릴 수 있었다. 영광이란 표현이 좀 그렇지만 가장 깨끗한 목욕물을 맨 먼저 사용하는 혜택을 누렸기 때문이다.

부인으로부터 막내를 넘겨받아 우선 아이를 뒤집어 껴안고 머리를 감긴다. 다음 얼굴을 씻기고 물에 담가 온몸에 비누칠한 다음 헹구어 낸다. 큰 수건으로 아이를 감싸 화장실 밖에서 대기하고 있던 부인을 부른다.

아기 옷을 준비하여 기다리던 부인이 들어와 막내를 받아 안아 나간다. 부인이 마른 수건으로 꼼꼼히 닦이고 옷을 입히고 침대에 누이고 다독거리면 그것으로 막내의 목욕이 끝난다.

다음 넷째를 들어오게 하여 옷을 벗기고 막내와 같은 순서대로 목욕을 시킨다. 마른 수건으로 얼추 닦아내 부인을 불러 내보내면 밖에서 다시 닦이고 옷을 입혀 넷째의 목욕을 끝낸다. 밖에서 부인은 다섯 아이의 옷가지를 차례대로 챙겨놓고 속옷부터 겉옷까지 새 옷으로 갈아입히고 아이들이 벗어놓은 빨랫감을 정리한다.

그런 순서로 첫째까지 전투처럼 반복된다. 첫째까지 목욕을 끝내고 나면 욕조 안의 물은 뿌연 땟국물이 되어 어느새 미지근하다. 바가지를 들어 둥둥 떠 있는 땟국물을 대충 걷어내고 비로소 그 안에 들어가 쭈그리고 앉으며 잠깐의 천국같은 휴식을 누린다.

다섯 아이 모두를 목욕시키는 데는 거의 한 시간 이상이 걸렸다. 그래도 목욕을 마친 아이들 얼굴은 뽀얘지고 발그레 홍조를 띠며 기운이 넘쳐난다. 온 가족 모두가 새 물을 머금은 나무처럼 생기가 돋고 허브비누 향까지 상큼해진다. 깨끗한 몸에 새옷을 입은 아이들을 보는 우리는 녹작지근한 몸에도 불구하고 끝없이 행복한 기분에 감싸이곤 했다.

아이들의 키가 자라며 점점 혼자 샤워하는 법을 익히고 하나둘씩 단체 목욕 대열에서 떨어져 나갔다. 그래도 영국을 떠나오던 날까지 막내와 넷째, 셋째는 함께 목욕을 시켜주었다.

귀국 후에는 나름 널찍한 화장실을 사용하게 되었다. 위의 세 아이도 각자 자기들 몸을 씻을 수 있을 만큼 자라고 넷째는 내가, 막내는 부인이 맡으며 비로소 아이들 단체 목욕에서 벗어났다.

이제는 온 가족이 시골집에 들러 다 같이 농사일을 거들 때나 아들들과 함께 공중목욕탕에 가게 된다. 옷을 홀랑 벗고 탕에 들어가 함께 씻으며 그간의 이야기를 나누는 것은 함께 먹는 것 이상으로 아름다운 사귐이자 사랑 나눔이다.

장롱 안 놀이방

　요즘은 대부분 가정에서 침대는 거의 필수품이 되었다. 침대를 놓다 보니 이불과 요를 넣는 용도의 장롱을 따로 두지 않는 집들도 많다. 매일 아침저녁으로 이불과 요를 펴고 개키는 수고를 하지 않으니 대단히 편리하다. 장롱이나 수납공간이 따로 필요하지 않아 그 공간을 다른 용도로 사용할 수도 있다.

　하지만 우리는 침대보다 온돌 바닥에 편 요와 이불을 덮고 잠 들기를 좋아한다. 특히 거의 한 바퀴를 구르듯 몸을 뒤척이는 잠버릇을 가진 내게는 침대가 여간 불편한 게 아니다. 침대에서 행여나 떨어질까 계속 신경을 쓰는 까닭인지 자주 잠에서 깨기 때문이다.

얼마 전 결혼한 셋째가 혼수를 준비하던 때였다. 셋째 내외에게 신혼집이 좁으니 당분간 침대 없이 그냥 살아보는 것이 어떠냐고 제안했었다. 침대가 없으면 손님이 오더라도 그나마 앉을 공간이 생긴다. 평소에는 더 넓고 깨끗해 보이니 침대를 두지 않는 게 더 낫다고 나름 설득한 것이다.

하지만 셋째 예비부부는 대답만 예쁘게 하고는 곧 큼직한 침대를 사서 좁은 방 가득히 채워 넣었다. 부부가 모두 직장에 다니다 보니 아침저녁으로 이부자리를 정돈하는 것도 그렇고 붙박이장 안에 이부자리를 넣어 둘 만한 수납공간 또한 넉넉하지 않을 터였다.

아이들이 어렸던 고강동 시절에는 온 가족이 침대 없이 맨방바닥에서 잠을 잤다. 저녁마다 방바닥을 쓸고 닦고 이부자리를 폈다. 안방과 아이들 방에 요와 이불을 펴고, 아침이면 거꾸로 이불과 요를 개키어 장롱 안에 차곡차곡 챙겨 넣는 것이 일상이었다.

어느 날부터 이불과 옷가지를 보관하던 장롱이 아이들의 훌륭한 놀이터가 되었다. 잘 시간이 되어 부인이 장롱 안에 있던 이불과 요를 펴주면 폭신한 이불 위에서 뒹굴며 놀던 아이들이 장롱 안의 공간을 발견하고는 거기로 들어가 신나게 놀았다.

아마도 첫째가 네 살쯤 되고 둘째가 두어 살이 되었을 무렵일 것이다. 첫째 혼자는 장롱 안에서 노는 일은 거의 없었다. 어쩌다 장롱 안 이층칸에 올려주려고 하면 높은 곳에 혼자 들어가는 것이 무서운지 안 들어가겠다고 손사래를 쳤다. 그러더니 어쩌다 둘째와 함께 장롱 안에 들어가 놀아본 뒤로 재미있는지 계속해서 장롱 안에서 놀기 시작했다.

처음에는 밤에만 장롱에서 놀더니 언제부턴가 낮에도 장롱에 들어가 놀았다. 아이들이 장롱에서 놀 때는 이불과 요를 몇 개 꺼내어 방 한구석에 쌓아 두고 장롱 안에는 이불과 요 한두 개 정도만 놓고 아이들을 장롱 위 칸에 올려주었다.

얼마 지나지 않아 두 아이는 서로 힘을 합쳐 요와 이불을 잡아당겨 스스로 공간을 만들어 냈다. 그런 다음 장롱 아래의 서랍을 빼내 발판을 만들고 장롱 위로 올라갔다. 좁은 장롱 안에 아무 것도 없는데도 그 안에서 아이들은 사방을 손과 발로 쿵쿵 두들기며 연신 까르르 웃음을 터뜨렸다. 물론 집에 있던 회중전등이나 커다란 수건과 베개도 장롱 놀이에 훌륭한 보조기구 역할을 했다.

셋째가 태어나고 걸음마를 떼며 걷자 셋이 한통속이 되어 더욱 기를 쓰고 장롱 안으로 몰려 들어갔다. 첫째가 초등학교에 입학하여 장롱 놀이를 졸업할 즈음에 다시 넷째가 합류하게 되어 세 명의 장롱 놀이 멤버를 계속 유지하는 듯싶었다.

마침내 아이들 장롱 놀이는 막내가 돌을 맞이하기 두어 달 전 영국으로 떠나며 막을 내리게 되었다. 이사 간 영국 집의 각 방마다 침대가 있었고 붙박이장에는 옷가지만 넣게 되어있었다. 아이들이 들어가 놀만한 비밀의 공간이 사라진 것이다.

대신 아이들은 장롱 놀이 보다 더 활동적인 놀이를 하며 시간을 보낼수 있었다. 아래층과 위층을 오르내리며 계단 밑 공간이나 침대 뒤에 숨어 술래잡기 놀이도 하고 뒷마당 잔디 위를 마냥 뛰어다녔다.

아이들 놀이를 보면 모든 아이들은 천재임이 틀림없다. 어떠한 환경에서도 자기들이 즐길 놀이방법과 장소, 장난 거리를 발견하고 고안해낸다. 단지 어릴 적 자신의 모습을 기억하지 못하는 어른들이 천재인 아이들 수준에 훨씬 미치지 못하는 것이 문제일 따름이다.

모든 아이들은 어른들의 부모라고 했지 아마...

성탄절 칠면조구이

어제는 오랜만에 짬을 내어 코스트코에 들러 냉동 칠면조를 사 왔다. 다섯 마리는 사야 하는데 냉동실이 부족하여 우선 세 마리만 골라 담았다. 한 마리의 무게가 8kg을 넘어 그런지 꽤 묵직하여 뿌듯한 마음으로 카트에 실었다.

계산대의 아주머니가 칠면조 세 마리의 바코드를 찍으며 묻는다.

"이거 어떻게 해 먹어요?"

"구워 먹어요."

"이 큰 걸 어떻게 구워요?"

"가스 오븐에 넣고 몇 시간 동안 구워야 해요."

"맛은 어때요?"

"맛있어요. 맛도 좋지만 우선 보기에 그럴싸하잖아요."

매년 성탄절이 다가오면 이런저런 송년 모임을 겸하여 손님들을 초대하고 주된 음식으로 칠면조구이를 준비한다. 지난해 연말에는 코로나로 인한 제약이 느슨해지며 칠면조를 일곱 마리나 구워냈다. 올해는 다섯 마리 정도면 될 듯싶다. 아이들과 성탄절 당일에 한 마리, 연말마다 우리 집에서 모이는 친구들 부부모임에도 한 마리, 교회의 셀 식구들과 송년 잔치를 벌이며 한 마리, 부부 성경공부 모임에도 한 마리, 친척들 부부 모임에도 한 마리 해서 모두 다섯 마리를 구워낼 예정이다.

작년에 함께했던 다른 모임과 약속이 잡히거나 갑자기 특별한 손님들을 초대할 일이 생긴다면 한두 마리가 더 필요할지도 모르겠다. 코스트코에서는 매년 추수감사절을 전후해서만 냉동칠면조를 판매하기 때문에 모두 동나면 이태원에 있는 수입품 전문 슈퍼마켓을 이용하기도 한다.

한 해를 마무리하는 모임에서 칠면조구이를 대접하면 참석한 모든 사람이 무척 좋아한다. 아무래도 우리나라에서는 흔하지 않은 음식인데다 식탁 한가운데 노릇하게 잘 구워진 칠면조를 보고 있노라면 자연스레 식욕이 돋기 때문일 것이다. 워낙 크다보니 열 명 정도는 충분히 배불리 먹을 수 있어 다른 음식을 많이 준비할 필요가 없는 것도 큰 장점이다. 호박 수프, 샐러드와 빵 몇 종류와 와인이면 충분하다. 몇 해 전부터는 모임에 참석하는 손님들이 각자 한 가지 음식을 파트락(potluck)으로 가져오는 경우가 많아져 점점 식탁이 풍성해지고 있다.

연말에 칠면조구이를 한지도 거의 삼십 년이 다 되어간다.

영국에서 처음 맞은 1994년도 성탄절에 처음으로 칠면조 요리를 시도하였었다. 성탄절이 다가오며 대형 슈퍼마켓에 쌓인 큼직한 냉동칠면조를 보니 도전의식이 생겼다. 가격도 그다지 부담스럽지 않아 우선 묵직한 놈으로 한 마리를 골라 카트에 담았다. 마침 집근처 공원의 벼룩시장에서 헐값에 구입한 성탄절용 요리책을 참고하였다. 다양한 빵, 스프, 샐러드, 각종 고기를 굽는 레시피에 맛있는 음식 사진들이 있는 두툼한 책이다. 당연히 책에는 칠면조 요리가 소개되어 있다. 그 레시피를 한 줄한 줄 해석해가며 우리는 열심히 칠면조를 구워냈다. 첫 시도였음에도 성공적이었고 아이들도 모두 노릇하게 잘 구워진 칠면조를 보고 환호성을 올렸다. 그 이후 영국에 머무는 동안 매년 칠면조를 구웠고 나중에는 직원들까지 초대하면서 칠면조구이 숫자를 늘려나갔다.

영국에서 귀국한 이후에도 칠면조구이는 계속되었다. 처음 몇 해는 칠면조를 구하느라 애를 먹었다. 칠면조를 사기 위해 한남동의 외국인 대상 슈퍼마켓을 주로 이용했는데 어느 해인가는 시기를 놓쳐 구입할 수가 없었다.

인터넷을 샅샅이 뒤져서 가까스로 칠면조를 키우는 어느 농가를 찾을 수 있었다. 하지만 막상 택배로 배달되어 온 칠면조를 본 우리는 거의 절망했다. 수입칠면조는 가슴살이 아주 풍성한 데 비하여 주문한 칠면조는 가슴살이 거의 없이 앙상하여 볼품이 없는 데다 막상 구워보니 맛도 별로였다. 그 이후 아예 추수감사절 때부터 수입 칠면조를 확보하여 냉동실에 가득이 채워 놓았다.

칠면조를 구워 요리하는 방법이야 웬만한 레시피에 자세히 나와 있지만 그래도 몇 가지를 주의해야 한다. 우선 칠면조 배 안에 채워 넣는 스터핑(stuffing)에 관한 부분이다. 각양 재료들을 잘 다지고 섞어 배 안에 가득 채우고 굵은 실로 잘 꿰매 닫아야 한다. 스터핑 재료는 기호에 따라 달라지겠지만 식빵이나 과자, 견과류, 허브와 채소, 홍당무, 감자, 양파, 곡물, 베이컨이나 삼겹살 등을 잘 다져 만든다. 칠면조 내장을 함께 구할 수 있으면 간이나 염통, 창자 등을 잘게 썰어 함께 섞으면 풍미가 더할 것이다.

구입해 온 칠면조 겉면을 자세히 살피면, 뽑히지 않은 솜털이 있게 마련이다. 손톱으로 뽑든지 핀셋으로 잘 정리해줘야 한다. 또 굽기 전에는 겉면에 요구르트와 버터를 녹여 발라 향취와 풍미를 더하고 껍질을 촉촉하게 만든다. 베이컨을 겉면에 붙이거나 베이컨말이를 함께 굽는 방법은 처음 몇 번 시도하다 중단하였다. 칠면조를 가스 오븐에 넣을 때 너무 타지 않도록 오븐 바닥에 먼저 물을 충분히 넣어준다. 나중에 흘러나오는 기름이 섞인 물을 이용해 그레비소스를 만든다. 발을 꿰어 엮은 후 굵은 실이나 철사로 잘 묶어줘야 한다. 물론 날개 부분도 벌어지지 않도록 잘 묶어야 한다.

오븐의 열기가 칠면조에 직접 닿지 않도록 커다란 알루미늄 쿠킹호일로 전체를 잘 감싸준다. 찢기거나 열린 부분이 생기면 그곳만 시커멓게 타기 때문이다. 오븐팬에는 커다란 칠면조에 스터핑이 들어가고 그레비소스용 물까지 채워 넣기 때문에 무게가 상당하다. 오븐에 팬을 넣고 꺼낼 때는 물이 넘쳐흐르지 않도록 특별히 조심해야 한다. 칠면조를 오븐에서 꺼낼 때는 무겁고 뜨거워 주로 내가 담당한다. 오븐용 두툼한 장갑은 필수이다. 네댓 시간을 구워가며 중간에 열어보고 잘 구워지고 있는지도 살펴보아야 한다.

꺼내고 난 뒤 잘 구워진 칠면조 아래 오븐팬에 고인 기름과 물을 조심스레 따라내 그레비소스를 만든다. 무거운 칠면조를 조심스레 들어내고 겉에 싼 알루미늄 쿠킹호일을 잘 걷어낸다. 칠면조 껍질이 호일에 들러붙어 떨어지면 보기에 좋지 않기 때문이다. 굽기 전에 묶었던 굵은 실이나 철사도 세심하게 제거한다. 장식용 리본 등을 이용하여 보기 좋게 마지막 장식을 하고 널따란 접시에 올려 식탁에 내놓으면 모든 것이 마무리된다. 식당조명을 낮추고 식탁 위에 예쁜 촛대를 놓고 빨간색 양초를 올려 촛불을 켜 놓으면 분위기도 만점이다.

칠면조 고기는 가슴살 위주의 흰 살(white meat)와 붉은 살(red meat)로 맛을 구분한다. 각각 다른 맛을 음미하며 골고루 먹는 것이 정말 별미다. 버터와 요구르트 향이 밴 살과 함께 잘 익은 스터핑과 그레비소스, 딸기잼이나 복분자잼을 곁들이면 맛이 일품이다. 빵 자르는 긴 칼과 커다란 포크를 사용하여 가슴살부터 저미듯 자르는 것으로 칠면조를 처리하기 시작한다. 식탁에 앉은 사람 수대로 양쪽 가슴살을 잘 저며 내고 다리 부분의 붉은 살을 잘 뜯어내어 각자의 접시에 나누어주며 즐거운 식사와 교제가 시작된다.

아이들이 어릴 적에는 주로 내가 칼을 잡고 잘라 나누어 주었다. 첫째가 고등학교에 들어가면서 아이들이 주로 고기를 자르도록 했다. 벌써 삼십 년 가까이 해온 집안행사이다 보니 이제는 아이들 모두 아주 익숙하다. 칠면조구이를 준비하는 순간부터 마지막 처리까지 누가 먼저랄 것도 없이 서로 손을 모아 잘 해낸다. 식사가 끝나면 남은 고기와 뼈를 분리하여 따로 냉장고에 보관한다. 나중에 남은 고기는 데워 먹거나 다른 요리의 재료로 이용하면 좋다. 두껍고 단단한 칠면조 뼈도 버리지 않고 김치와 두부를 함께 넣어 전골을 만들면 맛이 기막히다.

연말이 가까워져 오면 우리 가족 모두는 으레 성탄절 음식으로 칠면조구이를 머리에 떠올린다. 이제는 손주들도 성탄절 식탁에 올라오는 칠면조구이를 기다린다. 미국에서는 추수감사절에 주로 먹는 음식이지만 우리집에서는 성탄절 대표음식이 된 것이다. 요즘은 많은 가정에서, 제과점에서 구입한 케이크를 자르며 성탄절 분위기를 내는 것이 대부분인 듯싶다. 나름 편하고 의미는 있겠지만 잔치 분위기는 아니다.

성탄절에 다 함께 모여 왁자지껄 음식을 만들고 즐거운 교제를 나누게 해주는 칠면조 요리는 우리에게 무척이나 특별하고 감사한 음식이다.

막내의 고등학교 졸업

매섭게 춥던 그제, 막내딸이 고등학교를 졸업했다. 졸업식장에 참석한 축하객들의 붐비는 틈새에 서 있으니 3년 전 중학교 졸업식 때의 기억이 엊그제처럼 생생하다. 다섯 남매 사이에서 장난감처럼 자라던 아기의 모습과 졸업식장 한가운데서 친구들과 재잘거리며 핸드폰을 매만지고 있는 막내의 뒷모습이 서로 겹쳐졌다.

졸업장 외에 특별히 받은 상도 없고 이제부터 앞날이 불투명한 재수의 길을 힘들게 걸어갈 것이다. 그래도 아이는 풍성한 꽃다발을 가슴에 안고 환하게 웃으며 여기저기 친구들과 어울려 사진 찍기에 바쁘다. 마지막으로 교복을 입는 날, 또래의 친구들과 학교에서의 마지막 사진을 남기고 찬바람 부는 교정을 구석구석 바라보는 것으로 막내는 못내 아쉬운 고등학교 생활을 마무리했다.

　멀리서 다른 아이들이 상장 수여식을 바라보며 덤덤한 마음으로 막내의 고등학교 졸업식에 참석하였다. 별다르게 헹가래를 쳐주지도 못했고 정문 앞에서 산 꽃다발을 내주며 한번 힘껏 안아준 것이 고작이다.

　곰곰이 되돌아보니 다섯 아이의 고등학교 졸업식 중에서 유일하게 막내 졸업식에만 참석하였다. 여태 뭘 하느라 아이들 졸업식에도 못 갔었나 싶다. 둘째와 넷째는 영국과 일본에서 졸업했으니 그렇다 쳐도 첫째와 셋째 때에도 부인만 참석하였다. 다섯 모두 훌쩍 자라 각자 자기 길로 나아가며 잘 성장하여 감사할 뿐이다. 그래도 돌이켜보면 함께 보낸 진지한 시간이 가뭄에 콩 나듯 한 것 같아 후회가 밀려왔다.

　졸업식을 마친 후 근처에 있는 레스토랑에 자리를 잡았다. 점심 식사를 하며 재수를 포함한 막내의 진로에 관하여 이야기를 나누었다. 막내는 대학진학만이 유일한 대안은 아닐 것 같다며 운을 뗀다. 당분간 아르바이트 일이라도 하며 세상을 좀 더 알아가고 싶다는 의견을 내놓았다. 나름 열심히 노력했음에도 불구하고 실망스러운 결과를 얻어서인지 힘들었던 대학입시 과정을 다시 준비해야 한다는 현실을 쉽게 받아들이기 어려워하는 듯했다. 세상 살기 쉽지 않다는 것을 몸으로 좀 경험해보면 공부할 마음이 다시 들지 않겠냐고 오히려 되묻는다.

　부인은 조급한지 하루빨리 마음을 다잡아서 기숙학원에라도 등록하자는 의견을 내놓는다. 수시를 고려한다면 지금 시작해도 시간이 부족한 상황이라고 덧붙인다. 엄마의 의견을 들은 둘째와 셋째는 살면서 고생도 해봐야 한다며 한두 달은 아르바이트도 해볼 만한 시도라고 동생 편을 든다. 넷째는 단순노동만 하는 아르바이트는 시간만 낭비할 뿐이란다. 막내가 3D 디자인에 관심이 있으니 차라리 그 분야의 컴퓨터 작업을 배울 수 있는 학원에 다니는 것이 어떠냐는 의견이다.

내 의견은 좀 복잡한 편이었는지 모두 듣고는 뜨악한 반응이었다. 목표의식이 모호한 채 무조건 진학하는 것도 문제일 것이고, 재수학원도 역시 마찬가지일 것이라고 말머리를 꺼냈다. 서두를 필요 없이 조금씩 세상을 알아가는 것도 바람직해 보인다. 자유로운 시간을 가지며 천천히 계획을 생각해보아라. 자유 시간에 여행을 가도 좋을 것이다. 평소에 하고 싶었던 것을 정리해서 시도해 봐라. 대학진학에 관한 생각이 뚜렷하지 않다면 취직하는 것도 한 방편일 것이다. 등등 별반 주제가 없는 이야기로 뭉뚱그렸더니 들은 척 만 척이다.

막내는 그림에 소질이 있어 미술대학에 들어가려고 열심히 준비했었다. 특히 일반 회화보다는 실용적인 실내 및 가구 디자인 쪽이나 3D 디자인에 더 관심이 많았다. 하지만 그런 관심을 진로와 연결할만한 구체적인 삶의 목표가 미약했다. 목표에 이르는 단계별 접근과정에서 성공 경험이 부족한 것이 부담이었다. 아이에게 무엇인가 성공 경험을 갖게 해줘야 한다는 필요성은 인지하면서도 자발적, 역동적으로 자신의 삶을 엮게 만들기란 참 어렵다. 결국은 스스로 깨달아야 하고 자신의 길을 힘겹지만 혼자 묵묵히 걸어가야 한다. 스스로 깨닫기까지 두려움과 함께 방황하는 긴 시간의 터널도 통과해야 하겠지만 언젠가는 반드시 그 터널 끝의 빛을 찾게 되리라 믿는다.

아이들이 자라며 미래를 준비하여 진학과 취업을 통하여 성인이 되어 독립하는 과정은 참 지난하다. 특히 학교 성적이 바람직한 수준이면 그나마 다행이지만 그렇지 않으면 고민이 따른다. 하지만 성적은 그야말로 겉보기의 결과일 뿐이다. 스스로 공부에 열심이고 많은 노력을 기울이면 좋은 성적이 나오고, 학교 공부에 관심도 없고 게을리 하면 성적은 하위권일 수밖에 없다. 인생은 선택이며 그런 선택의 연속 과정이다. 공부하는 것도 선택이다. 가정은 아이들이 공부를 놓으면 다른 대안을 선택하도록 양육하는 곳이어야 한다. 아이에게 가장 적합한 것, 아이가 잘하는 것, 좋아하는 것을 찾아주고 그것을 더 잘하고 아주 잘하도록 도와주어야 한다. 물론 아이가 적성과 취미를 발견하도록 지원 여건을 만들어 주는 것은 말이 쉽지 어려운 일이다. 오히려 공부가 가장 쉬울 것이다. 그런 의미에서 대부분 가정에서 공부를 강조한다. 나는 아이들의 선택을 믿고 그 선택을 최대한 밀어주려 한다. 그 선택과 지원 시기는 어릴수록 바람직하다.

이번 주말엔 막내와 대형 서점에 들러 적당한 책을 골라봐야겠다. 시간이 나면 종로나 인사동 거리를 걸으며 졸업과 새 출발에 대하여 긴 대화를 나눠볼 생각이다.

클리어 파일에 아이들 넣기

어쩌다 특별히 할 일 없는 날이면 위층 다락방에 올라가 자리를 잡는 다. 다락방에는 세월의 흔적이 녹아있는 온갖 잡동사니들이 쌓여 있다. 특별히 그중에서 겉표지에 아이들 이름이 적혀있는 클리어 파일을 꺼내 뒤적이다 보면 시간 가는 줄 모른다. 대략 50여 장이 넘는 투명 시트지 로 되어있는 파일들이다. 그런 파일이 두 개인 아이도 있고 다섯 개나 되 는 아이도 있다.

첫째를 임신했을 때 지인으로부터 출산과 육아 기록을 담을 수 있는 아기 앨범을 선물로 받았다. 물론 지금도 그 앨범은 다락방 책장에 꽂혀 있다. 두툼한 겉표지를 넘기면 첫 페이지부터 알록달록한 색깔과 무늬가 눈에 들어왔다. 페이지마다 아기의 임신 중 기록부터 출산관련 내용과 시기마다 키, 몸무게 등을 적는 항목이 있었다. 뒷부분에는 사진을 붙일 수 있는 빈 페이지들이 들어있었다. 요즘이야 이런 종류들의 앨범이 넘치겠지만 당시에는 흔하지 않은 디자인의 앨범이었다.

그런 귀한 앨범을 받아 첫 아이에 대한 크나큰 관심과 애정으로 열심히 기록들을 남겼다. 그런데 막상 병원 진료 기록이라든지 출산 후 병원에서 받은 엄마의 입원실 호실과 이름이 적힌 명찰, 아기 발목에 채웠던 명찰, 병원비 영수증 등 이런저런 기억이 될 만한 물건들을 그 작은 앨범에 다 보관하기에는 앨범이 많이 부족했다. 우선은 작은 상자에 집어넣고 나서 좀 더 오래도록 효율적으로 보관할 방법을 찾아보았다.

그러다 언뜻 회사에서 사용하는 투명 용지가 들어있는 클리어 파일이 생각났다. 회사에서는 서류를 보관하거나 나중에 참고할 목적으로 내용물을 보관할 때 투명한 봉투에 끼워 넣는 클리어 파일! 바로 그것이었다. 당장 문방구에 가서 두툼한 파일과 클리어 용지를 추가로 산 뒤 보관할 것들을 일단 집어넣었다.

아이가 자라가며 클리어 파일에는 각양각색 아이의 기록물들이 들어간다. 친척들로부터 받은 축하카드며 심지어는 축복내용이 적힌 설날의 세뱃돈 봉투, 아이가 빈 종이에 열심히 그려 넣은 기하학적 문양인지 추상화인지 모를 낙서 그림들, 아이들을 데리고 다녔던 놀이터 입장권이나 영수증, 유치원 안내문과 기록들, 학교 성적표, 학교에서 받은 선생님의 필체가 들어있는 개인 전달사항들, 학교행사를 알리는 팸플릿, 교회의 유아 세례증서, 초등학교에 들어가 만든 엄마 아빠에게 전해주었던 어버이날 카드와 종이 카네이션, 우리 부부가 아이들 생일에 주었던 생일카드와 성탄 카드들, 아이들이 여행을 떠나 집으로 보내온 편지와 엽서들, 심지어는 아이가 태어나 처음 깎은 손톱과 발톱을 순서대로 붙여서 아이 이름과 날짜를 적어 놓은 스카치테이프도 들어 있다. 아이들이 모아두었던 국내외 우표들과 종이 딱지 몇 장, 가족들이 함께 보았던 영화나 연극 표, 안내 팸플릿 등 그 종류가 아주 다양하다.

아무튼, 아이들과 조금이라도 관련이 있을 것으로 여겨지는 서류를 포함하여 두께가 얇다 싶은 물건들은 죄다 그렇게 아이들 각자의 클리어 파일에 집어넣었다. 그때그때 정리하지 못해 시간상 앞뒤 순서가 꼭 맞지는 않지만, 집안 구석에 뒹굴다가 쓰레기가 되었을 법한 그런 소소한 물건들을 눈에 띄는 대로 파일에 집어넣어 둔 것이다.

물론 내 개인적인 서류나 작은 물건들도 마찬가지로 파일에 넣어 보관한다. 오래된 기록이나 서류들을 쉽게 찾을 수도 있고 또한 내가 스스로 과거여행을 하도록 안내해주는 표지판 역할도 톡톡히 한다. 아이들 이름이 적힌 파일을 열어보면 아이들과의 옛 추억의 장면들이 금세 생생하게 튀어나오는 것을 경험할 수 있다.

이제는 아이들 대부분이 성장하여 집을 떠나 살고 있다 보니 예전처럼 파일에 집어 넣을만한 물건들이 많지 않다. 그런데도 거실 책장에는 여전히 아이들 이름이 적힌 5개의 파일이 자신을 채워주기를 기다리고 있다. 지금도 간혹 아이들의 손때가 묻은 서류들이나 작은 물건들이 눈에 띄면 파일에 집어넣는다.

첫 손녀를 낳았을 때도 며느리에게 큼직하고 두툼한 클리어 파일을 선물하였다. 맨 앞의 투명한 속지에는 내가 작성한 손녀에 대한 축복기도 카드를 넣었다. 부인은 무슨 출산선물이 클리어 파일이냐, 좀 이상하지 않으냐고 뜨악한 반응이었다. 그래도 나는 의미 있는 선물이라고 믿는다. 물론 주머니에 살짝 부담되는 다른 선물도 그 클리어파일 안에 들어있긴 했지만...

얼마 전 어버이날을 맞아 큰아이 내외가 자그마한 카드를 보내왔다. 날짜가 빠져있기에 빈칸에 연월일을 적어 큰아이 파일에 집어넣었다. 일기를 매일 적는 것도 옛 추억을 간직하는 좋은 습관이요 시스템일 것이다. 그러나 클리어 파일을 준비하여 부지런히 집어넣었던 일도 아이들에게 자신의 뒤를 돌아볼 수 있는 안내판을 제공해 준 면에서 잘한 선택이었음을 자부한다.

기록과 자료들은 기억이 된다. 그러나 기억은 기록이 되지 못한다.

일곱 대식구, 런던행 비행기를 타다

1994년 가을, 일곱 명의 대식구가 런던으로 가는 비행기에 올랐다.

급작스런 런던근무 발령으로 한 달 만에 한국 생활을 모두 정리해야 했다. 그야말로 번갯불에 콩 볶아 먹듯 살던 집을 전세 놓고 간신히 마련한 값싼 가구들을 정리했다. 영국에서도 써야할 주방용품과 이부자리, 아이들 물건들과 책들을 챙겨 선편으로 먼저 보냈다. 거의 일주일 동안 텅 빈 집에서 최소한의 의식주만을 해결하다가 드디어 런던을 향해 출발하였다.

회사에서 제공해준 항공권으로 비행기에 탑승하고 나서야 뭔가 문제가 있음을 알게 되었다. 어린 아이들 다섯 챙기랴, 옷과 살림살이가 가득한 여행가방 챙기랴 경황없는 가운데 복잡한 수속을 마치고 항공권을 받아들고 비행기 안으로 들어갔다. 엄청난 승객 틈에 엉켜 간신히 좌석을 찾아 아이들을 한 명씩 앉혔다. 그런데 태어난 지 10개월 된 막내의 항공권에 좌석번호는 없는 것이 아닌가.

항공권 요금체계나 유아를 위한 특별조치 등에 대하여 사전에 면밀하게 파악하지 못한 탓도 있겠지만 정말 난감했다. 아기 요금이 성인의 10%밖에 안 된다고 하더니 그게 좌석을 주지 않고 몸으로 때운다는 뜻인 줄을 전혀 알지 못했다. 9살인 첫째부터 7살, 5살, 2살의 넷째에 돌도 되지 않은 막내까지 5명을 챙기며 런던까지 13시간을 가야하는데 막내를 런던까지 내내 안고 가야 하는 것이다. 엎친 데 덮친 격으로 하필 그날따라 비행기도 만석이어서 맨 뒤 흡연석까지 여유 좌석이라고는 하나도 없었다.

당시 런던으로 향하는 비행기는 요즘과 달리 먼 길을 돌아 런던으로 향했다. 김포를 떠나 동해 방향으로 기수를 틀어 일본 근처까지 날아간 다음 북으로 돌려 러시아 영해를 들어서는 항로였다. 블라디보스토크 북방으로 방향을 튼 다음 러시아의 광활한 툰드라 지역을 가로질러 유럽으로 향하는 장장 열세 시간의 긴 여정이었다.

제법 큰 첫째와 둘째는 이륙한 뒤에도 별문제 없이 비행기 환경에 잘 적응했다. 때마다 나오는 특식을 즐기고 실내등이 안내하는 대로 대부분 시간에 잠을 잤다. 반면 셋째와 넷째는 비행기 좌석이 불편한지 칭얼대며 보채기를 반복하다 간신히 잠을 잤다.

막내를 부인과 둘이서 번갈아 안아주며 끼니때에 맞춰 따스한 물을 부탁하여 분유를 타 먹였다. 넷째까지 모유수유를 했지만 부인이 35살 노산인 탓인지 막내는 4개월 만에 젖이 말라 분유로 키우고 있었다. 때때로 기저귀를 갈아주고 칭얼대는 아기를 어르고 달래며 씨름했다. 하지만 아이들이 번갈아 울어대는 바람에 주위 사람들에게 피해를 주면서도 어찌해볼 도리 없어 긴 시간 동안 마음만 졸였다.

세 시간 정도를 그렇게 견디다 드디어 아이디어를 찾았다. 마침 어른인 우리와 넷째가 연이은 좌석이었고, 다행히 바로 앞에는 화장실 칸막이가 있는 자리였다. 요즘 같으면 명당자리인 셈이다. 앞좌석이 없이 막힌 곳이어서 발아래 공간이 꽤나 넓었다. 담요를 몇 장 부탁하여 막내와 넷째를 칸막이 아래 바닥 공간에 옆으로 눕혀 재우기로 했다. 그래도 우리가 번갈아가며 다독여주거나 때때로 안아주지 않으면 금방 잠에서 깨어 울어대는 통에 정말 그 열세 시간이 어떻게 흘러갔는지 모르겠다.

언뜻언뜻 조그만 창 아래의 눈 덮인 툰드라 풍경에 작은 흥분과 감흥이 그나마 쉼과 위로가 되었다. 잠시 창밖을 보다가도 다시 아이들과의 씨름을 반복했다. 어른인 우리도 힘들어 지쳐가는 데 아이들이야 오죽했을까 싶으면서도 더 잘해볼 도리가 없는 여정이었다. 승무원들도 많은 아이들과 아기의 울음소리, 주위 사람들의 불만 등으로 많이 난감했을 것이다.

요즘 같으면 사전에 추가 요금을 내고 좌석을 확보하거나 따로 휴대용 아기 요람이라도 휴대했을 것이다. 그때는 그저 회사에서 항공권을 제공하면 군말 없이 따르던 시절이었다. 몸으로 때울 수 있는 것은 어쨌든 몸으로 때우는 걸 감지덕지하며 당연시했다.

비행기가 런던의 히드로 공항에 다다라 고도를 낮출 때 런던 외곽의 모습이 눈에 들어왔다. 일직선으로 연달아 닿아 있는 적벽돌 기와집들의 창연한 모습이 눈 아래 펼쳐졌다. 아이들과 함께 가로수에 가려진 낡은 이층집 기와지붕을 바라보며 묘한 흥분이 일었다. 이제 정말 새로운 곳에서 새 삶을 시작하는구나 싶었다.

우여곡절 끝에 도착한 런던에서 다섯 아이와의 아름다웠던 추억이 그렇게 시작되었다.

아빠 오리와 새끼 오리들

'아빠 오리와 새끼 오리들'

한동안 아파트 아줌마들이 나와 아이들에 대하여 부르던 별명이다. 살림살이가 넉넉하지 못하던 시절 어찌어찌해서 서울 근교, 정확히는 서울의 끝 동네인 양천구 신월동에 살다가 그나마 서울 경계를 넘어 이사하게 되었다. 부천 고강동 초입, 그러니까 부천으로 보면 변두리 끝이고, 서울에 바짝 붙은 곳이다.

그곳의 나지막한 4층짜리 아파트를 처음으로 장만하여 텅빈 집에 싸구려 가구들과 살림살이를 채우는 재미로 살았다. 그 작은 아파트에서 살던 5년간의 기억을 떠올리면 모든 것이 다 꿈결 같고 신나는 추억거리들이다.

대학원을 졸업하고 입사하여 고참사원이 되고 마침내 6년 만에 대리라는 책임자 직함을 달며 자랑스러워했다. 책임자 직급을 달고 풋풋한 열정으로 장만한 아파트에서 두 아이를 다섯 아이로 배가시키며 온 동네에 이야깃거리를 제공하는 집으로 주목받았다.

한여름의 주말에는 걸을 수 있는 아이들은 내 담당이 되어 집 밖으로 나왔다. 온종일 집 안에서 걸음마도 못 뗀 갓난아이를 돌봐야 하는 배부른 부인의 부담도 덜어줄 겸, 아이들과 주중에 놀아주지 못한 것에 대한 보상을 겸한 주말 행사였다. 처음엔 위의 두 아이와 함께 세 명이 한 팀이 되었다. 점점 셋째가 걷기 시작하며 넷이 되고, 넷째까지 다섯으로 늘어 아파트를 휘젓고 다녔다.

그 때의 내 여름철 복장은 예비군복 바지를 잘라낸 반바지에 하얀 민소매 메리야스였다. 물론 발가락이 보이는 샌들을 신고 몸매에 신경을 꺼둔 탓으로 살짝 아랫배가 나온 넉넉한 품세였다.

아이들을 뒤에 달고 아파트 경내의 작은 풀밭과 놀이터, 주차장 겸 마당이 주말 행사의 아지트였다. 물론 동네 어귀의 문방구와 아파트 뒤로 연결된 야트막한 야산, 좀 떨어진 곳의 논과 밭도 자주 나돌아 다녔다.

아파트 전체에 차를 가진 사람들이 거의 없어 주차장은 텅 비어있었다. 한 동이 24가구로 이사한 처음에는 주차된 차량이 고작 대여섯 대에 불과했다. 수준이 넉넉하지 못한 탓일 수도 있겠지만, 그 당시엔 어느 곳이든 자가용이 드물었다. 그 시절 아파트 건축계획의 주차장 비율은 두 가구당 한 대꼴이었을 것이다. 덕분에 주차장 겸 마당은 항상 텅텅 비어있었다. 아이들이 바닥에 분필로 그림을 그리고 공을 차며 뛰어 놀기에 아주 좋은 환경이었다. 마당 옆 풀밭에서 아이들이 나비며 벌레를 잡고 뛰어다니며 노는 것이 일상이었다. 물론 유치원도 초등학교 입학 직전 일 년이 보통이었다. 그러니 온 동네의 취학 전 아이들은 죄다 밖으로 몰려나와 하루 종일 마당과 풀밭, 놀이터를 채웠다. 특히 그 중심에 우리 아이들이 맹활약을 떨쳤다. 우선 우리집의 양육에 관한 기본 이념이 '놔서 키우기' 즉 방목이었으니 아이들은 언제나 해방이었고 특히나 주말엔 나까지 방목대상이었다.

그러다 갑자기 영국 런던으로 이사하자 당시 만 다섯 살이었던 셋째가 울면서 진지하게 불만을 터뜨렸다.

"엄마, 아빠, 왜 우리집 마당이 이렇게 작아졌어. 난 마당이 넓은 고강동 집이 더 좋은데..."

런던에서 우리가 살던 집은 우여곡절이 많긴 했지만 런던의 서민들이 사는 그저그런 집처럼 좁고 아기자기했다. 하지만 다행이 마당, 아니 정원이 15미터 정도로 긴 편이고 다양한 나무가 여러 그루 자라고 있었다. 다른 런던 집들보다도 정원이 나름 큰 집이었음에도 고강동 아파트 주차장 겸 마당 전체를 우리집 마당으로 인식했던 셋째의 눈에는 한없이 작아 보였나보다.

아이들을 일렬로 이끌고 동네 어귀의 문방구에 들러 아이들에게 특권을 허락하는 것은 즐거운 주말 행사 중의 하나였다. 특권이란 문방구에서 일정 금액을 정하여 그 금액 범위 내에서 사고 싶은 물건을 스스로 고르게 하는 것이었다. 요즘 돈으로 치면 대략 2~3천 원 정도가 될는지 모르겠지만 아무튼 당시로는 오백 원 이내였다.

문방구에 간 아이들은 관심사가 모두 달랐다. 첫째는 주로 자그마한 조립완구인 프라모델을 골랐다. 딸인 둘째는 색종이, 인형 옷 그림, 작은 필기도구 또는 완구를 주로 골랐다. 셋째부터는 주로 사탕 같은 먹을 것이나 작은 장난감을 따로 골랐다.

간혹 큰 아이들이 작은 아이들 몫을 골라주거나 돈을 모아 좀 더 크고 비싼 것을 사기도 했다. 주로 큰 애들이 갖고 싶었던 것들이다. 아이들끼리 서로 의견을 주고받으며 타협하고 절충하는 경험 또한 아이들에게 좋은 훈련이라 여기며 즐겁게 지켜보았다.

문방구 쇼핑이 다 끝나면 다시 줄을 지어 손마다 자기가 고른 물건들을 꼭 쥐고 행복을 만끽하며 집을 향하여 다시 행진했다.

주말마다 아이들과 함께 아파트를 오가며 놀러 다니는 모습을 본 동네 아주머니들이 붙여준 별명이 '아빠 오리와 새끼 오리들'이다. 간혹 동네 아주머니들이 부인에게 '아이 아빠가 메리야스만 입고 다니는 것이 보기 흉하다.'고 충고하기도 하였다. 하지만 그 당시엔 그런 지적이 별로 신경 쓰이지 않았다.

사실 그 동네 아저씨들 상당수가 여름철엔 그런 복장으로 자유롭게

다녔으므로 내가 유별난 게 아니었다.

숱하게 많은 싸구려 프라모델을 조립하고, 어린 동생들은 그것들을 쉽게 부숴버리고, 새로운 완구를 또다시 사서 함께 조립하던 그 시절이 이젠 까마득하다.

현재 건축 디자인을 하는 셋째는 취미 삼아 모델 하나 값만도 십여만 원이 넘는 프라모델을 사서 어쩌다 여유로운 주말이면 밤을 새워 조립하곤 한다. 완성하여 전시해 둔 건담 인형들이며 피규어들, 우주 비행선들이 가득히 쌓여간다. 주말마다 종종 다녀가는 손녀, 손자의 고사리손에서 부상당한 건담 인형들과 고장난 우주선들이 고생이 많다.

아빠 오리를 따라 다니며 익힌 현장 실습 경험들이 성장하여서도 상당한 영향을 미치고 있음이 틀림없다.

동지팥죽과 막내의 팥죽 트라우마

버스에서 내려 집 근처 건널목에서 신호를 기다리며 눈에 들어오는 길거리 성탄절 풍경이 코로나 19 탓인지 어느 해 보다 썰렁해 보였다. 썰렁한 거리를 바라보며 어느덧 올 한 해도 이렇게 다 지나가는구나 하는 휑한 생각이 들었다. 언뜻 길가의 죽 전문점 입구에 써 붙여진 동지팥죽이란 광고 문구가 눈에 들어왔다.

'아, 맞다. 오늘이 동짓날이지. 팥죽 한 그릇도 못 먹고 지나가기는 좀 그렇잖아.'

죽 전문점 안에는 몇 사람이 서서 기다리고 있었다.

'나도 한 그릇 사서 부인과 함께 오랜만에 팥죽 맛이나 좀 봐야겠다.'

싶어 문을 밀치고 들어섰다. 계산대 앞에 줄지어 선 몇 사람 뒤에 같이 서서 기다리다 드디어 내 차례가 되었다.

"동지 팥죽 2인분만 주세요."

"혹시 먼저 전화로 예약하셨나요?"

"아니요. 예약은 안 했는데요. 지금 바로 안 되나요?"

"네. 지금 주문하시면 40분 후에나 나와요. 주문이 밀려서요."

"그래도 2인분만 만들어 주세요. 40분 후에 다시 올게요."

집에 도착하여 부인에게 동지 팥죽 2인분을 주문하고 왔다고 말하니 무척이나 좋아한다. 그렇지 않아도 저녁으로 뭘 준비해야 하나 고민하고 있었는데 오늘이 동짓날인지는 깜박했단다. 40분을 기다려 받아온 팥죽 2인분은 양이 무척이나 많아 우선 1인분을 두 그릇으로 나누었다. 오랜만에 함께 팥죽을 먹으며 부인과 앉아 두런두런 옛이야기를 나누었다. 돌아가신 어머니께서 쑤어주시던 동짓날 팥죽과 설탕을 넣어 진한 단맛을 즐기시던 아버지에 대한 기억들이 떠올랐다.

부인은 요즘 팥죽 쑤기가 귀찮아졌는지 예전처럼 손이 잘 가지 않는단다. 맛있게 먹었음에도 둘의 먹는 양이 많지 않아선지 다른 한 그릇이 온전히 남았다. 남은 한 그릇을 보며 셋째와 막내가 곧 퇴근할 터이니 저녁을 먹지 않고 들어오는 아이에게 팥죽을 주면 되겠다고 얘기하던 중에 마침 막내가 들어왔다.

"추운 날 수고했다. 오늘 동짓날인데 너 팥죽 한 그릇 먹지 않을래? 요

앞 죽 전문집에서 사 와서 엄마랑 먹었는데 맛있더라."

"그래요? 근데 저 팥죽 별로 안 좋아해요. 저녁은 안 먹을래요."

"아니, 네가 팥죽을 안 좋아하니?"

"네, 어릴 적 팥죽에 대해 안 좋은 기억이 있어선지 팥죽은 잘 안 먹게 되더라고요."

자기 방에 들어가 옷을 갈아입고 나온 막내에게 자초지종을 물어보자 오래전 이야기를 털어놓는다. 막내는 아주 어릴 적부터 팥죽이 입에 맞지 않아 거의 먹지 않았단다. 그런데 결정적으로 팥죽에 관해 좋지 않은 기억까지 더하게 된 이유는 초등학교 2학년 때 담임선생님 때문이란다.

어느 날 학교 급식에 팥죽이 나왔다. 막내는 그전부터 팥죽을 좋아하지 않아 식판에 담긴 팥죽을 먹지 않고 다른 아이들이 식사를 마칠 때까지 기다렸다. 점심시간이 끝나고 먹지 않은 팥죽을 잔반통에 넣으려는데 선생님 눈에 띄었다. 선생님은 팥죽을 버리지 못하게 하고 다 먹어야만 집에 갈 수 있다는 것이다. 바로 그 순간 선생님의 얼굴이며 억양이 어린 막내에게 너무 무서웠던 모양이다.

설상가상으로 막내처럼 팥죽을 먹지 않고 견디고 있다가 함께 혼난 또 다른 아이가 있었다. 공교롭게도 그 아이는 평소에 학급에서 이런저런 이상한 행동을 하던 아이였다. 막내는 그 아이와 함께 남아 있는 것도 무서운 데다 선생님까지 큰소리로 윽박지르며 혼내니 완전히 겁을 먹어 거의 울기 직전이 된 것이다.

결국, 한참 동안 혼나면서도 팥죽을 입에 대지도 않고 집에 왔다. 그 이후로 막내는 팥죽을 거의 먹은 적이 없단다. 어쩌다 팥죽이 나오는 자리에서는 건성으로 몇 술 떠먹는 시늉만 하고 다른 음식으로 적당히 배를 채우고 나온단다. 그때를 생각하면 거의 지옥 같은 공포감이 지금도 느껴진다며 담담히 말하였다.

놀랍게도 우리는 여태 처음 들어보는 이야기였다. 아직까지도 우리가 아이들에 대해 잘 모르는 부분이 있구나 싶었다. 학교 선생님들 행동이나 태도야 그때는 그럴 수도 있겠다 싶었다. 하지만 막내가 왜 그 이전부터 팥죽을 좋아하지 않게 되었나 하는 의문이 들어 부인에게 넌지시 물었다.

"아니, 왜 막내가 팥죽을 싫어하지? 맛있는데... 당신은 어떻게 생각해요? 막내가 그런 경험이 있는 걸 알고 있었어요?"
"아니요. 팥죽을 먹을 기회가 많지는 않았으니... 그러고 보니 우리 아이들 모두 팥죽을 그다지 좋아하는 것 같지는 않네요."
"그러게요, 첫째도 죽 자체를 즐기지는 않는 듯 싶고, 둘째는 그래도 내색하지 않고 먹긴 하던데, 셋째랑 넷째도 팥죽을 특별히 잘 먹지는 않네요. 아마도 아이들이 어릴 적 영국에서 지낸 기간이 많다 보니 그런 영향을 받은 것은 아닌가. 영국에는 팥 자체가 없잖아요. 빵 속에 팥 앙금 넣은 것도 없고, 아마도 팥이 들어간 음식 자체를 접해보지 못했지 싶어요. 막내가 미국에 가 있던 동안도 그랬을 것이고... 미국에도 팥 들어간 음식이 거의 없을걸요. 아마."

"그럴 수도 있겠네요. 우리도 영국에 있을 때 팥죽을 쑤어 먹인 기억이 없고... 아이들이 어릴 적 경험한 음식이 중요한데 우리 아이들은 팥에 관한 기억이 거의 없나 봐요. 죽 같은 음식도 별로 즐기지 않다 보니 특별히 팥죽은 더 그렇겠지요. 그런 거 보면 우리 아이들 입맛이 약간 서양식 스타일에 더 가까운 듯해요. 이거 앞으로 아이들이랑 같이 제대로 팥죽 쒀먹기는 글렀는데요..."

어느덧 아이들도 모두 떠나가고 팥죽마저 부인과 단둘이서 먹게 되었다. 붉은 팥죽에 얽힌 동짓날 음식의 의미는 고사하고 달달하고 고소한 팥죽은 우리 부부만의 추억으로 남았다.

둘째 실종사건 I
- 아이는 똑바로 앞으로만 걷는다

　간혹 파출소 근처나 기차역의 공용게시판에는 실종아동들의 사진들을 쉽게 볼 수 있다. 전단에 실린 아이마다 나이와 이름, 인상착의와 함께 마지막 실종된 장소가 적혀있다. 그런 내용을 보고 있으면 안타까운 마음과 함께 다섯 아이를 키우며 가슴을 쓸어내렸던 순간들이 떠오른다.

　아이들이 어린 시절 실종사건이 몇 번 있기는 하지만 유독 활동성이 강했던 둘째는 두 번의 실종 경력을 갖고 있다. 물론 아이의 실종에 이르는 과정은 전적으로 부모의 책임이다. 그래도 적극적이고 자기 길을 용감하게 나아가는 아이일수록 실종사태를 겪을 가능성이 높을 것이라는 생각이다.

아이를 잃어버리는 시기는 만 두 살 전후가 가장 확률이 높다. 그 시기의 아이들은 뛰다시피 잘 걷는 반면, 말을 제대로 하지 못해 부모를 찾기 위한 소통이 어렵다. 간신히 몇 개의 단어만 이어 붙여 말하거나 부모만이 알아들을 수 있는 고유의 원시 언어를 만들어 사용하기 때문이다.

어느 해 늦가을 주말이었다. 아이들과 함께 쌍문동 주택가에 사시는 부모님 댁을 방문하였다. 셋째를 포대기에 싸고 젖먹일 즈음이었으니 둘째는 만 세 살이 채 되지 않았다. 할아버지가 준 용돈으로 첫째가 근처 동네 문방구에 군것질거리를 사러 가는데 둘째가 따라 나간 모양이었다. 한참 만에 첫째가 혼자 돌아와 놀고 있는 것이 보였다.

첫째에게 동생이 어디 있냐고 물으니 조금 전까지 문방구 앞에서 함께 있었는데 그 이후는 모르겠다며 커다란 눈만 껌벅였다. 저녁 시간이어서 이미 어둑어둑 땅거미가 지고 있었다. 첫째가 문방구로 나간 지 2~30분이나 지난 시간이었기에 부인과 나의 형제들까지 모두 둘째를 찾기 위해 뛰어 나갔다.

막상 문방구 앞을 가보니 동네의 작은 네거리 코너에 있는 가게라 어느 곳으로 갔는지 전혀 가늠할 수가 없었다. 우선 네거리 각 골목을 한 사람씩 맡아서 찾아보기로 하였다.

내가 맡은 골목길을 따라 한 200m를 열심히 뛰어가 보았지만 보이지 않았다. 다시 되돌아와 중간마다 연결된 작은 골목들을 모두 뒤졌지만 마찬가지였다. 그렇게 몇 분 동안 다급한 마음으로 근처 골목들을 뛰어다니는 동안 부인과 형제들도 비슷한 행태로 여기저기 골목길을 뒤지며 헤매고 있었다.

마음을 먼저 다스리자고 다짐하다가 언뜻 먼저 아이의 입장이 되어야 겠다는 생각이 들었다. 다시 내가 맡은 골목으로 뛰쳐나가 한 방향으로만 달리기 시작하였다. 한참을 뛰다보니 그 골목이 'ㄱ'자로 다른 큰길과 맞닿아 끝나고 약간 아래로 경사진 큰 길이 나타났다.

아이가 큰 길을 따라 내려갔을 것이란 생각으로 그 길을 따라 내려갔다. 한참을 더 달려가 보니 어둑한 도로변 가게의 불빛 사이로 저만큼 앞에 둘째가 보였다. 아이는 마음이 급한지 앞만 보고 열심히 아장아장 걸어가고 있었다.

웬만하면 사람들이 아이를 붙잡아 근처 파출소에라도 맡겼을 법도 한데 둘째는 여전히 혼자 앞으로만 걷고 있었다. 아이를 발견하기 전의 그 참담하고 절박하고 당황스러운 심정은 순식간에 사라지고 얼마나 기쁘고 마음이 놓였는지 모른다.

얼른 큰소리로 둘째 이름을 부르며 뛰어갔다. 그제야 둘째가 뒤돌아보며 '으앙' 하고 울음을 터뜨리며 달려왔다.

가까이서 둘째의 얼굴을 보니 잔뜩 겁에 질려 있었다. 무척이나 겁났을 텐데 속으로 삭이며 낯선 동네의 골목길을 앞만 보며 울지도 않고 계속 걸어간 것이다. 어둑한 골목길에서 시간은 계속 가고 마음은 점점 더 초조해지는 가운데 드디어 아빠 목소리가 들리자 울음이 터진 것이다.

둘째를 안고 돌아오며 아이들의 심리와 습성에 대하여 절실히 깨달은 것이 있었다. 아이들은 절대로 골목을 꺾어 다니지 않고 일직선을 따라 앞으로만 걷는다.

그 일을 겪고 난 뒤 미아상담소에서 둘째에게 자그마한 스테인리스 팔찌를 달아 주었다. 둘째는 이름과 생일, 전화번호가 새겨진 반짝이는 팔찌를 좋아하며 한참 동안을 잘 차고 다녔다.

둘째 실종사건 Ⅱ
– 친절한 미국동네 이웃들

1990년 여름, 돌이 되지 않은 셋째를 포함하여 온 가족이 처음 미국을 방문했을 때 또 한 번 둘째의 실종사건이 있었다. 손위 처남 가족과 장모님이 미국으로 이민하여 샌프란시스코 근처 작은 마을에 살고 있었다. 우리가족이 약 한 달을 머무를 예정으로 도착하여 열흘 정도 지난 때였다.

물론 그때는 아이를 잃어버렸는지도 모르는 상황에서 일이 해결되어 실종사건이라고 부르기는 다소 모호하기는 하다. 하지만 둘째와 이웃 미국사람들의 이야기를 종합해보면 아이는 동네에서 놀다가 길을 잃어버린 것이 확실했다.

만 세 살이 된 둘째는 우리말은 어느 정도 통했지만, 당연히 영어는 한

마디도 하지 못했다. 말이 전혀 통하지 않는 미국 시골 마을에서 둘째는 예닐곱 살의 사촌오빠들을 따라 다니며 동네의 미국 아이들과 어울렸다. 오후시간이 되어 아이들은 뿔뿔이 흩어지고 사촌들도 평소처럼 집으로 돌아왔다. 한눈을 판 사이 어느새 둘째만 횅한 골목 가운데 홀로 남게 되었다.

외삼촌 집을 찾지 못하고 덜컥 겁이 난 둘째는 동네를 이리저리 헤매다가 꽤 멀리까지 가게 된 모양이었다. 마침 잠깐 집 밖에 나온 어느 백인 아주머니가 혼자 걷고 있는 아이를 발견하였다. 미국이나 영국에서는 대낮에 서너 살 정도의 어린아이가 혼자 다니는 것은 절대 있을 수 없는 일이었다.

혼자 길을 걷는 동양인 아이를 발견한 아주머니는 기겁을 하며 아이를 집안으로 들이고 아이에게 이것저것을 물어보았다. 당연히 둘째는 영어는커녕 우리말도 횡설수설하여 아이의 정체를 밝힐 수 없었다. 결국 아이는 한참을 그 집에 머물게 되었다.

어떻게 그분들이 우리가 머무는 처남 집을 찾게 되었는지는 확실하지 않다. 아마도 여기저기를 수소문한 끝에 그 동네에서 거의 유일했던 동양인 집에서 온 아이일 것으로 추측했을 것이다. 저녁 무렵이 다 되어 백인 부부와 동네 사람들 몇몇이 둘째를 안고 집 앞 초인종을 눌렀다. 이 아이가 이 집 아이 맞느냐는 말과 함께...

둘째는 울지도 않고 안겨 있다가 엄마를 보자마자 함박웃음을 띠며 달려들었다. 그때까지도 엄마를 포함한 모든 가족은 아이가 어떤 상황에 놓여있었는지도 모르고 있었다. 당연히 사촌오빠들과 함께 어디선가 놀고 있으려니 했다. 그러다가 낯선 사람 품에 안겨 온 둘째를 본 순간 가족들은 너무 놀라 혼비백산할 수밖에 없었다.

우리 가족들 모두 가슴을 쓸어내리며 친절한 미국인 이웃들에게 너무나 감사하다고 거듭거듭 인사를 했다.

아이를 잃어버릴 때마다 매번 온전하게 찾을 수 있었던 것은 아이들을 선물로 주신 하나님의 크나큰 사랑과 은혜이다.

아무리 육신의 부모가 있어도 보이지 않는 손으로 아이들을 진정으로 살펴 키우는 분은 오로지 하나님뿐이다.

막내의 읽기와 쓰기

담임선생님 : "말씀드리기 죄송하지만, 선영이에게 특수교육과정을 권하고 싶습니다."

부인 : "특수교육과정이라니요? 저희 아이에게 무슨 문제라도 있나요?"

막내의 초등학교 1학년 2학기 초에 학부모 상담 때 일이다.

우리 가족은 IMF 금융위기가 터진 그다음 해인 1998년 12월 영국에서 돌아왔다. 돌아온 이듬해 봄부터 막내는 바로 집 근처 교회의 부설유치원에 1년 동안 신나게 다녔다. 유치원 졸업 후 오빠들이 다니는 근처 초등학교에 입학하게 되었다. 막내는 영국에서 약 3년 동안 공립유치원(Nursery)을 즐겁게 잘 다녔고 귀국한 뒤에도 동네 유치원에서 별다른 문제없이 잘 지낸 터였다.

하지만 초등학교에 입학하며 약간의 어려움이 생겼다.

매일 선생님이 내주시는 숙제 및 준비물 목록을 제대로 적어오지 못했다. 허구한 날 부인은 막내의 그림처럼 그려온 알림장을 도저히 해석할 수 없었다. 그럴 때마다 부인은 가까운 곳에 사는 막내의 같은 반 단짝 친구에게 도움을 받아야 했다. 그 집에 전화해서 준비물이나 과제를 알아내는 것이었다. 하지만 정작 당사자인 막내는 힘든 내색이나 불평 하나 없이 언제나 해맑은 모습이었다.

어느 날 저녁 부인이 그날 낮에 막내의 담임선생님과 상담을 하고 왔다고 운을 뗐다. 오전에 담임선생님으로부터 학교 수업이 끝난 후 따로 특별히 상담을 좀 했으면 좋겠다는 전화가 왔다는 것이다. 담임선생님은 부인을 앞에 앉혀두고 아주 곤혹스러운 표정과 어투로 특수교육과정에 대하여 말을 꺼냈다.

담임선생님 : "어머니, 제가 지난 1학기 때부터 선영이를 살펴보며 여러 번 생각해보았는데요. 정상적인 학교수업으로는 따라가기가 어려워 보입니다. 그래서 말인데 특수 아동들이 다니는 학교를 알아보면 어떨까 싶어요."

부인 : "특수학교요? 여태 그런 생각은 한 번도 해 본 적이 없었는데요."

담임선생님 : "제가 보기에는 아이의 두뇌발달에 조금 문제가 있는 듯 싶어요. 지금이 벌써 2학기인데요, 아이가 아직 글을 읽지도 못할뿐더러

받아쓰지도 못하거든요. 우리 반에서 글을 읽고 쓸 줄 모르는 학생은 이 아이 혼자예요. 그리고 아이는 말을 할 때도 웅얼웅얼하며 발음이 영 어눌해서 무슨 말을 하는지 잘 알아듣기가 힘들어요. 아이가 쉬는 시간에는 친구들과 잘 어울리긴 하지만, 수업시간에는 좀처럼 진도를 따라오지 못하거든요. 수업 중에 하는 질문에도 대답을 거의 못 하고 평소에 자기 의사 표현도 비슷한 상황입니다. 내년에 2학년에 올라갔을 때도 지금과 같은 상태라면 정말 문제가 될 것 같아 어머님과 이야기를 좀 해봐야겠다고 생각했어요.”

부인 : “그러셨군요. 근데 참 이상하네요. 집에서는 아무런 문제없이 아주 잘 지내거든요. 저도 아직 아이가 글을 잘 읽거나 쓰지 못한다는 건 알지만 그래도 학교에서 내주는 숙제나 과제물 준비는 빠짐없이 성실하게 잘해갔는데요.”

담임선생님 : “물론 아이가 문제를 일으키는 것도 아니고 친구들과도 잘 지내기는 해요. 그렇다고 적극적이거나 쾌활한 정도는 아니지만요. 아무튼, 글을 잘 읽지도 쓰지도 못하는데다 말하는 모양새를 볼 때도 아이의 지능발달에 조금 문제가 있는 게 아닌가 싶었어요. 부모님도 상황을 아셔야 뭔가 대책을 세우실 수 있을 것 같아서요. 아이를 반에서 다른 아이들과 같은 수준으로 대하기는 어려운 게 사실입니다. 특수학교 같은 곳이 아이에게도 훨씬 낫지 않을까요?”

부인 : “선생님, 저희 아이를 위해 이렇게 신경 써 주셔서 감사합니다. 그렇지만 일단 제가 좀 더 자세히 살펴보고 필요하다면 그때 다시 말씀드리도록 하겠습니다.”

대체로 그런 이야기를 주고받고 돌아왔다는 것이다. 막내가 한글을 읽고 쓰는 걸 어려워한다는 사실조차 그날 처음으로 알게 되었다. 도대체 선생님의 말씀을 어떻게 받아들여야 할지 당황스럽기만 했다.

내 경우 한글 읽기와 쓰기를 초등학교에 입학하기 거의 1년 전쯤 터득한 것으로 기억한다. 당시 우리 가족은 아산군 탕정면의 가난한 시골 동네에 살고 있었다. 그 동네 언덕 위 교회에서 밤중에 어른들을 상대로 가르치던 야학이 있었다. 마침 우리집에서 일하던 누나가 저녁마다 야학에 출석하였다. 누나 치마를 잡고 다니던 나도 함께 따라다니다 보니 어렵지 않게 글을 깨우칠 수 있었다.

그런 터라 막내도 초등학교에 입학하고 2학기가 되었으면 당연히 글을 읽고 쓸 수 있을 것으로 여겼다. 그건 그렇다 치고 아이가 말하는 것도 어눌하고 웅얼거린다니 그건 또 무슨 소린가 싶어 부인에게 재차 물었다.

부인은 아이가 말할 때 머릿속에서 영어와 우리말이 뒤섞이다 보니 우리말 단어를 그때그때 잘 표현하지 못한 것 같다고 말했다. 그래서 점점 말을 하지 않게 되고, 말을 할 때도 한국말에 자신이 없으니 목소리도 작아지고 좀 어눌했던 모양이란다.

아이가 영국에서 4년 동안 살다 온 것을 선생님께 말하지 않았냐고 부인에게 퉁박을 주었다. 특히 막내는 거의 돌 무렵부터 영국에서 지내다 보니 발음이 뒤섞여 그렇다고 하면 되었을 일을 왜 그런 말도 안 하고 그냥 돌아왔냐며 부인에게 불만을 쏟아냈다. 그런 나의 성급한 태도에 부인의 담담한 답변이 돌아왔다.

"아이가 영국에서 살다 왔다고 말씀드린다 해도 어차피 이건 아이가 학교에서 스스로 적응하고 헤쳐 나가야 할 부분이라고 생각해서 그런 거예요."

부인은 선생님을 만나고 돌아오는 길에 혼잣말을 되뇌었단다.

"우리 막내는 집에서도 언제나 밝고 자기 이야기도 잘하는 아이다. 형제들뿐만 아니라 친구들과도 잘 어울려 지내는 아이인데, 당연히 IQ에 문제가 있을 리가 없지. 내가 보기엔 아주 정상적이기만 한데 뭐..."

막내가 한국 유치원에 1년을 다녔음에도 불구하고 한글을 모른다는 것을 나로서는 영 이해할 수 없었다. 유치원에서 한글을 배우지 않느냐고 물었더니 아이가 다닌 유치원은 교회 부설유치원으로 따로 한글을 가르치지 않는단다. 답답한 마음으로 그럼 앞으로 막내의 한글 교육은 어떻게 하면 좋겠냐고 물으니 부인의 대답은 여전히 태평스러웠다.

"한글을 읽고 쓰는 게 좀 느린 편이기는 해도 자기 스스로 답답하면 배우려고 할 테니 그때 가르쳐 주면 되죠. 아이가 잘 놀고 친구들도 잘 사귀고 학교에 가는 거 싫어하지 않으면 된 거지요. 넷째도 작년 1학년 여름방학 때에서야 한글에 관심을 갖고 동네 간판들을 읽기 시작했던 거 기억 안 나세요?"

그날 저녁 막내를 붙잡고 앉아 몇 가지를 물어보았다.

아빠 : "아빠가 엄마한테 들으니, 네가 아직 글자를 읽고 쓰는 걸 어려워한다던데 학교에서 공부할 때 답답하지 않니?"

막내 : "별로 답답한 건 모르겠는데요. 학교에서 다 같이 소리를 내서 책을 읽어야 할 땐 그냥 대충 친구들이 말하는 걸 듣고 따라 해요. 칠판에 선생님이 써주시는 건 공책에 그대로 그려서 적어 왔고요. 잘 모를 땐 친구들이 도와줘서 괜찮아요."

아빠 : "너 학교에서는 집에서랑 다르게 말도 잘 안 한다며."

막내 : "영국 말하고 자꾸 섞여서 나오니까 말하기가 싫어서 그랬어요. 그렇게 말하면 선생님이랑 친구들이 이상하게 보고 웃고 그러거든요."

부인의 넉넉한 생각과 막내의 느긋한 반응 덕분에 그날 선생님과의 면담내용은 우리 가족에게 그저 한순간의 해프닝으로 지나갔다. 선생님도 한 반에 맡은 학생들이 많다 보니 아이마다 개별적으로 충분한 관심과 배려를 보이기가 쉽지는 않았을 것이다.

그래도 막내와 좀 더 밀착된 면담 시간을 갖거나 같은 학교에 다니는 오빠들에 대하여 확인했더라면 쉽게 아이를 이해할 수 있었을 것이다. 막내도 어눌한 우리말 대신 그나마 의사전달이 잘 되었던 영어라는 장점을 살려내었다면 더 좋았을 것이다.

그 일 이후에도 막내는 여전히 학교 알림장 내용을 그림처럼 그려왔고, 그림 같은 글씨 해석에 문제가 생기면 같은 반 친구에게 전화로 물어보기를 되풀이하였다. 마침내 그해 겨울 드디어 막내가 한글을 읽고 쓰게 되었다. 그것도 어느 날 갑자기 감을 잡는가 싶더니 금방 며칠 만에 글을 읽고 쓰는 것이었다.

막내를 보며 아이들을 꼭 평균적인 진도표에 끼워 맞출 필요가 없다는 생각이 들었다. 자기에게 필요하다 싶으면 어느 순간 확 변하여 주변 환경에 적응하고 이겨나가는 능력을 타고난 것이다.

모든 아이는 그야말로 천재다.

세 살배기 둘째의 첫 미국여행과 영어방언

어제는 성탄절이라 온 가족들이 모였다. 마침 해외에 사는 둘째와 사위까지 휴가를 받아 귀국하였다. 시골에서 농사짓는 넷째도 성탄절을 핑계 삼아 올라와서 모처럼 온 가족이 모여 행복한 시간을 보냈다.

어쩌다 아이들의 어린 시절 이야기를 하다가 둘째의 미국여행 에피소드가 화제에 올랐다. 그 당시 딸아이는 지금 둘째 손자의 나이 정도인 만세 살쯤이었다. 나를 제외한 가족들이 장모님과 함께 사는 미국 손 위 처남댁에 한 달 넘게 여행을 다녀온 적이 있었다.

처남은 샌프란시스코 근처에 있는 작은 시골도시의 한가로운 주택단지에 살고 있었다. 끝없는 평지에 비슷비슷한 주택들이 연이어 있는 까닭에 아이들을 데리고 멀리 나갈 수 있는 환경이 아니었다. 따라서 둘째는 당시 다섯 살이었던 첫째와 함께 처남댁의 8살, 6살의 사촌오빠들을 따라 미국 친구들과 어울려 놀아야만 했다.

그런데 의사소통이 문제였다. 당연히 우리 아이들은 영어를 한마디도 하지 못했다. 그저 사촌들을 졸졸 따라다니며 눈치로 어울려 놀았다. 첫째는 남자라 그런지 사촌 형들의 미국 친구들과도 곧잘 어울려 지냈다.

하지만 여자아이인데다 세 살짜리 어린 둘째는 오빠들 그룹에 끼어 어울리기가 쉽지 않았다. 그래서 오빠 친구들보다 어린 서너 살쯤 되어 보이는 아이들과 따로 무리를 지어 노는 모습을 자주 볼 수 있었다.

어느 날 문득 부인은 영어를 한마디도 못 하는 둘째가 어떻게 놀고 있는지 마냥 궁금했다. 아이들이 놀고 있는 곳에 가까이 가서 유심히 살펴보다 배꼽이 빠지는 줄 알았단다.

또래 아이들 대여섯이 모여 놀고 있는 가운데 둘째가 갑자기 뭐라고 큰 소리로 떠드는 것이 들렸다. 그 앞에 또래의 미국 아이들은 둘째의 말을 매우 진지한 표정으로 열심히 귀 기울여 듣고 있었다.

그런데 부인이 들어보니 둘째는 영어도 아니고 우리말도 아닌 전혀 새로운 언어를 창조해서 유창하게 떠들어대는 중이었다. 둘째는 손짓과 발짓까지 동원하여 매우 열심히 자신의 이야기를 전하고 있었다.

더욱 가관인 것은 다른 아이들이 둘째의 말에 고개를 끄덕거리며 뭐라 대꾸까지 하는 것이 아닌가. 그런 열정 가득하고 진지한 방언과 보디

랭귀지로 미국 아이들에게 의사가 전달되며 서로 잘 소통하며 어울리고 있었다. 미국 아이들이 고개를 주억거리며 알아듣는 말이니 분명 영어 방언일 것이다. 부인이 자세히 살펴보니 둘째는 그날뿐 아니라 거의 매일 미국 아이들과 어울려 즐겁게 지냈다.

둘째가 떠들어대는 뜻 모를 소리에도 불구하고 함께 잘 어울려 노는 아이들의 모습을 바라보며 혼자서 한참을 웃었단다.

둘째는 지금도 부끄럼을 잘 타지 않는다. 사교성이 좋고 적극적인 면이 강하다. 이런저런 문제에 직면해도 쉽게 포기하거나 좌절하지 않는다. 골똘히 해결방안을 찾거나 이웃에게 거리낌 없이 도움을 청하며 잘 극복해 내는 성격이다. 어릴 적 유창하게 떠들던 영어방언을 되돌아 보면 아마도 그런 기질은 어느 정도 타고나는 듯 싶다.

당연히 그때보다는 지금 둘째는 영어를 아주 잘한다. 지금도 영국에서 살고 있으니 어쩌면 우리말보다 영어가 더 편할지도 모르겠다. 하지만 세 살 때의 영어방언과 보디랭귀지 의사소통만큼 진지하고 열정적인 순간들은 많지 않을 것이다.

첨벙! 첫째의 수영 트라우마와 대물림

나는 물놀이를 좋아하지만 수영은 잘하지 못한다. 아니 거의 못한다. 물에 들어가더라도 낮은 곳에서 몸을 담그거나 어슬렁어슬렁 걸어 다니는 것 정도도 큰 즐거움이다. 몸을 물에 뜨게 해서 허우적거리며 헤엄쳐 조금은 앞으로 나가기는 한다. 그 이상의 물놀이는 별로 즐기지도 않고 제대로 하지도 못한다. 그러다 보니 한길이 넘는 깊은 물에서 몸을 띄워 나아가는 소위 제대로 된 수영에는 숙맥이다.

내가 그나마 알고 있는 영법은 두 손과 발을 죽기 살기로 허우적대는 일명 개헤엄이 고작이고 하늘을 보고 누워 머리를 뒤로 젖혀 간신히 물 위에 떠있는 정도이다.

헤엄을 쳐야 할 정도의 물놀이를 피하게 된 데는 변명 비슷한 이유가 있다. 어릴 적부터 오랫동안 앓아온 오른쪽 귀의 만성중이염 때문이다. 중이염은 초등학교를 입학하기 직전인 만 5살 때 처음 시작됐다. 여름내내 시골의 둠벙에서 아이들과 풍덩거리며 놀다 귀에 들어간 물을 빼내곤 하다 중이염으로 발전한 것이다. 만성중이염으로 인해 물에 들어갈 기회가 생겨도 잠수는커녕 얼굴 절반을 물속에 넣어야 하는 수영조차 자연스레 피하게 되었다.

그렇다 보니 아이들을 키울 때도 수영장에 데려가는 횟수가 적을 수밖에 없었다. 물가에 가도 물속에 들어가 헤엄치기보다는 적당히 아이들을 안거나 걷는 정도가 고작이었다. 안경을 쓰고 헤엄을 치는 것도 불편하고 파도가 이는 해안이나 해수욕장에서는 더더욱 물속에 들어가는 것을 꺼려했다.

언젠가 휴가를 맞아 동해안 해수욕장에서 용기를 내어 아이들과 함께 허리까지 차는 시원한 물에 몸을 담갔다. 갑자기 머리 위를 넘쳐 지나는 파도에 그만 안경을 빠뜨렸다. 바닷물 속을 열심히 발로 헤집어 봤지만, 파도에 휩쓸리는 바닷물에서 안경을 찾기란 불가능했다. 오후 늦게 근처 안경점을 찾아 새 안경을 맞추고 다음 날 찾아 쓸 수 있었다.

이런 기억 때문인지 지금도 머리를 물에 담그는 일은 피하게 된다. 귀에 물이 들어가는 것도 그렇고 도수 없는 물안경을 써봤자 잘 안보이니…

첫째가 세 살쯤 되던 어느 여름날이다. 아이들을 데리고 서울 근교의 야트막한 어린이용 풀장이 있는 곳을 찾았다. 깊은 곳이 어른 목 정도이고 얕은 곳은 어른 허벅지 정도여서 첫째를 안고 물에 들어가 몸을 적시며 함께 놀았다. 살짝 첫째를 혼자 물속에 놓아보니 가슴까지 닿는 높이였다. 하지만 아이는 이내 나의 목을 끌어안고는 다시는 물속에 들어가려 하지 않았다. 할 수없이 아이를 데리고 물 밖으로 나왔다. 부인은 어린 아기인 둘째를 안고 있었다. 부인과 이야기를 나누다가 그래도 아이들에게는 수영을 제대로 가르쳐 주어야겠다는 생각이 들었다.

첫째가 수영장 주변 턱에 걸터앉아 발로 물장구를 치고 있었다. 때마침 장난기가 발동하여 아이를 뒤에서 들어 올려 물속으로 첨벙 소리와 함께 던져 넣었다. 가슴밖에 닿지 않는 물속인데도 놀란 아이는 중심을 잡지 못하고 허우적거리며 혼비백산하였다.

그래도 조금 기다리면 자기 스스로 중심을 잡고 일어서거나 허우적거리며 헤엄이라도 치지 않을까 싶었다. 기대와는 달리 아이는 계속 물속에서 허우적거렸고 하는 수 없이 내가 물에 들어가 첫째를 건져 올려야 했다. 그제야 아이는 큰 소리로 울면서 내 목을 꼬옥 감싸 안았다. 결국 왕방울만한 눈에 눈물이 가득 고여 펑펑 우는 아이를 한참 동안 달래야만 했다. 그리고 끝내 부인으로부터 한 소리를 들었다.

그 이후로 별다르게 수영장에 가거나 깊은 물에 아이들을 데려간 적이 없다 보니 아이들의 수영 실력이 어떤지는 알 길이 없었다.

그나마 넷째와 막내는 영국에서 돌아와 쌍문동에 사는 동안 수영을 배울 기회가 있었다. 영국에서는 부인이 집 근처 공영수영장에 아이들을 자주 데려갔다. 부인은 한국에 와서도 아이들이 수영을 잊지 않고 계속할 기회를 찾고 있었다. 가까운 수유동 4.19 공원 뒤쪽에 있는 공영수영장을 찾아내고 수영을 계속하게 했다. 하지만 위의 세 아이에 대해서는 수영에 관한 별다른 기억이 나지 않는다.

얼마 전 첫째 내외가 손주들을 데리고 왔는데 어쩌다 물놀이 이야기가 나왔다. 그 전날 아이들과 함께 수영장이 딸린 펜션에 다녀왔단다. 큰 손녀에게 어땠냐고 물어보았더니 의외의 대답을 듣게 되었다. 아빠가 자기를 물속에 집어 던져서 엄청 무섭고 겁나서 많이 울었다는 얘기다.

갑자기 예전에 첫째를 수영장에 집어 던진 기억이 떠올랐다. 첫째에게 어떻게 된 일이냐고 물었더니 그냥 놀려줄 생각에 물속에 던졌는데 아이가 그렇게 기겁을 하더란다. 화가 난 손녀가 '아빠 미워'를 한동안 외치고서야 겨우 일단락 지었다는 것이다.

혹시나 해서 첫째에게 예전에 내가 물속에 던졌던 일이 기억이 나는지 물어보았다. 그러자 첫째가 그 당시의 상황에 대해 아주 또렷하게 기억하고 있는 것이 아닌가. 그때 내가 자기를 물속에 던졌을 때 너무 무섭고 겁나서 거의 죽는 줄 알았다는 것이다.

그때의 기억 때문인지 첫째도 물에서 수영하는 것을 그리 좋아하지 않는단다. 큰 손녀는 그래도 그 당시 자기보다는 나이도 더 많고 이전에 몇 번 수영장에도 데려간 적이 있어서 물속에 던져도 괜찮을 줄 알았단다. 물론 결과는 그게 아니었다.

우리 세대에는 몸으로 직접 부딪치는 것이 무엇인가를 배우고 익히는 가장 좋은 방법이라고 여겼다. 정상적인 기회를 얻기가 드물고 어려웠기 때문이었을 것이다.

이제는 엉성하게 몸으로 때우는 것보다 제대로 된 환경에서 코치나 선생님을 통해 차근차근 정상적인 단계를 거치는 것이 더 바람직하다는 생각이다. 다양한 체험활동도 그렇고 교습소, 학원, 그룹과외 및 방문 교육 기회 등이 많은 세상이다. 더불어 각종 SNS 및 온라인 영상을 통하여 무엇이든 손쉽게 접하고 배울 수 있게 되었다.

예전에 못 먹고, 못 배우던 시절에야 무식한 방법도 통했지만, 이제는 새로운 세대이다.

성경 말씀대로 새 술은 새 부대에 담아야 한다.

신혼살림 1호
– 28종 스텐 수저 세트

아무런 준비 없이 그저 몸 하나만 달랑 처가에 들어와 시작한 신혼이었다. 4학년 대학생의 궁핍한 신혼살림은 3년 후 석사과정을 마치고 직장에 다니며 조금씩 나아졌다.

장모님과 부인이 살던 집에는 제대로 된 살림살이가 거의 없었다. 부인의 오빠 가족이 미국에 이민을 떠날 때 대부분의 집안 살림을 함께 실어 보냈기 때문이었다. 남아있는 장모님과 미혼이었던 부인 역시 오래지 않아 초청 이민을 떠날 계획이었다. 그런 사유로 유목민처럼 이불 몇 채, 식기 및 조리 도구와 낡은 장롱이 그 집에 남아 있는 살림 전부였다.

그런 가운데 혼인신고를 하고 가장이 되었어도 대학 졸업 후 취직을 미루고 대학원에 입학하여 가난한 공부를 하고 있었다. 그 어느 여름날 저녁의 추억이 내 기억에 남아 오롯이 숨 쉬고 있다.

학업을 마치고 버스 종점에 내려 집으로 가는 길에는 신월4동 재래시장이 자리를 잡고 있었다. 매일 아침저녁으로 시장 한가운데를 가로지르며 종점으로 가서 버스를 타고 학교를 오갔다. 어느 날 집으로 돌아가던 중에 시장 안에서 꽤 큰 규모로 운영되던 그릇가게에 사람들이 북새통을 이루고 있었다. 살펴보니 '점포정리', '할인처분'이라는 붉은 글씨의 커다란 안내문이 붙어있었다. 모든 물건을 대부분 절반 이하의 헐값에 팔고 있는 것이었다.

집에 도착하자마자 부인에게 그릇 가게에서 물건들을 싸게 파니 한번 가보자고 재촉하였다. 물론 주머니 사정이야 뻔했지만 마침 아르바이트로 번역을 해주고 받은 돈이 조금 있었다. 당시 다니던 교회의 담임목사님이 출판사를 운영하고 있었는데 우리의 사정을 알고는 얇은 신앙 서적의 번역을 가끔 맡기곤 했었다.

그릇가게에 들어간 우리는 워낙 가진 돈이 적다 보니 언감생심 그럴싸한 그릇이나 주방기구들은 만져볼 엄두조차 낼 수 없었다. 얄팍한 주머니에 맞추어 고르다가 마침내 스테인리스 수저 젓가락 10개들이 세트를 하나 샀다. 당시 인기 많던 28종 스테인리스로 만들어져 반짝반짝 광이 나는 멋진 수저 세트였다. 수저 세트를 보관하는 나무 상자는 보드란 초록색 벨벳 천으로 싸여 있었다. 우리는 그것을 들고 집 근처 어린이 공원의 벤치에 앉았다.

벤치에 앉은 나와 부인은 감격에 겨워 눈시울을 적시며 수저 세트에 두 손을 포개고 감사기도를 했다. 그 수저 세트는 그때 우리의 고백처럼 신혼생활을 시작한 지 2년이 다 되는 동안 처음으로 마련한 살림살이 1호였다. 기도를 마치고 저녁노을의 공원 아래로 보이는 수많은 집을 바라보며 부인에게 말했다.

"언제쯤이면 우리도 독립해서 저런 집에서 번듯하게 살아볼 수 있을까?"

부인은 목이 메어 아무 말도 못하고 눈물을 글썽였다.

정식으로 혼인예식을 올리고 시작한 살림은 아니었지만 때때로 사람들을 초대하여 음식을 대접할 일은 있게 마련이었다. 교회 사람들과 집집이 돌아가며 모이는 구역모임이 그러했다. 비교적 젊은 나이에 시작한 터라 결혼생활이 궁금했던 친구들이 집들이를 강요하다시피 하여 찾아오는 일도 있었다. 특히 첫째 아이가 태어난 뒤에는 백일잔치며 돌잔치를 구실로 친척들과 친구들을 집으로 초대하게 되었다.
음식이야 요령껏 재료를 구해 조리하더라도 음식을 담아낼 식기와 수저 세트가 문제였다. 요즘이면 일회용 종이 접시와 나무젓가락 등을 이용하면 될 것이나 그땐 그런 것도 알지 못했다. 아니 알았다 해도 주머니 사정이 허락하지 않았을 것이다.

궁여지책으로 생각해낸 것이 손님을 초대할 때마다 교회 그릇을 빌려오는 것이었다. 교회에 있는 다양한 크기의 플라스틱 접시와 국그릇, 컵이며 수저와 젓가락 세트를 오는 사람 숫자에 맞추어 빌려왔다. 손님 초대 며칠 전에 교회를 들러 집사님께 말씀드리고 보자기에 한가득 싸서는 집으로 들고 왔다.

손님 초대를 마치면 주일 아침이 되기 전에 깨끗이 닦아 다시 교회로 반납했다. 토요일 저녁에 사용한 경우에는 손님을 보내고 한밤중에 그릇을 닦고 정리하여 주일 아침 일찍 교회로 가져갔다. 교회 위치가 오목교 근처여서 버스에서 내려서도 한참을 더 걸어가야 했지만 우리는 그릇들을 빌려오고 반납할 때마다 오로지 감사한 마음뿐이었다. 그러던 중에 손님용으로 사용할만한 멋진 수저 세트를 처음으로 마련한 것이다.

대학원 졸업 후 직장에 다니며 형편이 펴지자 점차 교회 그릇을 빌려 사용하던 일이 줄어들었다. 어느덧 그릇을 비롯하여 주방기구며 필요한 살림들이 하나둘 집안에 갖추어져 갔다. 둘째 아이가 태어날 즈음에는 형편이 더욱 나아져 좀 더 여유롭게 그릇 가게의 할인기회를 이용할 수 있었다.

가진 것 없는 신혼살림 당시, 그릇과 수저 등을 빌릴 수 있도록 배려해준 교회 가족들의 사랑과 호의는 우리 부부에게 든든한 버팀목이고 소중한 자산이었다.

아이들만의 사철탕 회식

"아빠, 지금 잠깐 통화 괜찮아요?"

"응 그래, 괜찮아. 뭔데 그러니?"

"지금 오빠랑 막내까지 다섯 명이 다 같이 점심 먹기로 했거든요"

"그래? 오늘 어떻게 시간이 서로 맞은 모양이네."

"그러니까요. 오빠도 방학이고 막내도 오늘은 학원에 안 가도 된대요."

둘째에게서 점심시간을 앞두고 전화가 왔다. 마침 학교 방학을 맞아 영국에서 돌아온 둘째가 5 남매가 모두 모인 틈을 타 무슨 일인가 벌일 요량인 듯했다. 일본에서 농업고등학교에 다니는 넷째도 방학을 맞아 일주일 전에 집에 돌아온 터라 오랜만에 다섯 아이가 함께 모인 것이다.

"아빠, 혹시 우리집 근처에 보신탕 맛있게 하는 식당 있어요?"

"아니, 갑자기 웬 보신탕이냐? 애들이..."

"좀 전에 점심 메뉴를 고르다가 어쩌다 보신탕 이야기가 나왔는데요. 오랜만에 다 같이 보신탕을 먹으러 가기로 결론이 났거든요."

"그래? 그것참. 보신탕집 유명한데야 몇 군데 알고 있지. 집 근처라..."

우선 당시 집에서 비교적 가까운 선릉역 근처에 있는 보신탕 전문점을 알려주었다. 보통 보신탕 전문점은 무슨 집이라는 상호에, 오래된 낡은 건물이거나 대형 상가의 2, 3층에 위치하여 실내장식 등은 거의 신경 쓰지 않은 옛날식 식당이 많았다. 하지만 내가 알려 준 그 식당은 세련된 춘하추동이라는 이름으로 커다란 네온사인 간판을 내건 초현대식의 깔끔하고 내부 장식도 멋진 이층 건물에서 영업하고 있었다. 상호가 보신탕의 별칭인 사철탕과 묘하게 맞아떨어져 작명을 잘했다는 인상을 받았던 식당이었다.

우리집 식구들은 모두 보신탕에 관해 별다른 거부감이 없다. 두 번째 영국에 가기 전 쌍문동에 살며 5년 내내 개들을 키우며 함께 지냈음에도 그랬다. 우리에게는 애완견은 애완견이고 음식은 음식이었기 때문이다. 자금은 작고하신 아이들의 할머니 할아버지도 은퇴하신 후 시골집에 살며 개와 닭, 토끼와 염소들을 키우고 있었다. 당연히 필요하면 언제든지 잡아 음식 재료로 사용하는 것을 무시로 보아온 터였다.

아이들이 아주 어릴 적, 감기라도 걸려 콜록대고 비실비실하면 부인과 장모님의 해법은 바로 보신탕이었다. '몸이 허약해져서 감기에 걸린 것이니 개고기로 몸보신을 해야 한다.'가 두 사람의 공통된 진단이고 처방이었다.

부인은 즉시 영등포시장에 들러 개고기를 사 왔다. 된장과 대파를 함께 넣어 폭 고다시피 끓인 뽀얀 국물을 아이들에게 먹이며 영양 보충을 시켰다. 장모님과 우리 내외는 들깻잎을 비롯한 야채를 듬뿍 넣어 얼큰한 보신탕을 끓여 먹었다.

그렇게 자라서 그런지 아이들 모두 어릴 적부터 보신탕에 대한 거부감이 전혀 없었다. 그렇다고 아이들이 보신탕을 자주 즐기거나 좋아할 것이라고는 생각하지 않았다. 그러던 차에 이런 전화를 받고 나니 내심 적잖이 놀란 게 사실이었다. 요즘 보신탕에 관한 사회 전반적인 분위기는 저항을 넘어 혐오에 가까워지고 있지 않은가. 특히 일부 극단적인 사람들은 아예 대놓고 반발하고 있는 세태가 되었다.

저녁에 퇴근 후 오늘 점심은 어땠는지 아이들에게 물었다.

"아빠, 그 집 보신탕 정말 맛있었어요. 감사해요. 맛있는 식당 알려주셔서요. 그런데 가격이 좀 비싸던데요. 보신탕이 원래 비싼 음식인가요? 중국집 짜장면값 정도인 줄 알았는데... 어쩐지 엄마가 점심 사 먹으라고 돈을 평소보다 더 주시더라고요."

"전골로 시켜 먹었니? 아니면 개별로 탕을 먹었니? 전골이 좀 더 비싸도 맛있는데..."

"탕도 비싸던걸요. 모두 다 탕으로 주문해서 먹었어요. 탕도 진짜 맛있었어요."

"그랬구나. 다음엔 집에서 전골로 맛있게 만들어 먹어보자. 그런데 둘째 너는 영국에 돌아가서는 보신탕은 입도 뻥긋하지 말아야겠다. 영국은 워낙 그런데 민감하잖니..."

다섯 아이만 모여 보신탕을 먹었던 게 벌써 한참 전의 일이다. 이제는 보신탕을 취급하는 음식점 찾기도 어렵고 나도 일 년에 한 번이나 찾아가나 싶다. 예전에는 친구들 몇이 모이면 간혹 들르기도 했지만, 요샌 그마저도 뜸하다. 특별히 이름만큼이나 몸을 보양하는 것도 아닐 것이고 주변 눈을 의식하며 찾아 먹을 만큼 대단한 음식 또한 아니기 때문이다. 더욱이 살처분 과정에서 여러 문제점을 안고 있어 여론의 대상이 되어 오르내리기 일쑤다.

다만 모든 음식에는 나름대로 역사와 문화가 배어있고 맛과 향취를 가지고 있다. 그렇듯 보신탕에도 역시 오랜 문화적 배경과 삶이 녹아있고 나름의 독특한 맛과 향취가 있음을 부인할 수 없을 것이다. 특히 불에 그슬린 껍질에서 나오는 보신탕 고유의 냄새는 양고기면 양고기, 곱창이면 곱창, 청국장이나 홍어애탕과 청어절임만큼이나 독특하여 애호가들의 입맛을 다시게 한다. 고수 맛과 향기며 불도장의 향취처럼 독특한 고유의 맛과 향이 음식의 시작이며 마지막임을 이해해야 한다. 지능을 갖는 애완동물이라는 애매한 기준도 물리적 잣대로 선을 그을 수 없는 것과 매한가지이다.

얼마 전 온 가족이 모일 기회가 있어 보신탕 이야기를 꺼냈더니 기회가 된다면 피하지 않고 먹겠다는 사람은 나와 넷째뿐이다. 나머지는 모두 다른 선택지가 있다면 보신탕은 먹지 않겠단다. 변해가는 세상이 바로 코앞까지 몰려왔구나 싶다.

한밤중의 가족 나들이
– 동대문 의류시장

　아이들이 한참 커가는 즈음이면 먹이는 것과 입히는 것이 도무지 감당해내기 어려울 정도이다. 그 시기에는 아이들이 성장하는 모습이 봄 장마에 대나무 크듯 하루가 다르게 느껴졌다. 다시 생각해보면 아이들이 잘 성장해 준 것은 가슴 벅차도록 감사하고 신비한 일이다. 그럼에도 당시엔 직장에서 맡은 임무에 열중하느라 아이들이 성장하는 기쁨을 미처 다 깨닫지 못했던 것 같다.

　영국에 머물 적만 해도 아이들이 옷에 대해 그다지 관심이 없었는지 가물가물하다. 그저 킹스턴 시내의 벤톨백화점이든 동네에서 중고 구제 물품을 취급하는 채리티샵이든 눈에 보이는 대로 적당히 사서 입혀도 군소리 없었다. 그러나 귀국한 이후로 아이들이 제각각 자신이 입는 옷에 관하여 갑자기 까다로워지기 시작했다. 아울러 우리가 사다주는 새 옷에 대한 반응도 별로였다.

고민 중에 우리가 생각해낸 방안이 우리가 옷을 사다 줄 게 아니라 아이들 스스로 자기 옷을 직접 고르도록 하자는 것이었다. 나름 상큼한 아이디어를 위하여 선택한 곳이 바로 동대문 의류전문상가였다. 특히 동대문상가의 피크 타임이 한밤중인 것을 고려하여 가족 모두가 여유로운 토요일 밤 시간대를 이용하기로 하였다.

저녁을 충분히 먹고 쉬다가 밤 10시쯤 다섯 아이 모두를 데리고 집을 나섰다. 일단 의류 전문 도매상가에 도착하면 1층 입구에서 다섯 아이를 모아 놓고 원칙을 설명해준다.

"지금부터 각자 5만 원씩을 나눠줄 테니 알아서 자기가 원하는 옷을 한 벌씩만 사는 것이다."

여러 벌을 사면 시간도 많이 걸리고 싸구려 옷들을 살 가능성이 높기 때문이었다. 돈 크기에 맞는 물건을 찾아내는 안목을 기르고자 하는 것도 한몫했다.

"돈은 첫째 형(오빠)에게 모두 줄 것이다. 각자 자기 돈을 사용할 때는 첫째 형의 허락을 받아야 하고 형이 돈을 계산할 것이다."

"각자 자기 옷을 하나씩 사고 남는 돈은 다른 것을 사는 데 사용하지 않고 아빠에게 다시 돌려준다."

"만일 한 사람이 옷을 사고 남는 돈이 있으면 다른 사람이 옷을 살 때 그 남는 돈을 사용해도 된다."

"지금이 11시이니 각자 물건을 사서 12시 정각에 이 자리에 모이자. 혹시 그 시간까지 물건을 사지 못하더라도 12시가 되면 쇼핑을 멈추고 돌아와서 엄마 아빠에게 돈을 돌려줘야 한다."

대략 이런 원칙들을 알려준 뒤 첫째에게 전체 금액을 현금으로 쥐어 주고 우리는 그저 한가로이 아이쇼핑을 즐겼다. 물론 우리도 눈에 띄는 옷가지나 액세서리가 있으면 편하고 즐거운 마음으로 사곤 했다. 쇼핑을 시작하면 아이들 눈에서 불이 환하게 켜지며 각자 난리가 났다. 아이들은 한 시간이라는 제한된 시간 안에 주어진 돈의 가치를 고려하며 자기가 좋아하는 옷을 골랐다.

다행히도 아이들은 별다른 다툼이나 어려움 없이 즐겁게 자기가 생각하는 옷을 골라왔다. 물론 그런 기회를 자주 만들어 주지는 못했지만 아마도 영국에서 돌아와 다시 영국에 가기 전까지의 5년여 동안 거의 열 번 가까이 함께 동대문에 들렀다.

그것이 나름의 교육이자 훈련이 되어선지 다섯 아이 모두 각자 자기들이 입는 옷에 대한 개성이 강한 편이다. 자기가 원하는 스타일이나 잘 맞는 옷에 관한 나름의 생각들이 있어서 어쩌다 아이들에게 옷을 선물하려면 여간 머리 아픈 게 아니다. 물론 눈에 띄는 옷을 보면 구입하여 선물로 주기도 한다. 하지만 요즘에는 아예 옷을 사서 선물하기보다는 상품권이나 현금을 봉투에 넣어주는 것이 서로 편한 듯하다.

이제는 아이들 모두 각자 알아서 사 입는다. 그런 옷가지에 관한 이야기도 할 필요가 없을 만큼 둥지를 떠나 새로운 보금자리를 찾아 나갔다. 우리 부부의 옷가지나 신경써야 할 모양이다.

공들여 쌓은 덩 탑

넷째와 막내는 서로 한 살 터울이라 다른 아이들이 자랄 때와는 사뭇 다른 것을 실감했다. 물론 한 살 차이라고 해도 실제로는 1년 6개월의 터울이어서 그나마 다행이라면 다행이다. 그래도 위의 아이들과 비교하면 터울이 짧은 편이라 여러모로 어려웠던 것은 사실이다. 어쩌다 쌍둥이를 데리고 다니는 부모들을 보면 다섯인 우리보다도 더 우러러 보이며 대단하다는 생각이 들곤 했다.

어느 주말 집근처 대형 슈퍼마켓에 급하게 다녀올 일이 생겼다. 큰아이들에게 동생들을 잠깐 부탁하고 부리나케 집을 나섰다. 그 당시 막내는 18개월, 넷째는 36개월이었다. 시간이 지나며 영국에서는 아이들만

녹두는 것이 얼마나 중범죄에 해당하는지 알게 되었지만, 그때는 잘 인식하지 못했다. 모르면 나름 용감한 법이다.

급히 물품을 구입하고 돌아온 우리는 여느 때처럼 큰아이들이 동생들과 잘 어울려 지냈으리라 여기며 현관문을 열었다. 첫째가 위층에서 내려오며 인사를 하고 둘째와 셋째는 TV가 있는 거실에서 나왔다. 당연히 뛰쳐나와야 할 넷째와 막내가 보이지 않았다. 이것저것 사 온 물건들을 들고 부엌에 들어서니 넷째와 막내가 부엌 바닥에 오손도손 마주 앉아 놀고 있었다. 넷째는 무슨 이유에선지 잔뜩 신나서 막내에게 자기 나름의 말로 뭔가를 열심히 설명하고 있었다.

그때 우리집 부엌은 카펫이 깔린 다른 영국 집들과는 달리 매끄러운 PVC 타일이 깔려있었다. 물을 흘리거나 음식물이 떨어져도 간단히 치울 수 있는 방수바닥이었다. 그 바닥에 두 아이가 정성스레 자그마한 탑을 쌓고 대단한 성취를 이룬 듯 즐거워하고 있었다.

무슨 작품인가 싶어 허리를 굽혀 아이들이 만든 작은 탑을 살펴본 우리는 아연실색, 기겁을 하며 배꼽을 잡고 웃을 수밖에 없었다. 노르스름한 된장 덩어리가 한가운데 쌓여있고 그 위에 형형색색의 시리얼들을 예쁘게 꽂아 놓았다. 연한 분홍색과 푸른색 등이 섞인 자그마한 고리 모양 시리얼부터 세모 네모난 모양의 시리얼까지. 거기다 건포도까지 빼곡하게 꽂아 놓은 탑이었다.

하지만 우리는 보자마자 그 실체를 파악할 수 있었다.

얼핏 보면 컵케익 같기도 한 그 노르스름한 된장의 정체는 바로 막내의 건강한 덩(dung) 덩어리였다. 언니와 오빠들이 방심한 가운데 배변 훈련을 위하여 기저귀를 차지 않은 막내가 부엌 바닥에 예쁜 탑 모양의 덩 덩어리를 만들어 놓은 것이다. 그걸 발견한 넷째가 분명히 먼저 아이디어를 내어 막내와 함께 멋진 작품을 만들기 시작했을 것이다. 식탁 위 상자에 담겨있던 알록달록한 시리얼 조각들이 어울려 마침내 기상천외의 창작물이 탄생하였다.

당연히 두 아이의 두 손에는 시리얼과 덩 덩어리가 뒤섞인 채 붙어 있었다. 얼굴이며 옷에도 노르스름한 덩 찌꺼기들이 온통 여기저기 묻어 있었다. 황급히 막내의 입안을 들여다보니 다행히도 별다른 시리얼 조각 같은 것은 보이지 않았다. 넷째도 역시 덩이 묻은 시리얼을 먹은 것 같지는 않아 보였다. 그제야 사건을 파악한 큰아이들은 웩웩 소리를 지르며 더럽다고 난리법석이다.

부인이 두 아이를 위층의 욕실로 데려가 깨끗이 씻기는 동안 부엌 바닥의 기발한 작품을 치우고 닦아내는 것은 나의 몫이었다. 그 작품을 사진으로라도 남겼어야 했는데 몹시 아쉬울 뿐이다. 아주 평범한 재료를 갖고도 이런 비범한 작품을 탄생시키는 아이들의 천재다운 능력에 다시 한 번 감탄하며...

넷째의 이성교제를 바라보며

아이들이 결혼 적령기에 들어서면 이성에 관한 이야기들이 많아지게 마련이다. 다행히도 위로 두 아이는 결혼을 했고 셋째도 올해 안으로 결혼식을 한다고 하니 차례대로 잘 진행되고 있구나 싶어 안도감이 들었다. 그래도 우리 부부가 결혼했던 나이를 이미 훌쩍 넘겨버린 넷째와 막내를 볼 때는 강 건너 불구경하듯 할 수만은 없는 것이 사실이다. 아래 두 아이의 이성 교제에 관한 이야기는 항상 가족들 사이에서 큰 관심거리이다.

특히 시골에서 혼자 딸기 농사를 짓고 있는 넷째의 이성교제에 대해서는 더더욱 그렇다. 농사라는 게 혼자하기엔 터무니없이 벅차다 보니 백지장이라도 맞잡을 배우자가 있으면 얼마나 좋을까 하는 게 솔직한 심정이다. 더구나 일반 직장과 달리 함께 일하는 직원이나 동료들이 있는 것도 아닌 환경이라 마음이 많이 쓰인다.

몇 년 전까지만 해도 농사일에 몰입이 덜 되었는지 주말을 핑계 삼아 서울에 자주 올라왔었다. 주일이면 집 근처 교회에 출석하여 또래 청년들과도 틈틈이 어울리더니 요새는 거의 올라오지 않는다.

대신 우리 부부가 머릿속 때라도 벗겨낼 겸 수시로 시골에 내려가 무아지경의 상태로 딸기밭 일을 돕는 일이 잦아졌다. 이른 새벽부터 시작해서 해 떨어진 어둠 속에서까지 헤드랜턴을 달고 손을 놀리며 일하기가 다반사다. 그럴 때마다 혼자서 이 많은 농장 일을 감당하고 있는 넷째가 정말 대견스럽다 못해 안쓰럽게 느껴졌다.

그런 까닭에 어쩌다 넷째가 이성 친구를 만난다는 이야기를 하면 온 가족의 이목이 쏠린다. 특히 부인의 관심과 호기심은 여느 가족들보다 높다. 물론 넷째 스스로 만남의 성공을 위해 위의 형들과 해외에 있는 누나와 여동생에게 이런저런 도움을 구하다 보면 자연스레 이야기가 온 가족에게 퍼져 나갔다.

데이트할 때 입을 만한 적절한 옷이며 헤어스타일, 데이트할 식당과 둘이 가볼 만한 장소까지도 형제들끼리 서로 팁을 주고받는다. 여자 친구가 이런저런 이야기를 했는데 그 속뜻이 무엇이냐, 어떻게 대응해야 하느냐 등 넷째의 상담 주제는 참으로 다채롭다. 하지만 남녀 사이란 게 정말 신묘하여 얼마 후면 곧 시들해지고 다시 외로이 농사일에 매달린다.

그럴 때면 온 가족이 넷째의 마음을 위로해주며 다시 새로운 이성에 대해 기대하게끔 격려를 아끼지 않는다. 사실 부인은 다섯 아이 중 넷째를 가장 안쓰러워하며 관심을 많이 두는 편이다. 넷째가 일본의 고등학교 시절부터 대학교 기숙 생활까지 줄곧 부모와 떨어져 지냈기 때문에 엄마로서 당연한 마음일 것이다.

얼마 전에도 한동안 만나던 여자 친구와 헤어지게 되었다고 엄마에게 세상의 반이 무너져 내린 목소리로 풀이 죽어 전화가 왔다. 넷째와 부인과의 흥분 반, 위로 반이 뒤엉킨 긴 통화가 끝나자 옆에서 다소곳이 듣고 있던 막내가 엄마에게 말했다.

"엄마, 넷째 오빠 교제에 그만 좀 신경 쓰시면 좋겠어요."
"아니 내가 뭘 어쨌기에?"
"엄마는 넷째 오빠 여자 친구 이야기만 나오면 지나치게 관심을 보이잖아요. 가족은 어디에 살고 있느냐, 뭐하는 친구냐, 나이는 얼마냐, 신앙은 어떠냐, 성격이니 스타일이니 별걸 다 궁금해 하시잖아요."
"아니 엄마가 궁금해 하는 게 당연한 거 아니니?"
"궁금해 하는 것도 좋지만 아직 처음 사귀어 보려는 단계에서부터 너무 관심을 가지시니 그렇죠. 넷째 오빠가 사귀면서 자연스레 이야기할 텐데 엄마는 넷째 오빠한테만 유독 그러시는 것 같아요."

"내가 넷째한테만 그런다고?"

"엄마, 예전에 큰 오빠랑 새언니랑 사귈 때는 정말 하나도 신경 안 쓰셨잖아요. 나중에 결혼하고 싶다고 하니까 그제야 이름도 묻고 하시더니…"

"첫째는 대학 다닐 때였으니까 그렇지. 넷째는 지금 나이가 몇이니?"

"셋째 오빠도 여자 친구랑 만난 지 10년이 다 되어 가는데 매번 그냥 잘 사귀나보다 하는 식이었잖아요. 제가 누굴 만나도 그러셨고요. 넷째 오빠도 그냥 좀 놔두세요. 알아서 잘 만나고 언젠가 결혼도 잘 할 테니까요."

막내의 예리한 지적에 부인은 당황하여 곰곰이 생각에 빠졌다.

"그래 이미 둥지를 떠났는데… 알아서 잘 할 텐데 내가 아직도 정리가 좀 덜된 모양이다. 자꾸 내려놓아야 하는데 말이지. 말해줘서 정말 고맙다 막내야."

아이들 어릴 적에 우리는 아이들 양육에 관해 기본적으로 자유롭고 넉넉한 원칙을 세우고자 했다. 양육이란 가까운 우리에 가두고 살피는 것이 아니라 드넓은 초지에 저 멀리 울타리를 치고 아이들이 그 안에서 충분히 자유를 만끽하도록 방목을 하는 것으로 생각했다.

그러나 이제는 부인도 나도 시나브로 깨닫는다.

방목이 아니라 멀리 둘러친 울타리마저 걷어내고 놓아주어야 할 만큼 다 자라서 마침내 떠나보내야 한다는 것을…

아이들이 스스로 자기 짐을 질 수 있도록 우리는 더 내려놓아야 한다는 사실을...

아이들이 태어나 성인이 될 때까지 부모가 아이들을 키우는 것이 아니라 단지 스스로 자라는 것을 도와줄 뿐이라는 것을...

바보상자 속의 바보상자
– TV와의 전쟁

영국에 살며 중학생인 첫째부터 말귀가 터지기 시작한 막내까지 모두 TV와의 전쟁이 시작되었다. 우리는 TV와 그리 친하지 않은 편이다. 부인은 젊었을 때부터 TV를 거의 시청하지 않고 지내왔다. 나도 남들이 흔히 보는 음악이나 드라마, 뉴스와 운동경기 중계 등에는 별 관심이 없고 어쩌다 영화나 여행, 다큐멘터리 프로그램 위주로 시청하는 것이 고작이다.

하지만 영어공부 겸 영국사회를 조금이라도 더 이해하려는 방편으로 저녁 시간에 종종 TV를 시청하기 시작했다. 따라서 아이들도 덩달아 TV와 함께 하는 시간이 길어졌다. 물론 다른 한국 거류민처럼 한국에서 유행하는 드라마 녹화 테이프를 라면상자 한가득 빌려다 주말 내내 밤새워 보는 일은 아예 없었다. 그런데도 아이들이 TV 앞에서 보내는 시간은 점점 늘어났고 따라서 부인의 목소리 톤도 함께 올라갔다.

가뜩이나 부인은 TV가 바보상자라는 인식을 가진 데다 모든 영상물 자체를 반기지 않았다. TV에서 방영되는 어린이 프로그램이나 만화영화는 고사하고 한국에서 가져온 어린이용 비디오테이프를 틀어 주는 것마저도 탐탁지 않아했다.

그나마 한국에서 가져온 우리말로 된 비디오테이프도 동나며 어쩌다 인근 대형 비디오대여점에서 한두 개 빌려오는 것이 고작이었다. 그렇게 TV를 막는 것도 잠깐이고 아예 아이들은 TV에 들어가기라도 하려는 듯 틈만 나면 TV 앞에 다닥다닥 붙어 앉았다.

아이들에게 TV를 저녁 시간까지만 허용하고 밤에는 보지 못하게도 해 보았다. 그런데 내가 보고 있으면 아이들 역시 옆에 앉아 TV를 보느라 잠을 자지 않아 난감했다. 심지어 새벽 시간에 일찍 일어나 볼륨을 낮춘 채 TV를 보는 아이도 있었다. 작은 아이들에게는 채널 선택권을 주지 않고 큰아이들만 TV 리모컨을 독차지하면서 아이들 간의 불만도 늘어갔다. 자연스레 큰아이들에게 잔소리하는 횟수도 점점 많아졌고 뭔가 대책을 세워야만 했다.

부인은 아예 바보상자인 TV를 없애자는 극약처방에 가까운 의견을 내놓았다. 하지만 그럴 수는 없는 노릇이었다. TV뉴스라도 보며 조금이나마 영국을 이해하고 귀라도 트여야 할 것이었다. 가뜩이나 영국에 도착하자마자 거금을 들여 구입한 거대한 29인치 브라운관 TV였다. 모두에게 인기 절정이던 일제 브랜드로 어쨌든 잘 사용하다가 귀국할 때 가지고 들어가야 할 당당한 살림목록 중 하나였다.

궁리 끝에 내린 결론은 바보상자를 통제할 수 있는 또 다른 상자를 만드는 것이었다. 근처 DIY(Do-It-Yourself) 상점을 둘러보다 얻은 아이디어였다. 작은 상자를 만들 수 있는 자그마한 문짝이며 문틀, 각목 등을 이용해서 TV 화면을 가릴 궤짝을 만들어 달고 문을 여닫고 잠글 수 있게 하면 되겠다는 기특한 생각이 번뜩인 것이다. 즉시 주말을 이용하여 실행에 옮겼다.

커다란 TV가 들어갈 만한 큼직한 나무 궤짝을 만들었다. 앞면에는 작은 여닫이문을 달고 그 손잡이에는 자물쇠를 걸어두었다. 열쇠만 잠그면 아이들은 꼼짝없이 TV를 볼 수 없게 된 것이다.

아이들의 절망과 우리 부부의 희망이 교차하며 우리는 이 대단한 발명품에 대해 아주 자신만만했다. 나아가 주변 사람들에게도 이 TV 화면 가림 상자를 적극적으로 홍보하였다. 아이 다섯이 있는 집에는 그런 발명품이 필요하겠다며 감탄하는 사람들도 있고 자기들도 하나 만들어 봐야겠다는 사람들도 있었다. 바보상자를 통제하는 그럴싸한 이 상자는 한동안 그 기능을 탁월하게 잘 발휘하였다.

그러던 중에 TV 상자의 엉성한 민낯이 샅샅이 드러나게 되었다. 우리가 밖에서 저녁 모임을 마치고 밤 9시가 다 되어 들어온 어느 날이었다. TV를 보지 못하게 잠가놨으니 당연히 어린 아이들은 일찍 잠자리에 들었을 것이고, 큰아이들은 각자 방에 있어야 했다.

현관문을 열고 들어서는 순간 눈앞에 펼쳐진 광경을 보고 아연실색하지 않을 수 없었다. 다섯 아이 모두가 TV가 있는 거실에 내려와 TV를 켜놓고 그 앞에 마치 꿀단지에 벌들이 붙어있듯 닥지닥지 매달려 있는 것이 아닌가.

분명 TV 화면을 보지 못하도록 달아놓은 나무 상자의 문은 자물쇠로 굳게 잠겨있었다. 다만 약간 헐거워진 여닫이문을 앞으로 최대한 당겨 여닫이문의 위와 아랫부분으로 조금 큰 틈새를 만들었다. 가운데 정면의 자물쇠가 달린 사이 역시 작은 틈을 만들어 아이들이 그 틈새마다 얼굴을 맞대고 거의 묘기 수준으로 TV를 보고 있는 것이었다. 작은 아이들은 아래 틈새에서 위로 향해 TV를 보고, 큰아이들은 위 틈새를 통하여 화면을 내려다보고 있었다.

아이들이 늦은 밤까지 잠가놓은 TV 앞에 다닥다닥 붙어 작은 틈새로 화면을 보고 있는 모습을 보니 참으로 기절초풍할 노릇이었다. 한편 화도 나고 다른 한편으로는 놀랍기도 하고 또 미안하기도 한 복잡한 심정이었다. 아이들은 갑자기 들어온 우리 부부를 보고는 놀란 토끼들처럼 TV에서 순식간에 떨어졌다. 어린아이들은 무슨 영문인지도 모르고 해맑게 달려와 우리에게 반갑게 안겼다.

첫째에게 언제부터 이렇게 TV를 보았냐고 물으니 한참 되었단다. 새벽 시간에도 그런 방식으로 여러 번 TV를 봤다는 자백이다. 다섯 중 손재주가 남달랐던 첫째는 아예 작은 철사 조각과 송곳을 따로 마련해두고 어설픈 자물쇠를 손쉽게 풀어왔다고 했다. 다른 형제들에게는 비밀로 하고 혼자 한밤중에 일어나 자물쇠를 풀고 볼륨을 낮춘 뒤 TV를 본 것이다.

우리는 그날 이후 바보상자를 막아보려 했던 엉성하기 그지없는 시도를 멈추기로 했다. 다시 예전처럼 아이들이 저녁 시간에 자유로이 TV를 보도록 허용하였다. 다만 채널 선택은 아이들이 서로 잘 협의하여 시청하도록 하였다. 한밤중이나 새벽 시간에는 절대 TV 시청을 하지 않기로 약속하였다. 며칠 후 우리는 나무로 만든 바보상자를 완전히 분리하여 폐기처분했다.

공연히 약은 체를 하다가 오히려 아이들 눈뿐만 아니라 마음마저 병들게 할 뻔했다. 아이들이 언제든 마음만 먹는다면 부모의 머리 꼭대기에도 오를 수 있고 부모의 마음까지도 지배할 수 있다는 것을 다시금 깨달은 사건이었다.

모든 아이는 진정한 천재이다. 다만 어리석은 부모가 천재인 아이들을 바보로 여기고 또 그렇게 끝내 바보로 만들 뿐이다.

튀김 닭(Fried Chicken)과 포장박스

90년대 초반 어느 해인가 광화문 사거리 비각의 대각선 맞은편 코너에 미국의 유명한 튀김 닭 가게가 화려하게 문을 열었다. 하얀 양복에 나비넥타이를 매고 인자하게 웃고 있는 할아버지 그림으로 잘 알려진 곳이다. 그 가게는 영업을 시작하자마자 튀김 닭을 사려는 사람들로 인해 온종일 문전성시를 이루었다. 요즘과는 달리 그럴싸한 튀김 닭을 파는 곳이 거의 없었다.

바로 그 튀김 닭 매장이 마침 나의 퇴근길 버스정류장 바로 뒤편에 위치하고 있었다. 매장에서 새어 나오는 고소한 튀김 닭 냄새는 배고픈 퇴근길 직장인들의 코를 가히 환상적으로 자극하였다. 나아가 그 냄새는 내 후각과 미각을 넘어 아이들에게 사다주고 싶은 강렬한 유혹에 휩싸

이게 했다.

그 무렵 우리는 서울시 경계와 맞닿은 부천 고강동의 작은 아파트에 살고 있었다. 출근 때는 부인이 차로 지금의 까치산 터널이 있는 화곡동 사거리까지 태워다 주었다. 그곳에서 좌석버스를 타고 광화문 사거리에서 내려 사무실이 있는 삼일빌딩까지 걸어갔다. 귀가할 때는 역방향으로 광화문까지 걸어와 좌석버스를 타고 화곡사거리에서 내렸다. 서울 경계를 넘어 고강동 집까지 약 30분 가까이 걷는 것이 일상적인 출퇴근 길이라 걷는 양이 상당한 편이었다.

일상적인 퇴근 시간이면 명색이 좌석버스라도 만석이 되기 일쑤여서 내내 서서 가는 경우가 대부분이었다. 튀김 닭을 사가고 싶어도 버스에서 쭉 서서 들고 가는 게 불편하여 선뜻 행동으로 옮기지 못했다. 평소보다 조금 늦은 시각에 퇴근하게 된 어느 날, 드디어 큰맘 먹고 튀김 닭을 사러 들어갔다.

이왕에 큰맘 먹고 사는 거니 매장에서 파는 것 중에 가장 큰 사이즈를 선택했다. 막상 받고 보니 꽤나 뜨겁고 묵직했다. 동그란 종이 양동이에 가득 담긴 튀김 닭을 커다란 비닐봉지에 넣어 들고 버스를 기다려 겨우 자리에 앉았다. 바로 코앞에서 튀김 닭의 고소한 냄새가 진동하기 시작했다. 곧 그 맛있는 냄새는 버스 안 가득히 퍼져 늦은 저녁 다른 배고픈 승객들에게 미안한 생각마저 들었다. 그렇지만 튀김 닭을 받아들고 기뻐할 아이들의 모습을 떠올리니 너무나 행복했다.

집에 도착하자마자 고소한 튀김 닭을 풀어 놓았다. 예상한 대로 아이들은 환호성을 지르며 달려와 튀김 닭을 게 눈 감추듯 순식간에 해치웠다. 나름 최대한 넉넉한 사이즈로 사 왔다고 생각했는데 어린 넷째를 제외한 세 아이와 우리 부부만으로도 살짝 부족하게 느껴졌다.

순식간에 튀김 닭을 모두 해치우고 덩그러니 남은 알록달록하고 동그란 종이 양동이에 둘째가 관심을 보인다. 자기가 그 종이 양동이를 가지면 좋겠다는 것이다. 세면대에서 기름기를 잘 닦아내고 깨끗하게 말려 주었더니 둘째가 너무나 좋아한다. 무엇에 사용할 거냐는 질문에 이런 저런 자기 물건을 담아 두면 좋겠단다. 닭튀김을 담았던 종이 양동이는 둘째의 소중한 보물 상자로 변신했다.

그 뒤에도 여러 번 같은 가게에서 커다란 튀김 닭을 사 가곤 했다. 여지없이 좌석버스 안에서 고소한 냄새를 풍기다가 집에 돌아와 튀김 닭 잔치를 한 다음 남은 종이 양동이는 둘째의 보물 상자가 되었다. 둘째는 지금도 그때의 고소한 튀김 닭 잔치와 소중한 종이 양동이를 흐뭇한 추억으로 떠올린다.

함께 먹으니 식구이고 진정한 가족이다. 그래서 가족은 추억의 공동체이다.

설거지 습관

"엄마, 설거지는 제가 할게요."

"얼마 안 되는데 너는 출근준비나 하렴."

"아니에요. 금방 끝내고 나서 준비해도 되요."

오늘 아침도 막내가 아침식사를 준비하고는 자기가 설거지까지 하겠다. 부인은 식탁을 정리하고 나는 전기주전자에 물을 끓이며 커피 한 잔을 준비했다.

사람의 얼굴이 다 다르듯 아마도 가정마다 식사와 관련된 문화도 각기 다를 것이다. 우리집은 각자 식사를 마치면 자기가 사용한 그릇과 수저 등은 개수대에 가져다 놓는 것을 습관으로 하고 있다. 그러다 설거지 양이 어느 정도 될 만하면 누구든지 먼저 소매를 걷고 설거지를 시작한다. 아이들이 어릴 적부터 그래왔는지는 기억에 없지만 적어도 처음 런던을 다녀온 이후로는 거의 그렇게 굳어졌다.

아울러 식사 때마다 주로 접시를 이용하고 주발이나 국그릇 등은 잘 쓰지 않는 편이다. 비교적 설거지도 쉽고 정리도 간단하다. 반찬이나 찌개, 속 깊은 국그릇들을 사용할 때도 있지만 사용 빈도로는 일주일에 한두 번 정도에 불과하다. 국이나 찌개가 식탁에 올라오는 경우가 흔하지 않기 때문이다.

대부분 식사 후의 설거지 과정은 이렇게 진행된다. 식사를 마치며 가족들 대화가 거의 끝나면 각자 자기가 사용한 그릇을 개수대에 넣고 자기 일을 보러 주방을 나선다. 마지막으로 식사를 마치고 일어서는 사람은 음식 그릇 중에서 남은 음식들을 살피어 갈무리한 다음 냉장고에 넣거나 잔반 처리를 한다. 반찬 그릇과 함께 이미 개수대에 들어있던 다른 접시 및 수저, 젓가락 등의 설거지를 시작한다.

부인은 음식준비에 사용된 냄비, 전골 그릇, 프라이팬, 압력솥, 찜기 등을 갈무리하여 설거지할 수 있도록 정리한다. 개인용 식판을 닦아내 모아두고 식탁을 닦아내고 의자들을 정리하는 것도 한 과정이다. 접시를 비롯한 식기와 주방도구를 설거지하여 식기건조대 위에 뒤집어 걸쳐 놓는다. 그릇 씻기를 마치고 마른 수건으로 물기를 닦아내 종류별로 구분하여 놓는다. 마지막으로 그릇과 조리 기구를 보관하는 찬장이며 수

저통, 칼집 등에 넣어두면 설거지는 완료된다.

주말같이 여유 있는 시간에는 커피나 차를 마시며 이야기를 시작한다. 과일이나 과자, 빵조각들을 준비하고 커피와 차를 끓이고 커피 원두를 수제 그라인더로 갈아 가루로 만들기도 한다. 당연히 다과 시간이 끝나면 손 가는 대로 사용한 그릇과 컵을 씻고 제자리에 둔다.

음식준비와 설거지에 관한 습관이랄까 가정의 문화가 그렇다 보니 아이들은 항상 자기가 사용한 그릇은 깨끗하게 설거지를 해서 정리해 놓는다. 한밤중까지 무언가를 하다가 출출하여 라면을 끓여 먹거나 낮에 혼자 집에 남아서 식사를 해결할 때도 마찬가지다. 이런 습관 덕분에 혼자서 커피 한잔을 끓여 마셔도 항상 모든 집기는 설거지를 마치고 다시 제자리에 돌아가 정돈된 상태로 유지되게 마련이다.

1998년도 말 영국에서 돌아오며 자연스레 모든 식구가 자기가 사용한 집기나 방의 청소 및 정리 등을 스스로 해야 하는 것으로 알고 행하고 있다. 특별한 계기가 있었던 것은 아니고 큰아이들이 엄마 일손을 덜어주기 위해 시작한 것을 작은 아이들도 따라 하게 되면서 자연스러운 일상이 되었다.

식사 후 설거지뿐만 아니라 대부분의 일상생활이 그런 식으로 자리를 잡았다. 자기 방 청소며 책장정리, 옷장 안의 옷가지정리, 옷가지며 양말과 수건 등 빨래거리를 빨래함에 모아두기, 잠자고 일어난 침구정리, 샤워실 사용하고 물로 헹궈내기, 화장지가 얼마 남지 않으면 새것으로 바꿔놓기 등등... 누가 뭐라고 하지 않아도 웬만한 집안일들은 자연스레 누구나 스스로 하는 것으로 여기고 있다.

　가정도 하나의 사회이자 공동체이므로 기본예절은 지켜져야 한다. 누구든지 자기가 사용한 물건을 정리하지 않고 내버려 두면 누군가 다음에 사용하는 사람은 어려움을 겪거나 기분이 상할 수 있다. 자기가 사용한 물건은 항상 제자리에 정돈하여 다음 사람이 행복하고 편리하게 사용할 수 있도록 해야 한다. 당연히 자기도 깔끔하고 정돈된 상태를 유지하며 아울러 다른 사람들을 배려하는 습관을 몸에 익히게 된다.

　작고하신 아버지께서 어린 내게 지나치듯 가볍게 말씀하셨다. '해근아 세숫대야를 사용하고 나면 반드시 대야 안을 닦아 엎어 놓아야 한다.' 다음 사람이 사용할 것을 항상 염두에 두어야 한다는 것이다.

　가정에서 그런 배움을 익히지 못하면 사회에 나가서도 어려움을 많이 겪을 수밖에 없다. 남을 배려하는 첫 번째 관문은 자기 자신을 사랑하고 건강하게 유지하는 것이다. 성경에도 '네 이웃을 네 몸같이 사랑하라'라고 하지 않았던가. 누구나 당연히 자기 몸을 사랑할 것으로 생각하지만 그렇지 못한 사람들도 많고, 또한 내 몸을 사랑하지 못하는 사람은 이웃을 사랑할 수 없다는 강한 의미이기도 하다.

두 개의 결혼기념일

매년 6월 결혼기념일이 다가오면 은근한 기 싸움 혹은 기대 싸움이 시작된다.

'무슨 선물을 할까?'
'어떤 이벤트를 준비해야 하나?'

머리가 반백이 다 되어가도 365일마다 어김없이 돌아오는 결혼기념일에 대한 부인의 은근한 기대와 넌지시 던지는 암호는 여전히 오리무중 알쏭달쏭하다.

지금은 6월로 결혼기념일을 정하여 지키고 있지만, 애초의 결혼기념일은 9월이었다. 두 개의 결혼기념일이라고? 사실 우리 부부는 결혼기념일이 두 개다. 간단히 말해서 6월의 결혼기념일은 결혼식을 올린 날이고 9월의 결혼기념일은 부부로서 혼인신고를 한 날이다. 서양과는 달리 대부분의 한국 커플은 결혼식 일자와 혼인신고 일자가 다르다. 단순히 이런 이유를 넘어 우리의 결혼기념일이 두 개인 데는 각별한 사연이 있다.

우리는 1983년도 9월에 결혼식은 생략한 채, 혼인신고만으로 정식 부부가 되었다. 그리고 1989년 6월, 함께 산 지 6년이란 세월이 지나서야 마침내 공개적으로 혼인예식을 올리게 되었다.

제대 후 대학 4학년이었던 1983년 여름, 한창 열애 중이던 우리는 미래에 대해 진지하게 고민하였다. 급변하는 정치 및 사회적 분위기 속에서 한동안 내 삶의 방향감각을 상실한 상태였다. 간신히 공부로 방향을 잡고 해외 유학과 이민을 고려하며 미래를 그리고 있었다.

나아가 나 혼자가 아닌 둘이 함께 해외로 나가자고 마음을 모았다. 미국에 먼저 가 있던 손위 처남 가족의 영향도 있었고 해외석사 학위를 취득한 뒤 직업을 갖고자 했던 나의 소망도 있었다. 가진 것이라곤 맨손과 정신력뿐이던 우리는 힘을 합해 미국에서 순차적으로 공부할 계획을 세웠다. 부인이 먼저 일을 하며 학비와 생활비를 충당하고 내가 학위를 마치면 그다음엔 내가 취직을 하고 부인이 학업을 시작한다는 당찬 계획이었다.

전공은 당시 거의 학문으로 여기지 않던 보험학이나 회계학을 고려하였다. MBA 과정이라 GMAT 시험 준비를 하며 여기저기 학비가 저렴한 학교들을 수소문했다. 빠르면 졸업 후 다음 해 즉시 또는 그다음 해에는 반드시 유학을 떠나겠다는 목표를 세웠다.

한편 함께 해외로 가기 위해서는 당연히 호적상 정식 부부여야 했다. 호적상 부부란 곧 법적으로 한 몸이니 더는 떨어져 지낼 이유가 없었다. 함께 한 공간에서 몸을 맞대고 사는 것이 당연했다.

그즈음 나는 거의 2년 가까이 상도동 고개 위 쪽방에서 홀로 자취를 하며 고생 중이었다. 당연히 나 혼자 사는 것보다 부부로 함께 사는 것이 현실적으로도 많은 도움이 될 것이었다. 신혼집도 역시 상도동 쪽방이 아닌 부인 집에서 함께 살기로 하였다. 손위 처남 가족이 두 해 전 이민을 떠나고 부인은 장모님과 단둘이 지내고 있었다. 마침 방도 두 개였고 집 안에 남자가 있어야 든든하다는 것을 구실 삼아 장모님 댁에서 부부로서의 연을 시작하였다.

그 당찬 계획에 우리 부모님은 펄펄 뛰며 반대하셨다. 그저 그런 보통 가정에서 S대를 다닌다는 것 자체를 대단하게 여기시던 분들이었다. 그래선지 S대에 걸맞은 외형적인 조건이 잘 갖추어진 결혼 상대방을 원하셨을 것이다. 게다가 아직 대학도 졸업을 안 하고 결혼하겠다니... 처음에는 자그마한 결혼식이라도 올리겠다고 선언했지만, 부모님은 눈에 흙이 들어가도 아니 된다며 극렬한 반대와 비난을 퍼부어댔다.

그때 부모님의 반대를 이겨 낸 전술은 한가지뿐이었다. 법적으로 20세가 넘은 성인이므로 부모님의 동의 없이도 우리끼리 혼인신고가 가능하다는 폭탄선언이었다. 아무리 반대하셔도 우리는 혼인신고는 물론이고 결혼식도 알아서 치르겠다며 일방적인 선언을 했다.

그제야 비로소 부모님은 셋째 아들의 옹고집을 도저히 꺾을 수 없다고 판단하셨는지 결혼식만은 작은 형이 결혼한 뒤에 올리는 조건으로 내려놓으셨다.

가을 문턱이 다가오는 9월의 어느 날 저녁 대학로에 있는 작은 한식집에서 나름 상견례라는 것을 하였다. 장모님과 부모님은 저녁을 드시며 거의 말씀이 없으셨다. 부모님들의 복잡한 심경이 표정에 드러나며 묘한 분위기를 엮어내고 있었다.

그래도 우리 둘은 세상을 다 이기기라도 한 것처럼 마냥 행복하고 의기양양했다. 바로 다음 날 우리는 손을 맞잡고 동사무소에 들러 혼인신고 서류를 작성하고 도장을 찍었다.

그날이 알콩달콩 맨몸뿐인 신혼생활과 9월 결혼기념일의 첫 시작이다.

그 후 5년이 지나서 비로소 작은 형님이 결혼하게 되었다. 마침내 우리도 결혼식을 올릴 수 있게 되었지만, 우리 부부는 잠깐 고민에 빠졌다. 이미 주변에 수많은 사람이 우리가 부부인 것을 알고 있는데 이제 와서 결혼식이란 것을 꼭 해야 하나 싶었다. 더구나 두 아이가 무럭무럭 커나가고 셋째의 임신 소식까지 더해진 터라 결혼식이란 행사 자체가 꽤 부담스럽게 느껴졌다.

하지만 결혼예식이란 것, 웨딩드레스를 입는다는 것이 여자들의 로망이라는 주변의 권고가 의무처럼 다가오는 것이었다. 아울러 불러오는 배에도 불구하고 웨딩드레스를 입겠다는 부인의 의지가 더해져 결혼식을 거행하기로 하였다.

진정한 신부의 가치는 가정에서 은밀히 인정된다고 믿었던 우리는 성대한 결혼식 대신 실속 있는 예식을 선택했다. 주례는 담임 목사님께 부탁하고 결혼식장은 회사 근처의 교회 예배당에서, 식사는 교회 식당에서 대접하기로 하였다. 그런데 결혼식 날 입을 드레스가 고민이었다. 셋째의 임신으로 나날이 배가 불러오고 있어 드레스 선택이 쉽지 않았다. 감사하게도 같은 아파트에 사는 지인의 언니가 마침 결혼식 때 구입한 예복이 있어서 그것을 간단히 손보아 입을 수 있었다.

결혼식을 치른 뒤 신혼여행도 다녀왔다. 첫 3일 간 버스를 이용하여 동해를 빙 둘러 부산까지 여행하였다. 비행기로 제주에 도착하여 이틀을 머물며 오랜만에 둘만의 구혼(?)여행을 즐겼다.

이미 네 살이 된 첫째와 두 살인 둘째를 결혼식장에 데려가는 문제를 놓고 몇몇 친척 분들이 아이들은 결혼식에 참석하지 않는 편이 낫다고 목소리를 높이셨다. 결국, 집안 어르신들의 의견에 따라 결혼식이 진행될 동안 집에서 다른 분이 아이들을 돌봐주셨다. 하지만 그 뒤에 우리는 두고두고 이 결정을 후회하였다. 그때 두 아이의 손을 잡고 온 가족이 함께 입장하지 못한 것이 못내 아쉬울 뿐이다. 그나마 셋째가 뱃속에서 결혼식에 참석할 수 있었던 것이 다행이라면 다행이다.

6월의 감격 어린 행복한 결혼식 이후로 우리의 결혼기념일도 자연스레 9월에서 6월로 바뀌었다. 다만 결혼기념일이 몇 주년인지 계산하는 기준연도는 여전히 1983년도로 하여 실제보다 몇 달 빨리 맞이하게 되기는 하지만...

올 결혼기념일에도 당일치기로 강원도 철원 여기저기를 돌아다니며 여느 때처럼 행복한 시간을 가졌다.

다락방에서 발견한 부인의 메모장

둘째가 결혼 전 사용하던 방 천장에는 다락방이 있다.

천장 한가운데 붙어있는 나무문의 고리를 당기면 접이식 나무계단이 매어 달려 내려오는 구조이다. 처음에 그 다락방은 계절에 맞지 않는 옷가지들과 여행가방, 선풍기 등을 보관하는 장소였다. 그러던 것이 시간이 지나며 별별 잡동사니들이 쌓여 있는 창고 역할을 하고 있다. 다락방에는 자질구레한 물품이나 아이들이 사용하던 작은 물건들을 모아 놓고, 부피가 크고 무거운 것들은 지하실 창고에 보관한다.

어쩌다 한가하면 정리도 할 겸 다락방에 올라간다. 마구잡이로 쌓아 둔 물건들을 정리하며 여기저기를 뒤적이다 보면 시간가는 줄 모른다.

종이상자에 뭉텅이로 가득 들어있는 사진들을 찾아 살펴보는 재미는 특히나 쏠쏠하다. 아이들이 사용하던 노트나 작은 수첩, 액세서리들을 다시 들여다보기도 한다.

아이들을 위해 사두었다가 몇 번 사용하지 않고 처박아둔 물건들도 수두룩하다. 아이들의 고장난 바이올린, 구형 반사현미경, 오래된 사진기와 핸드폰들, 벽에 걸어두기엔 우선순위에서 밀린 그림이며 서예작품도 구석에 서 있고 일기장과 메모장으로 사용한 흔적이 보이는 노트들도 섞여 있다. 물론 아이들 이름표가 붙어있는 두툼한 클리어 파일들도 여럿이다. 그 안에는 아이들 낙서, 그림, 상장과 병원 처방전, 공연장 입장권, 성적표와 입학서류, 학교에서 오고 간 안내문 등도 두서없이 보관되어 있다.

얼마 전 옛날 서류를 찾으러 다락방 여기저기를 뒤적이다가 예전에 부인이 사용했던 메모장을 발견했다. 주로 정신과 심리상담이나 신앙에 관한 메모들이나 그중 한 페이지에 일기 같은 글이 있어 읽다가 혼자 한참을 웃었다.

'2002년 11월 3일

둘째(여중3)가 웃느라고 정신이 없다.

이유는 넷째(초5)가 친구네 집에서 우리집으로 전화를 걸었는데 둘째가 받아서 다른 집인 척 했다는 것이다. 넷째는 당연히 집인 줄 알고 전화를 걸었는데 아니라고 하니 당황해서 말을 얼버무리며 끊어버렸단다.

둘째는 그 이야기를 나에게 해주고는 약 10분가량을 손뼉을 치면서 소리를 지르며 웃었다.

그러더니 갑자기 이번엔 닭똥같이 굵은 눈물을 흘리면서 울기 시작하는 것이었다. 깜짝 놀라 이유를 물으니 너무 웃어서 힘이 들어 운단다.

넷째와의 이야기에서는 별로 웃지 않았는데 이번엔 나도 방바닥을 데굴데굴 구르면서 웃었다.

사춘기 아이들의 변덕스러운 면에 기절할 지경이다.'

아이들이 자라며 형제들 간에 있었던 수많은 일화 중에 정작 우리 기억에 살아남아 있는 것들은 아쉽게도 그다지 많지 않다.

위의 노트 내용을 사진으로 찍어 결혼해서 해외에 사는 둘째에게 전송해주었다. 자기는 기억에도 없는 일이지만 너무나 재미있는 내용이라며 감사하다는 답글을 보내왔다. 정작 그 글을 쓴 부인도 기억하지 못하는 내용이다 보니 다락방을 뒤지지 않았다면 온 가족의 기억에서 사라졌을 내용이다.

아이들과 함께했던 모든 날이 보석같이 귀하고 아름답다. 아직 결혼하지 않은 세 아이 중 두 아이와 같이 아침마다 식탁에 모일 수 있다는 사실이 얼마나 감사하고 기쁜 일인지 모른다.

남은 두 아이마저 각자의 길을 찾아 집을 떠나고 나면 그때는 그야말로 다락방이 추억의 보물 창고 역할을 톡톡히 할 것이다. 아직은 아침저녁으로 눈앞에 있는 두 아이들과 자주 할머니 할아버지를 찾아 주는 손주들이 있어 감사할 따름이다.

막내의 어릴 적 그림낙서들

우리 아이들은 어릴 적부터 그림 그리기를 좋아했다.

아이들 대부분 그렇듯이 어린 시절 벽이며 책, 노트 등 여기저기 닥치는 대로 그리며 자신만의 아우성이 깃든 기호들을 남기곤 했다. 방과 거실의 벽지마다 낙서며 그림을 그려놓는 바람에 아예 커다란 흰 종이를 벽마다 붙여 놓고 그곳에 맘껏 그림을 그리게도 했다. 그 종이들을 다 모아 놓았으면 훌륭한 추억거리가 되었을 텐데 그땐 거기까지 생각이 미치지 못했다.

특히 그리는 데 있어서는 막내가 어딘지 많이 특별했다.

두 살이 되기도 전부터 손에 무언가를 그릴 수 있는 도구를 잡기만 하면 기특한 그림을 그려내곤 했다. 벽뿐만 아니라 만만한 빈 종이부터 책장의 책까지 온통 막내 자신의 흔적을 남겼다. 그것도 그저 대충이 아니라 자기 딴에는 매우 신중하고 꼼꼼하게 그려냈다. 가끔 내가 회사에서 버리는 이면지를 가져와 낙서용으로 주기도 했다. 어린 막내는 신통하게도 이면지 가득하게, 구도를 맞추어서 그림을 그리고는 완성작이 되고 나서야 새 종이를 사용하여 다른 그림을 그리는 것이었다.

어느 날 일을 마치고 집에 왔더니 부인이 낮에 막내가 그린 그림이라며 종이 몇 장을 보여준다. 다른 아이들이 그린 어릴 적 그림들과는 다르다며 막내가 참 특별한 것 같다는 말을 덧붙였다. 예를 들어 위의 아이들은 사람을 그릴 때 동그란 얼굴, 가는 몸통, 대충 그린 손과 발이 있는 사람 모습이 보통이었단다. 그런데 막내의 그림은 상당히 세밀하고 관찰력이 남다르다는 것이다.

두어 살짜리 막내가 그린 엄마 그림에는 얼굴에 눈 코 입뿐만 아니라 콧구멍, 머리카락, 가슴과 젖꼭지, 손가락마다 까만 손톱, 기다란 발가락과 치마 등등이 아주 세밀하게 그려져 있었다. 막내는 자신이 보고 느낀 것들을 그림으로 나타내며 시간보내기를 즐겼다.

그 이후로 막내의 그림들을 모아 놓기 시작했다. 그전까지는 여기저기에 그림을 그려놓아 따로 정리하기가 쉽지 않다. A4크기 용지에만 그림을 그리도록 지도하여 막내가 그림을 그릴 적마다 날짜를 적어 클리어 파일에 넣었다. 그렇게 막내의 어릴 적 그림들은 지금도 막내의 파일

안에 잘 보관되어 있다.

언젠가 미국에서 공부하는 막내가 자기가 그린 작품 중에 포트폴리오로 제출할 만한 것들을 찾아 이메일로 보내 달라고 요청했다. 여기저기 파일을 뒤지다 발견한 어릴 적 그림들을 사진으로 찍어 보냈더니 막내는 너무 신기하다며 좋아했다.

기억을 되살려보면 아이마다 자기가 가진 남다른 재능이 있다. 그런 재능들을 부모가 예민하게 파악하여 그 재능을 잘 살릴 수 있도록 돕는 것이 부모의 본연의 임무이고 자세이다. 부모 자신의 소망이나 재능이 아닌 아이 안에 들어있는 재능과 관심을 찾아내고 북돋아주는 일은 중요하지만 쉽지는 않다.

막내는 유치원 시절부터 그림을 그려서 큼직한 상품을 받아올 만큼 소질이 남달랐다. 그런데도 정작 아이의 미래와 그림 그리기를 연관 지어 생각하게 된 때는 막내가 고등학교 진학을 앞두고 있었던 중3 무렵이었다.

아이의 재능과 관심을 간과하고 학교생활에만 주력하도록 했던 모양이다. 학생으로서 충실하게 학교생활을 하며 열심히 공부하다가 전공은 대학 갈 즈음에 결정하면 되지 않을까 하는 안이한 생각이었다. 중3이 된 막내가 미술을 전공으로 예고에 진학하고 싶다는 이야기를 꺼냈다. 그때에야 비로소 막내의 남달랐던 그림 실력이 기억났다.

준비시간이 촉박한 가운데 미술학원에 몇 달 다니고 치른 예고 입학시험은 당연히 낙방이었다. 담담한 표정으로 속내를 감춘 막내는 군소리 없이 일반계 고등학교로 진학했다. 그렇게 2년이 지나고 고2 말 즈음 미대에 진학하고 싶다는 막내의 요청에 다시 부랴부랴 늦은 지원을 해 주었다. 당연히 원하는 결과는 얻지 못했다. 세상에 공짜 점심은 없고 좋은 물건을 헐값에 살수도 없는 법이다.

하지만 결국, 막내는 오랜 방황과 어려움을 이겨 내고 자신이 원하던 미국대학에 들어가 3D 애니메이션을 전공하였다. 자신의 삶을 야무지게 개척해나가고 있는 막내가 자랑스럽고 뿌듯하다.

현재 막내는 회사에서 애니메이션 기획과 레이아웃 작업을 담당하며 3D 애니메이션 제작자로서의 꿈을 키워가고 있다.

다둥이 전염시키다 I

고강동 아파트에 살던 시절, 같은 단지에서 친하게 지내던 몇 가정이 있었다. 그저 친한 정도가 아니라 거의 한 가족처럼 오가며 같이 밥을 먹고 주말에도 함께 여기저기 나들이를 다녔다. 특히 우리집에 아이가 네댓으로 늘어가자 거의 공동 육아를 하듯이 우리 아이들을 함께 돌보아 주었다. 아마도 그분들이 아니었으면 부인 혼자 다섯 아이를 감당하기란 쉽지 않았을 것이다.

그분들 대부분과 30여 년이 지난 지금도 서로 소식을 전하고 왕래하며 지낸다. 그중 같은 아파트 단지에 살며 같은 교회에 다니던 수영이네의 이야기를 하고자 한다.

수영이는 우리집 첫째보다 한 살 위인 여자아이이다. 사실 우리가 신월동에 살다가 고강동으로 이사를 하게 된 것도 수영이네가 사는 아파트를 알게 된 영향이 컸다.

우리가 둘째까지 낳고 고강동으로 온 뒤 다섯째까지 낳았으니 3명의 출산과 육아 과정 모두를 수영이네 가족이 가까이서 보아온 셈이다. 무남독녀인 수영이는 우리집에 오면 큰언니 역할을 톡톡히 하며 동생들을 데리고 잘 놀아주었다. 수영이가 외둥이였던 이유는 수영이 엄마가 수영이를 임신, 출산하는 과정에서 입덧이며 임신중독증 등으로 많이 힘들어했기 때문이었다. 그런 부인의 임신과 출산을 지켜본 수영이 아빠는 출산 직후 부인을 더는 고생시키지 않겠다고 정관수술을 받았다. 물론 수영이 엄마도 당시 국가 전체의 열광적인 산아제한 분위기에 따라 별다른 생각 없이 수영이 하나로 만족하며 지내고 있었다.

수영이네 근처로 옮겨온 부인이 임신과 출산을 거듭하며 우리집 아이들이 수영이네 집에 가서 지내는 시간도 점차 많아졌다. 그럴 때마다 수영이 아빠는 우리 아이들과 기쁜 마음으로 함께 놀아주었다. 특히 어린 셋째가 수영이네 집에 가면 수영이 아빠는 아이를 아예 품에서 내려놓지 않았다. 심지어 식사할 때도 셋째를 식탁 위에 앉혀놓고는 반찬이라고 까지 표현하며 넋을 놓고 바라보았다. 우리 셋째를 보고만 있어도 밥맛이 난다는 것이었다.

그 이후 넷째와 막내까지 태어나면서 우리집은 물론 거의 공동 육아를 담당하던 수영이네 집도 여섯 아이로 인해 북새통이 되었다. 수영이

네와 같은 동에 살던 아이가 셋인 다른 집까지 모이면 아이들만 거의 열 명이 되어 유치원을 방불케 하였다.

갑자기 우리가 영국으로 떠나게 되며 고강동 아파트에도 보이지 않는 여파가 크게 밀려왔다. 열 명 가까운 아이들의 큰언니 역할을 하던 수영이가 갑자기 생기를 잃고 무엇보다도 수영이 엄마가 변하였다. 수영이 엄마는 아빠를 채근하기 시작하였다. 아이를 더 낳아야겠으니 정관 수술한 것을 복원하라고 재촉하였다.

하지만 수영이 아빠는 그 당시 정관수술 방법 중 가장 피임효과가 확실하다는 정관 절단수술을 받은 상태였다. 당연히 복원효과를 자신하기 힘들다는 것이 병원의 의견이었다. 아울러 시대적 흐름을 거스르는 복원 수술이 부담스러워 부정적인 의견을 냈을지도 모를 일이다. 그럼에도 불구하고 수영이네 부부는 포기하지 않고 복원 수술을 받기로 했다. 수영이 아빠도 공동육아를 함께 담당해오다가 우리 가족의 갑작스러운 영국행으로 인해 썰렁해진 분위기에 생각을 바꾸었다.

우리가 영국에 도착한 얼마 후 전화통화로 수영이 아빠의 복원 수술 이야기를 들으며 함께 기뻐하던 기억이 새록새록 떠오른다. 그다음 해 임신이라는 기적적인 소식에 이어 건강한 딸아이를 낳았다는 전화를 받았다. 다시 2년 후에 아들까지 출산하였다.

수영이 아빠는 둘째만 낳고 늦깎이 아빠로서 양육에 부담을 느껴 다시 수술을 고려하였단다. 그러나 수영이 엄마는 아들을 낳고 싶어하며 아빠의 수술을 만류했다. 어느 날 아들 태몽을 꾼 수영이 엄마가 마침내 셋째를 임신하여 정말 꿈같은 아들을 선물로 받은 것이다.

　세월이 흘러 이제 수영이네 3남매도 모두 장성하였다. 첫째 수영이는 결혼하여 아이를 낳아 키우는 직장맘이고, 늦게 낳은 둘째도 벌써 직장에 다니는 어엿한 사회인이 되었다. 셋째도 건강한 청년이 되어 현재 군복무 중이다. 수영이 엄마는 뒤늦게 낳은 아이들로 인하여 너무 행복하다며 다둥이를 전파해준 우리에게 감사하다는 말을 자주 한다.

　하지만 우리야말로 수영이네 가족으로 인하여 다섯 아이를 잘 키울 수 있었기에 수영이네 가족들에게 감사할 따름이다.

다둥이 전염시키다 II

　고강동 시절 근처에 사는 세 쌍의 부부가 일요일 새벽마다 모여 성경 공부를 하였다. 초등학교 선생님 가정과 극동방송국 PD 가정, 그리고 우리 부부 이렇게 세 팀이 자주 모여 교제를 하다가 아예 매주 날을 정하여 성경공부를 시작한 것이다.

　세 가족 모두 올망졸망한 아이들이 있어서 모임 시간을 일요일 새벽 5시부터 7시까지로 정했다. 그때는 아직 아이들이 자고 있을 시간이라는 판단에서였다. 그 모임은 거의 2년간 지속되었다. 그 모임에 참석했던 다른 두 가정 모두 현재 선교사가 되어 해외에 체류 중이다.

　그 당시 옆 단지 아파트에 사는 방송국 PD의 처제가 결혼 전 자주 언니 집에 와 머물렀고 강원도 태백에 사는 총각과 연애 중이었다. 마침 우리집에만 전화기가 있다 보니 태백 총각이 우리집으로 전화를 걸어오면 부인은 전화가 왔다고 전해주기 위해 그 집까지 달려가야 했다. 그렇게 원거리 연애를 이어오던 두 사람은 우리가 영국에 있는 동안 결혼하여 태백에 둥지를 틀었다.

영국에서 귀국한 뒤 쌍문동에 살던 때에 아이들을 모두 이끌고 강원도 여행 중 태백에 들르게 되었다. 태백 예수원의 목장에서 일하는 그 여동생 집에 방문해보니 올망졸망한 아이들이 셋이나 있었고 자매는 또 임신하여 배가 불러 있었다. 어찌된 일인가 싶었는데 부부가 한 목소리로 우리집을 본받아 다섯을 낳겠다는 것이다.

시골 목장 일꾼의 살림살이가 그렇게 넉넉할 리도 없을 텐데 오로지 믿음 하나로 아이들을 낳아 키우겠다는 자세가 솔직히 부러웠다. 하룻밤을 그 집에서 묵으며 아이들은 말을 타보기도 하고 양들을 쫓아다니기도 하며 행복한 시간을 보냈다.

특히 잊지 못할 기억은 그들 부부가 보여 준 가족사진이었다. 매년 결혼기념일마다 목장 한가운데 서 있는 나무를 배경으로 찍은 여덟 장의 사진이다. 처음 사진은 사람보다 작은 나무 앞에 부부 둘만 서 있는 사진이었다. 다음 사진에는 자매가 배부른 자세로 웃으며 서 있는데 나무는 좀 더 커 있었고 그렇게 맨 마지막은 나무가 울창하게 자란 가운데 세 아이와 함께 찍은 사진이었다.

그 부부는 우리가 목장을 방문한 3년 뒤에 마침내 다섯째인 딸을 낳아 2남 3녀의 대가족을 이루게 되었다.

지난 초여름 홍천으로 이사하여 살고 있는 그들 부부를 오랜만에 방문하여 3일 동안 함께 지내며 쉬다 왔다. 부부는 여기저기 농사일을 거들며 기쁜 마음으로 열심히 살고 있었다. 우리는 서로 아이들의 근황을 전했다. 도시에 나가 직장에 다니는 첫째와 인근 대도시에 소재한 고등학교에 다니는 막내까지 부부의 믿음으로 잘 성장한 아이들의 이야기를 들으며 무척이나 감사하고 행복한 시간을 보냈다.

나는 자랑스러운 아빠다
– 운전면허 합격기

'이번엔 꼭 붙어야 하는데...'

마음속으로 계속 되뇌며 면허 시험용 자동차에 올라탔다. 저만치 떨어져 있는 관중석에 앉아 나에게 손을 흔들고 있는 부인과 둘째를 향해 힘껏 손을 흔들었다.

면허시험장의 주행도로를 한 바퀴 돌며 주차 및 S자, 좌우 회전도로 등을 통과하는 주행시험만 이번이 4번째 도전이다.

S자로 굽어진 코스를 조심스레 통과한 다음 T자로 선이 그어진 코스를 뒤로 들어갔다가 반대 방향으로 빠져나오는 주차 시험도 무사히 통과했다. 강사가 가르쳐준 공식대로만 하면 되는 시험이라 어려울 게 없

였다. 사실 S자, T자 코스 시험은 시험응시 때마다 합격한 코스였다. 문제는 한 바퀴를 돌며 응급상황에 대처해야 하는 주행코스였다.

주행코스가 요즈음 도로시험에 비하면 엉성하기 짝이 없지만, 그때는 벌써 3번째 불합격이다 보니 은근 신경이 쓰였다. 게다가 이번엔 부인과 둘째아이까지 떡하니 응원인지 위협인지 헷갈리게 관중석에 앉아서 손을 흔들고 있으니 말이다.

이미 운전학원에 등록한 지는 몇 달이 되었지만 도로를 한 바퀴 돌며 이런저런 상황에 대처하는 연습은 한 번도 해 본 적이 없었다. 당시 운전학원 교육이란 게 그만큼 엉성하지 않았나 싶다.

어느 날 회사에서 누군가 운전학원 단체 할인 내용이 들어있는 안내장을 나눠주었다. 6개월 동안 언제든지 30번 운전 연습을 할 수 있다는 일종의 쿠폰형 수업으로 당시 일반적인 가격의 거의 절반에 해당하는 파격적인 할인행사였다.

문제는 회사가 있는 종로에서 거리가 꽤 되는 강남에 학원이 위치하고 있었다. 암튼 직원들이 너도나도 신청하는 틈에 끼어 나도 등록을 하였다. 뒷면에 인쇄된 30개의 칸에 확인도장을 받을 수 있도록 만들어진 학원카드를 받으며 자가용 운전이란 신세계를 꿈꾸었다.

둘째 아이를 낳고 얼마 되지 않아 부인이 운전면허를 따야겠다며 새벽 학원에 다니기 시작했다. 아직 차도 없던 때였는데 무슨 바람이 불었는지 앞으로 아이들을 제대로 키우려면 차가 있어야 한다는 것이다. 아직 잠에서 깨어나지 않은 아이들을 내게 맡기고 부인은 꼭두새벽부터 버스를 타고 운전학원에 다녀왔다.

그러던 어느 날 가뿐히 면허를 따온 부인은 그날부터 차를 사내라고 성화였다. 아이들을 데리고 병원에 갈 때 차가 없으니 너무 불편하다고 하소연이다. 하긴 멀리 있는 병원까지 어린 두 아이를 데리고 기저귀가 방을 든 채 버스를 타고 다니느라 무척이나 힘들었을 것이다. 게다가 부인은 셋째까지 뱃속에 품고 있었다.

부인이 면허를 딴 뒤 셋째를 낳고 정신없이 지내던 때였다. 마침 중학교 동창으로부터 자기 차를 사겠냐는 제의가 들어와 앞뒤 생각 없이 차를 장만하게 되었다. 그 친구는 좀 더 큰 차를 산다며 출고된 지 일 년밖에 안 된 기아의 프라이드를 우리에게 넘긴 것이다. 우리는 가격과 연비, 효율성 면을 떠나 우리의 첫 자가용 구입에 대만족이었다.

그날로부터 부인이 운전대를 잡으며 우리집에 새로운 시대가 도래했다. 일요일에 교회에 가기도 훨씬 편해지고 예배를 마치고 가까운 교외로도 가볼 수 있게 되었다. 자가용을 굴린다는 것은 삶의 차원을 달리하는 획기적인 사건이다.

어린아이들이 있는 집에서 자가용이 없으면 교외로 나들이를 떠나기가 여간 불편한 게 아니다. 기저귀 보따리며, 휴대용 유모차, 여분의 옷가지, 다행히 우리는 모유 수유를 했지만, 분유를 먹는 아이라면 준비 물품은 한없이 복잡해진다. 부인의 운전면허와 중고 프라이드로 인해 우리집은 완전히 다른 차원의 삶을 시작하였다.

문제는 내가 면허가 없다 보니 불편한 점이 많았다. 항상 조수석에서 지도를 봐주며 길을 안내해야 하는 처지는 문제일 것도 없었다. 그보다는 당시 갓난아이였던 셋째가 젖을 달라고 울며 보채기 시작하면 조수석의 나로서는 배고파 우는 아이를 달랠 방법이 없었다.

어쩔 수 없이 부인이 한적한 곳에 차를 세우고 아이에게 젖을 다 먹이고서야 다시 출발할 수 있었다. 그동안 나는 별반 하는 일 없이 뒷좌석에 있던 두 아이와 놀아주며 셋째가 젖을 다 먹을 때까지 멀뚱히 기다렸다.

운전학원 카드를 받았음에도 좀체 운전 연습할 시간을 내지 못했다. 워낙 바쁘게 일하던 시절이고 개인적으로는 저녁 짬을 이용하여 주식재테크랍시고 신경을 곤두세우고 있었다. 좀 일찍 퇴근하는 날은 재테크에 관심을 가진 몇몇 친구들과 석간신문을 사 들고 인근 다방에 앉아 경제를 읽고 주식 종목을 분석하며 투자에 열중하던 때였다.

그러다가 다른 직원들이 운전면허 시험을 본다기에 얼떨결에 나도 같이 신청을 하고는 필기시험을 보게 되었다. 필기시험은 의외로 쉬웠는지 단번에 합격할 수 있었다.

며칠 후 실기시험을 치르게 되었다. 그때까지 도장을 네 번인가 받아서 간신히 연습용 차량에 앉아 시동을 걸고 끄는 법과 내부 구조 및 S자,

T자 코스 공식을 암기하는 수준이었다. 제대로 차량을 몰아본 적도 없이 첫 실기시험을 치르게 된 것이다. 어떻게 되겠지 하는 심정으로 시험용 차량에 올랐다. 처음 시도한 S자 코스에서 결국 불합격하여 다음 코스인 T자는 물론 주행코스는 밟아보지도 못한 채 내려와야 했다.

곧 두 번째 시험을 응시하여 S, T자 코스는 통과하고 주행코스에 들어섰다. 운전석에 앉아 키를 꽂고 시동을 거는데 시동이 걸리지 않았다. 바로 삐익 소리가 나며 불합격판정을 받아 시동도 걸어보지 못하고 쫓겨나다시피 운전석에서 내려와야 했다. 당황한 나머지 브레이크 밟는 것을 잊고 그냥 시동키만 돌렸던 것이다.

얼마 후 학원 도장을 몇 개 더 받은 뒤 세 번째 면허 시험에 도전하였다. 이번에도 S, T자 코스는 합격하고 주행코스에 응시하게 되었다. 출발한 뒤 언덕길에서 잠시 차를 세웠는데 어찌 된 영문인지 멈춰있어야 할 차가 언덕 아래로 밀려 내려오며 다시 불합격!

그렇게 하여 오늘까지 네 번째 시험을 치르게 되었고 이번엔 부인과 둘째까지 함께 와서 나를 응원해 주고 있었다. 운전 학원카드 뒷면에 받은 도장이 고작 12개뿐이라 제대로 주행코스를 돌아본 적도 없는데 말이다. 당시 주행연습은 도장을 15개를 받고 나서야 연습용 차량을 내주게 되어있었다. 그리하여 지난번 시험 때의 기억과 몇 사람한테 들은 이야기, 아파트 주차장에서 프라이드에 몇 번 시동 걸어본 경험만을 의지하여 다시 주행시험에 도전하게 되었다.

가족의 힘이 무서운지 아무튼 S, T자 코스를 무난히 통과하고 마지막 관문인 주행코스를 시작하였다. 이번엔 시동을 제대로 걸고 출발해서 한 바퀴를 도는데 중간에 노란 불빛에 잠깐 정차하고 다시 출발해서 고갯길도 별반 어렵지 않게 차가 굴러갔다. 드디어 마지막 도착선에 다다르며 합격 판정이 났다. 만세!

　뒤돌아보니 부인과 둘째가 손뼉을 치고 고함을 지르고, 난리였다.

　그래 난 자랑스러운 아빠다!

　그날부터 주말마다 프라이드는 내 담당이 되었고 부인은 옆에 앉아 언제든지 편하게 셋째, 넷째, 다섯째에게 젖을 물릴 수 있었다.

우연일까? 인연일까? 필연일까? 콩깍지일까?

사랑에 빠지면 눈에 콩깍지가 낀단다. 사랑에 빠진 연인의 좋은 점에만 집중하여 멀쩡히 봐야 할 다른 걸 정확하게 보지 못한다는 의미의 경구이다. 하지만 사랑이 원래 그렇듯, 특히 결혼 적령기에 이른 청춘남녀 간의 사랑이란 한두 가지 매력에 빠져 다른 것들을 보지 못할 때 비로소 만남과 사귐이 시작되고 사랑이 움트는 것이다. 사랑은 계산기를 두드려 따지거나 자로 재서 이루어지는 것이 아니다.

모든 사랑의 시작이 그러하듯 우리 부부의 만남에도 조금은 남다른 구석이 숨어있다.

동갑내기인 우리는 고등학교 2학년이던 1975년 가을에 처음 만났다.

그리고는 대학에 입학한 1977년 가을 즈음 본격적으로 둘만의 교제를 시작하였다. 3년간의 군 복무를 마치고 4학년 졸업반이던 1983년 가을, 나는 학생 신분으로 부인과 혼인신고를 마치고 부부의 연을 맺게 되었다.

요약하면 결혼 전까지 알고 지낸 기간은 8년이고 교제한 기간은 약 6년 정도 되는 셈이다. 이후 부인이 셋째를 임신한 1989년에야 비로소 결혼식을 올렸다. 나이로나 결혼 과정으로 볼 때 통상적인 평균과는 사뭇 동떨어진 2 시그마를 넘어 어쩌면 3 시그마에 가까운 블랙스완급 커플이다.

별생각 없이 세상을 향해 구시렁거리던 고등학교 2학년 시절이었다. 찬바람 속에 단풍이 짙게 물들어가는 가을 저녁 우리는 부인의 집에서 열린 한 모임에서 처음 만났다. 또래의 고2 동급생이었던 부인이 그날 저녁 식사로 만들어 내온 맛있는 샌드위치가 지금도 생생하다.

그 당시 고등학교 1학년 내내 학업은 뒷전으로 미루고 소설책에 빠져 지내며 두툼한 명작소설 50권을 독파하였다. 2학년이 되면서 이제는 학교 공부에 좀 신경을 써야겠다고 다짐하고 있었다. 하지만 교지편집부원으로부터 교지에 실을 원고를 부탁받으며 또다시 좋은 핑계거리가 생겼다. 곧장 도서관에 자리를 잡고 교지에 낼 원고를 위한 독서와 집필로 한여름을 시원하게 보냈다. 그 덕에 간신히 헤겔의 '변증법적 논리학'이라는 책을 중심으로 몇 권의 철학 서적을 읽고는 헤겔 철학과 논리학 구조에 관한 나름의 요약과 해설을 담은 원고를 제출할 수 있었다.

다가오는 대학진학이라는 부담을 안고도 헤겔의 큼직한 정신철학의 끄트머리에서 헤어 나오지 못한 채 결국 가을학기가 시작되었다. 개학 후 급진친구들과 어울려 문교정책에 대한 비판과 함께 집회 및 시위를 준비하는 일에 앞장서 참여하였다.

한 달여를 열심히 준비한 끝에 드디어 시위예정일 전날 밤이 되었다. 시위용품과 집회 계획 등을 점검하고 거사를 다짐하려 동료학생 집에 모여 밤을 새우던 중이었다. 갑자기 들이닥친 경찰들에게 줄줄이 연행되어 종로경찰서 내의 구치소에 갇히고 말았다. 아침이 되자 예정되었던 몇몇 장소에서 학생들이 모이기는 했지만, 주동자들이 다 잡혀간 까닭에 그날의 시위와 집회는 모두 무산되고 말았다.

지금 돌이켜보면 살벌했던 유신정권 치하에서 자칫 고등학생들이 주도하는 시국사건으로 퍼질 수 있었던 사건이었다. 그렇지만 학교장과 선배들의 선처 덕분에 위기를 모면하고 이틀 후 모두 풀려날 수 있었다. 어찌어찌해서 퇴학 1명, 무기정학 두어 명에 나를 포함한 대여섯 명은 15일간의 유기정학 처분을 받고 나머지 몇은 경고처분으로 사건은 마무리되었다.

정학 처분을 받던 날 저녁, 아버지는 나를 앉게 하고 데모를 하려 했던 이유에 관해 물으셨다. 몇 마디 대답에 아버지는 더 묻지 않고 그냥 건너가라고만 말씀하셔서 내심 얼마나 감사했는지 모른다. 복학한 이후 정학 처분으로 인하여 알량하게 받았던 외부장학금마저 취소된 것을 알게 되었다. 어머니는 정학 처분을 받은 것보다 어려운 살림에 취소된 장학금을 더 아쉽게 여기셨다.

유기정학 보름간 학교에 가지 못하고 아침이면 정학당한 친구들끼리 모여 낙엽이 무성한 우이동 산기슭에서 온종일 하릴없이 시간을 뭉개곤 했다. 그런 시기를 보내면서 세상을 보는 눈이 조금은 변하지 않았나 싶다.

정학을 마치고 학교에 돌아가니 어느덧 시월의 끝자락에 와 있고 학교공부라고 책을 잡아본 게 언제 일이었는지 가물가물했다. 내년이면 벌써 고3인데 대학교에 들어갈 수나 있을지 걱정이 앞섰다.

여전히 대책 없이 학교를 오가던 중 한 친구로부터 솔깃한 제안을 받았다. 그는 나름 문학도라고 자평하며 소설책깨나 읽고 그림이랍시고 그리곤 하여 학교에서 기인 취급을 받던 친구였다. 다른 학교 학생들 몇몇과 국어 현대문 부분을 함께 공부하려고 한다며 참여의사를 물어왔다. 공부에 궁했던 나는 별생각 없이 참여하겠다고 하고 모임일정을 안내받았다.

어느 토요일 오후 학교근처, 안국동의 창덕궁 뜰에서 첫 예비모임이 있었다. 하지만 그날 집에 일이 있어 그 모임에 참석하지 못했다. 공부를 시작하는 다음 모임부터 함께하기로 했다.

나중에 알았지만 그 첫 모임장소가 바로 부인 집이었다.

11월 중순 어느 날 학교 수업을 마치고 어둑해지는 저녁 어스름께 공부모임에 처음 참석하게 되었다. 친구를 따라 번호를 기억하지 못하는 버스를 두 번인가 갈아타고 어느 곳엔가 내렸다. 상가옆 골목으로 걸어가 자그마한 단독주택에 들어섰다.

집주인인 듯 단발머리의 예쁘장한 여학생이 우리를 반갑게 맞이해 주었다. 얼굴색이 하얗게 눈부시고 밝은 색상의 얇은 스웨터에 교복 치마를 입고 있었다. 이미 두어 명의 여학생과 남학생 한 명이 와 있어서 모두 여섯 명이 함께 한자리에 모였다.

저녁시간이어선지 집주인 여학생이 준비해둔 샌드위치를 내왔다. 난생처음으로 먹어보는 제대로 만든 샌드위치였다. 하얀 식빵을 살짝 구워 상추 같은 채소, 그리고 삶은 감자와 달걀을 으깬 속을 넣어 만든 것으로 남들이 먹는 것을 구경만 해본 음식이었다. 그때까지도 우리집에서는 그런 음식을 만들어 먹은 기억이 없었다. 집에서는 식빵에 그저 잼이나 값싼 마가린만 발라서 먹는 것만도 호사였다.

그 모임에서 무슨 이야기를 했었는지 그 이후의 진행은 전혀 기억나지 않는다. 그저 맛있는 샌드위치와 그 집 여학생에 관한 풋풋한 좋은 인상만이 남아 있을 뿐이다.

12월에 들어서며 본격적인 공부모임은 대부분 같은 반 친구의 작은 아파트에서 이루어졌다. 작은 방에 앉은뱅이 밥상을 놓고 여섯 명이 앉으면 비좁아 발을 제대로 뻗기가 힘들 정도였다. 협소한 공간이었지만 우리는 아랑곳하지 않고 주말마다 모여 열심히 공부하였다.

교재는 무슨 현대문이라는 제목으로 현대문학 작품 일부를 발췌하여 본문에 대한 몇 가지 질문이 주된 내용이었다. 따로 정답이 없이 스스로 생각하도록 엮어진 책이었다. 시, 소설, 평론, 수필, 논설 등등으로 국내

작품뿐만 아니라 일부 외국작품까지 포함하였다.

매번 모일 때마다 여섯 명이 각각 한 부분을 맡아 한 주 동안 연구한 다음 해당하는 작품 및 지문을 분석하고 질문에 대하여 설명하고 토론하는 방식이었다. 멤버들 모두 각자 맡은 부분을 성실하게 준비해 와서 나름 대입준비에 유익하고 알찬 시간이었다.

남녀학생들이 좁은 공간에 모이면 일어날 법한 상황이나 엉뚱한 기억은 거의 없었다. 대부분 약속된 시간에 모여 공부하고 토론하다가 끝나면 곧장 먼 길을 버스를 타고 되돌아갔던 기억만 있을 뿐이다. 그런 와중에 미래의 부인이 될 여학생에 관하여는 성실하고 다소곳하고 품성이 괜찮아 보인다는 막연한 생각을 하긴 했지만, 그 이상의 진전은 없었다. 고3을 목전에 두고 대학입시라는 부담이 가중되었던 시기였다. 혹은 함께 공부한 다른 남학생들과 이미 어떻게든 관계가 있을 것으로 생각하고 더 친해지려는 생각 자체를 지웠던 것이 아닌가 싶다.

석 달 가까이 함께 모여 열심히 공부하다 보니 처음에는 어려워 보이던 교재를 다 끝낼 수 있었다. 2월 중순이 되어 본격적인 고3으로서의 대학입시를 준비하는 시기가 닥쳐왔다. 애초의 목적은 나름 달성한 것으로 보이고 곧 3월이 다가오니 이제는 모임을 끝내기로 하였다. 각자 자신의 공부에 전념하는 것이 바람직하다는 의견이었다.

우리는 마지막 공과를 마친 뒤 멋쩍게 헤어졌다. 함께 공부했던 멤버들의 주소니 전화번호 등의 연락처조차 교환하지 않았다. 아마도 순수한 의도만을 간직하려는 풋풋한 생각들이었을 것이다. 언제 다시 만나

자는 기약도 없이 석 달 동안의 학원 수강을 마친 것처럼 담담하게 흩어졌다.

1976년의 고3 시절은 힘들게 지나갔다. 학교가 종로 한복판에서 강남 허허벌판의 한가운데 봉은사 뒷산 꼭대기로 이전하였다. 그 바람에 서울 북쪽의 수유동 집에서 학교까지 버스를 세 번씩이나 갈아타야 했다. 가정형편이 넉넉한 아이들은 과외며 학원이며 해서 학교에 나오지 않아도 봐주던 때였다. 하지만, 돈은 없어도 공부에 목마른 아이들은 학교에서 제공하는 공짜 야간보충수업이라도 받고픈 마음이 간절했다.

여름방학 동안의 자율학습과 보충수업을 위하여 강남구청 사거리 근처에 있던 허름한 독서실에서 두어 달 동안 숙식하기도 하였다. 말이 숙식이지 밤에는 독서실 바닥이나 의자를 잇대어 놓고 얇은 담요에 새우잠을 잤다. 새벽이면 인근 함바식당에서 새벽 인부들과 함께 아침밥을 먹고 점심과 저녁은 학교 식당에서 라면과 멸치우동으로 때웠다.

가을에 들어서며 밤을 지새우기엔 독서실이 너무 추웠다. 잠실 시영아파트에 살던 셋째 고모님 댁에 방을 한 칸 빌려 겨울 두어 달 동안을 지내기도 하였다. 당시 세 살인 사촌 남동생과 돌잡이 쌍둥이 여동생들이 있던 집이라 공부할만한 여건이 아니었다. 그나마 학교독서실에서 자율학습을 끝내고 늦게 들어와 잠만 자고 아침만 함께 먹는 조건이었다.

더구나 밤이 되어 기온이 급격히 떨어지면 온몸에 알레르기성 두드러기가 돋아 가려움증이 심해지곤 했다. 기온이 내려가는 밤에는 이불을 뒤집어쓴 채 웅크려 어떻게든 몸을 따스하게 만들기 위해 안간힘을 써야했다.

그런 일 년이 지나가고 여전히 진로나 직업에 관해 별생각도 없이 반골 기질에 삐딱한 의식만이 남아 날카롭게 후벼 파고 있었다. 대학입학원서를 고르며 단지 학비가 싸다는 S 대학에서 그중 거의 공짜라는 교육계열에 응시하였다. 당시 문과 학생들은 사회계열, 인문계열, 교육계열 3가지 중에서 하나를 택해야만 했다. 장학금을 준다는 다른 대학이나 예비고사 성적만으로도 입학이 가능하다는 의과대학 등도 있었지만 당시 진로에 대한 별다른 생각을 해본 적이 없었다. 그저 S대만 고집하는 학교와 아버지의 의견에 따라 그럭저럭 합격하고 소위 신입생 오리엔테이션이란 것을 받게 되었다.

같은 고등학교 동창 중에서 그해 4명이 S대 문과에 합격하여 나란히 앉아 오리엔테이션이란 것을 받던 중이었다. 수강신청이며 교실과 식당, 도서실 이용절차 등에 대한 설명을 듣다가 휴식시간을 이용하여 누군가의 제의로 모두 강의실 밖으로 뛰쳐나왔다.

"대학생이 되었는데 당구도 치고 그래야 하는 거 아니냐?"

정문을 나와 버스 정류장에 다다르자 이런 제안이 나왔다.

"점심 먹을 시간이 다 되었으니 아무 버스나 타고 다 같이 버스에 서서 밖을 살피다가 한 건물에 짜장면 집과 당구장이 함께 있는 곳을 발견하면 즉시 내려서 밥도 먹고 당구도 치자."

다들 동의하여 가장 빨리 오는 버스를 타고 네 귀퉁이에 자리를 잡았다. 그런데 웬걸 버스가 출발하고 한참을 지나도 도대체 건물다운 건물이 눈에 띄질 않았다. 건물 자체가 없으니 당연히 당구장, 중국집도 보이질 않았다. 나중에 알았지만, 우리가 탄 버스는 신림천을 따라가다가 신림동 사거리에서 난곡 방향으로 가다가 독산동 인근에서 꺾어 영등포역으로 가는 노선이었다. 허허벌판을 지나 한참 동안 지루하게 버스를 타고 가다가 가까스로 우리가 찾던 중국집과 당구장이 있는 한 건물을 발견하여 서둘러 버스에서 내렸다.

건물 입구에 다가가는 순간 나는 이상한 느낌에 사로잡혔다. 데자뷔처럼 이전에 본 듯한 골목과 기억 저편 어딘가에 가물가물한 느낌이 들었다. 친구들 3명을 이끌고 중국집을 지나 골목 안으로 걸어 들어갔다.

영문도 모르고 따라오는 친구들에게 혼잣말처럼 넌지시 말했다.

"잠깐 내가 확인해 볼 게 있어서... 예전에 여기에 와본 것 같은데 이 골목이 맞는지 모르겠네."

골목을 한참 걸어 어느 집에 이르자 점점 기억이 확실해졌다. 일 년도 더 지난 고2 어느 가을날 저녁 무렵 어둑한 골목의 가로등을 따라 친구 손에 이끌려 딱 한 번 들렀던, 함께 공부했던 바로 그 여학생의 집이었다. 그때의 놀라움이란...

그렇게 집 위치를 확인하고는 원래 목적지였던 중국집으로 돌아와 짜장면을 먹고 위층의 당구장에 들러 생애 처음으로 당구대를 잡았다.

누가 훔쳐간 듯 대학 생활의 첫 6개월이 지났다.

여전히 진로에 대한 의식도 없고 학교공부에 대한 열의며 관심도 없는 가운데 우연히 지하서클에 가입하여 이념서적들에 파묻혀 지냈다. 알량한 등록금과 생활비를 벌기 위한 생존형 아르바이트와 함께 반독재, 반파쇼, 자유와 민주를 소리치며 교정에서 최루탄과 숨바꼭질을 했다. 어쩌다 빈둥거리는 시간에는 삼삼오오 모여 마이티 카드를 돌리며 6개월을 보냈다.

교정의 나무들이 울긋불긋 물 들어가는 가을이 되자 교내 게시판마다 각종 클럽과 동창회에서 주최하는 가을 파티에 대한 공고들이 붙었다. 마침 동창모임에서 댄스파티를 겸한 가을맞이 행사를 여는데 반드시 파트너를 동반해야 한다는 조건이 붙었다. 이렇다 할 파트너가 없이 지내던 터라 다른 대학에 다니는 친구를 통해 소위 미팅이란 것을 부탁하였다.

오후 늦은 시간, 친구 학교 근처에서 미팅약속을 잡고 미팅에 함께 참석할 친구와 같이 점심을 먹고는 남은 시간을 보낼 궁리를 하고 있었다. 깊어가는 가을교정을 산책하다가 문득 오리엔테이션 날 찾아낸 그 여학생 집이 떠올랐다. 그동안 2년 가까이 지나며 어찌 지내고 있는지 궁금하였다. 혹시나 찾아가면 만날 수 있지는 않을까 하는 생각에 그 집에 가

보기로 했다.

'누구네 집에 가려는 것이냐?'는 친구의 물음에 제대로 설명하기가 어려웠다. 그저 '예전에 알던 사람인데 오늘 시간이 있으니 한번 찾아가 보자.'는 말만 되풀이했다.

마침 친구도 흔쾌히 받아주어 다시 옛 기억을 더듬어 버스를 타고 정확히 지난번 그 집이 있던 그 골목 입구에서 내렸다.

그런데 막상 집 앞에 다다르자 여러 가지 생각들이 꼬리에 꼬리를 물었다.

'이 집에 여태 살고 있으려나? 이사라도 간 것은 아닐까? 이 집이 맞긴 맞나? 이 시간에 사람이 없을 수도 있을 텐데...'

기왕에 여기까지 왔으니 초인종이나 눌러보자는 생각에 녹슨 철 대문 귀퉁이의 작은 초인종을 눌렀다. 그러나 아무런 응답도, 나오는 사람도 없었다.

다시 한 번 더 초인종을 누르고 잠깐 서 있다가 아무도 없는가보다 싶어 돌아서려는데 그때 마침 집안에서 누군가 나오는 소리가 들렸다. 철대문이 열리며 빼꼼 얼굴을 내미는데 바로 그 여학생이었다. 여전히 예쁘장하고 옷매무새도 산뜻했다.

"어머, 이게 누구세요. 우리집에 어떻게 찾아오셨어요?"
"아니 그게... 어쩌다 생각이 나서 찾아왔는데 진짜 여기에 계속 살고 있었네요. 혹시 가능하면 잠깐 들어가도 될까요?"

"아, 네. 그럼 지금 집에 어머니가 계시니 들어가서 인사라도 하시겠어요?"

그렇게 여학생의 뒤를 따라 집 이층에 있는 작은 거실과 방안에 들어서니 곱상한 아주머니 한 분이 앉아서 우리를 맞이해 주셨다. 고등학생 시절에 잠깐 함께 공부했던 사람이라고 나를 소개하고는 마침 자기는 다른 약속이 있어서 나가야 한다기에 우리도 간단히 인사만 드리고 일어났다. 그 여학생과 함께 집을 나서며 다음에 시간을 내줄 수 있냐고 조심스레 물었다. 그리고 며칠 후에 만나기로 약속을 잡았다.

그날 저녁 미팅은 무슨 일이었는지 여학생들이 참석하지 않아 미팅은 종치고 남은 친구들 몇몇이 모여 미팅비용을 털어 술만 마셨다. 파트너를 구하지 못한 나는 며칠 후 만난 그 여학생, 지금의 부인에게 사정 이야기를 하고 함께 그 파티에 참석하게 되었다. 그날 이후부터 우리 두 사람의 눈에는 두툼한 콩깍지가 씌어 마침내 다섯 아이를 둔 부부가 되었다.

그날 버스에서 내려 그 골목으로 이끌던 데자뷔는 우연일까, 인연일까, 필연일까 아니면 처음 얼굴을 본 그때부터 씌었던 콩깍지 탓일까?

엄마! 오빠가 피자를 먼저 먹어요

"우와 피자다!!"

"얘들아, 조금만 기다렸다가 동생들하고 아빠가 오시면 함께 시작하자. 여기 짬뽕도 다 만들어가니..."

"엄마, 오빠가 먼저 먹어요!!"

둘째가 난리가 난 듯 큰 소리로 엄마에게 일러바쳤다. 이미 첫째는 피자 한 조각을 크게 한 입 베어 물었고, 덩달아 셋째도 피자 한 조각을 들어 냉큼 자기 접시에 가져다 놓았다.

영국으로 이주하여 어느 정도 자리를 잡아가던 주말 점심시간이었다.

근처 피자가게에서 아이들이 좋아하는 콤비네이션 피자 한 판을 사 왔다. 아울러 부인은 피자와 함께 먹을 얼큰한 짬뽕을 만드는 중이었고 나는 식사가 준비되는 동안 위층에서 넷째와 막내를 돌보고 있었다.

"너희들 엄마가 아빠 오실 때까지 먹지 말고 기다리랬잖아."

"엄마! 오빠는 벌써 먹었단 말이에요. 나도 오빠처럼 지금 먹을래요."

"너희들 자꾸 그러면 엄마 정말 화낸다. 식구들 다 모이면 그때 함께 시작해야지."

엄마의 꾸지람에 둘째는 얼른 셋째의 피자 조각을 집어 원래 자리에 갖다 놓았다. 그리고 이번엔 첫째가 먹고 있던 피자를 회수하기 위해 오빠의 피자를 향해 손을 뻗었다. 한쪽에는 피자를 뺏긴 셋째가 서럽게 엉엉 울고 있고 다른 한쪽에서는 피자를 지키려는 자와 뺏으려는 자 사이의 옥신각신 다툼이 벌어지고 있었다. 그 순간 부인의 단호한 목소리가 들렸다.

"둘 다 그만하고 그 피자 이리 가져와! 오늘 점심은 없다. 짬뽕이고 뭐고 오늘은 이걸로 끝이야!"

부인은 첫째가 들고 있던 피자 조각과 함께 피자 박스 안에 남아 있던 피자까지 전부 싱크대 옆에 있는 쓰레기통에 쏟아 넣어버렸다.

"엄마가 다른 가족들이 모두 모일 때까지 기다려야 한다고 했지. 앞으로도 음식을 놓고 싸우면 이렇게 굶는 거야."

그리고는 거의 다 만들어가던 짬뽕 국물은 싱크대에, 짬뽕 건더기와 삶아 놓은 국수를 몽땅 다 쓰레기통에 집어넣었다. 그것도 세 아이의 바로 눈앞에서 아주 천천히 짬뽕 재료들을 큰 그릇에 모아서 쓰레기통에 부어버리는 것이었다. 아이들은 어안이 벙벙한 표정으로 엄마의 굳은 얼굴과 쓰레기통을 번갈아 쳐다봤다.

그날 토요일 점심은 모두가 굶었다. 조금 후에 내려와 이야기를 전해들은 나도 뭐라 할 말이 없었다. 아래의 작은 아이들이 배고프다고 볼멘투정을 해서 냉장고를 열어 쿠키 두 개를 꺼내 준 것으로 그날 점심은 조용히 지나갔다.

그 사건 이후로 우리집 식탁 분위기와 태도가 확 바뀌었다. 식탁에 음식이 다 놓이고 식구들이 모두 자리에 앉아야만 식사가 시작되었다. 지금까지도 그런 습관은 대체로 잘 지켜지고 있다.

얼마 전 성탄절을 맞아 세 명의 손주와 9월에 결혼하여 새 가족이 된 둘째 며느리까지 포함해서 온 가족이 모여 조촐한 파티를 시작하였다. 마침 여섯 살 된 둘째 손자가 먼저 음식에 손을 대려 하자 첫째가 아이 손을 잡으며 조용히 말했다.

"아빠가 말했지. 다른 식구들과 함께 먹기 시작하는 거라고..."

좋은 먹거리 길을 걷는 넷째

넷째 재영이는 충청도 시골에서 농사를 짓는 농군이다. 전통 재래식농업이 아니라 비닐하우스를 몇 동 짓고 전문적으로 딸기를 고설 수경재배하여 출하하고 있다. 고설이란 선자세로 딸기를 경작할 수 있도록 키높이 설비를 갖춘 시설을 말한다.

넷째는 어릴 적부터 조금 남달랐다. 잠자는 습관이 새벽 종달새 형이었고 유독 노랫소리를 민감하게 좋아했다. 영국에서는 처음 학교생활을 하며 말이 잘 통하지 않아 그런지 친구들과 잘 섞이지 못하고 다투고 돌아올 때도 간혹 있었다. 호불호가 명확한 편으로 좋아하는 일에만 푹 빠지는 성향도 갖고 있었다. 요즘 흔한 ADHD 증후군이 조금은 배어있는 아이였다. 오랫동안 넷째를 관찰해온 부인은 일반적인 학업을 통한 직업보다는 아이가 좋아할 만한 일과 연관된 직업들에 관하여 일찍부터 주목하였다.

어릴 적부터 좋아하는 것 중 하나가 음식 만들기이다. 부인은 아이가 초등학교에 들어가기 전부터 이름난 중국집이나 한식집에 곧잘 데리고 다녔다. 맛있는 음식도 먹고 아이 관심도 살필 겸. 음식을 먹은 뒤에는 아이의 음식평을 듣고 요리법에 관하여도 생각해보도록 이끌어 주었다. 그래선지 넷째는 지금도 짬뽕과 일본우동, 다양한 라면을 포함하여 웬만한 요리까지 아주 능숙하고 맛있게 만들어 낸다.

넷째가 중2 때 담임선생님과 진학 상담을 하며 일반계 고등학교 대신 실업계 고등학교를 추천받았다. 학과목 성적이 뒤죽박죽이라는 것이 그 이유였다. 예를 들자면 영어 95, 수학 90, 국어 15, 음악 95, 사회 10, 과학 10. 한마디로 관심이 있는 과목은 그럴싸해도 다른 과목들은 아예 쳐다보지도 않은 결과였다. 전 과목을 어느 정도 골고루 잘해야 하는 대학 진학을 위한 일반계 고등학교는 아무래도 무리라고 했다.

마침 그 즈음하여 일본 선교사인 지인이 오사카 근처의 농업고교를 추천해 주었다. 당장 아이와 함께 추천받은 일본 학교를 방문하고 돌아온 부인은 완전히 학교에 반했다. 그곳은 일본의 우수한 유기농법을 최우선으로 실천하고 있는 농업계 고등학교였다. 한 학년이 30여 명 정도인 소규모 농업학교였다. 더구나 일본에서 매우 드물다는 기독교단체들의 후원으로 운영되는 미션스쿨이었다. 기독 단체들의 후원으로 당연히 학비도 저렴할뿐더러 3년간의 기숙생활을 통해 신앙훈련과 농업교육을 겸하는 곳이었다.

농업학교를 선택하게 된 에피소드가 하나 더 있다.

일본 선교사님이 학교를 소개할 때 농업학교뿐 아니라 근처의 IT전문 공업고등학교도 함께 추천했었다. 그런데 2군데를 모두 방문한 아이와 부인의 의견이 엇갈렸다. 게임을 좋아하던 아이는 당연히 IT전문 학교가 더 마음에 들었다. 비교적 도시에 위치하여 컴퓨터가 가득하고 깔끔한 환경의 공업학교에 비해 시골구석에 자리 잡고 있던 농업학교는 넷째의 관심을 끌지 못했다. 반면 부인은 유기농전문에 기독교신앙이 깃든 농업학교가 더 눈에 들어온 것이다.

그리하여 아이는 아이대로, 부인은 부인대로 나를 설득하려 하였다. 어찌 보면 둘 다 미래지향적 진로였으나 IT를 전문으로 해서는 산업수명(Industrial Life Cycle)이란 측면에서 한계가 있을 듯하고 농업은 좀 더 오랫동안 아이의 미래와 함께할 것 같았다. 문제는 아이를 어떻게 설득하느냐는 것이었다.

"아빠하고 같이 이야기 좀 하자."
"네, 아빠."
"네가 가본 일본 고등학교 중에서 어디가 더 마음에 드니?"
"저는 IT고등학교에 가면 좋겠어요."
"그렇구나. IT고등학교에 가고 싶은 어떤 특별한 이유가 있니?"

"글쎄요. 제가 보기엔 앞으로 IT분야가 유망해 보여서요. 게임도 개발하고 프로그래밍도 할 수 있고..."

"그래. 그러면 네가 IT나 컴퓨터 분야에 관심이 있고 좋아한다는 뜻이니?"

"뭐 게임 외에 딱히 좋아하진 않았지만 좋아할 수 있을 것 같아요."

"나는 그동안 네가 맛있는 음식을 만들고 먹어보는 걸 좋아한다고 생각했었는데..."

"그건 맞아요. 나중에 요리사가 되는 것도 좋지요."

"그래서 말인데, 아빠가 보기에는 IT분야가 너하고 좀 맞지 않는 것 같다만. 네가 게임을 좋아하는 거야 그렇지만 게임을 하는 것하고 IT분야를 전공해서 공부하는 것과는 전혀 다르지 않을까? 프로그래밍 공부도 많이 해야 하고 설계와 전자분야 공부도 많이 해야 하는데..."

"그렇긴 하네요..."

"그리고 네가 일본어를 아직 하나도 못 하는데, 일본어를 배워가며 프로그래밍이니 전자공학이니 공부하는 것이 영 쉽지 않아 보여서 그런다."

"그렇다고 농사짓는 걸 배우는 것도 쉽지 않아 보여요."

"네가 요리사가 되는 것도 좋을 것 같다고 했잖아. 그럼 제대로 된 요리사가 되기 위해 좋은 요리를 만들려면 뭐가 제일 중요하다고 생각하니?"

"글쎄요, 잘 모르겠는데요."

"아빠가 보기엔 좋은 요리, 좋은 음식은 우선 좋은 재료로부터 시작한다고 봐. 음식 재료가 좋고 신선해야 좋은 음식이 나올 수 있다는 거지. 난 뛰어난 요리사는 우선 좋은 재료를 보는 눈이 있어야 한다고 생각해.

재료가 우선이라는 거지."

"하긴 맞아요. 음식이 맛있으려면 재료가 좋아야지요."

"그런데 좋은 재료란 결국 농사에서 나오는 거잖아. 농사꾼의 손에서 비로소 좋은 재료가 생산되고 그게 요리이자 음식의 출발점이 되는 거지."

"아빠 말을 듣고 보니 그렇네요."

"아빠는 그런 관점에서 네가 농업학교에 진학하면 어떨까 싶다. 네가 요리며 음식에 관심이 많으니 고등학교 3년은 농업을 전공해서 재료에 대해 더욱 깊이 알게 되면 좋겠다는 거지. 그리고 나중에 요리를 전공하든지 하면 어떻니? 그 일본 농업학교는 마침 소규모라 네가 적응하기도 쉬울 것 같고, 게임이야 네가 좋아하니 시간날 때 취미로 하면 되고..."

"네 아빠. 좋은 생각인 것 같아요. 그렇게 해 볼게요."

진학할 고등학교가 결정되자 넷째는 중학교 2학년 여름방학부터 즉각 일본어 학습을 시작하였다. 3학년에 올라 몇 단계 수준의 일본어 자격시험을 걸쳐 가을에는 드디어 면접을 통과하고 입학허가서를 받았다. 부모와 떨어져 일본에서 홀로 고등학생 시절을 보내는 부분에 적잖이 마음이 쓰였지만, 곧 모두 적응하게 되었다.

넷째는 3년간 새로운 일본 친구들과 어울리며 오사카 인근 시골에서 유기농법과 함께 부전공으로 양계법을 배우며 일본 생활에 잘 적응하였다.

고등학교를 졸업할 때쯤 국내외의 농업관련 대학에 진학하는 것을 고민하고 있었다. 대부분의 국내 농과대학은 실습보다는 강의실 위주 교육이라 별다른 유익이 없을 듯했고 외국대학은 학비가 부담이었다. 그러다 정말 우연히 인터넷을 검색하는 중에 한국농수산대학교에 대하여 알게 되었다. 설립된 지 얼마 되지 않던 때여서 그랬는지 주변에도 학교에 대하여 아는 사람이 거의 없었다. 결국, 넷째는 우여곡절 끝에 농어민 후계자격을 갖추어 입학전형에 합격하였다. 마침 선친께서 은퇴하여 고향으로 귀농하시고 조상 대대로 유지해온 얼마간의 전답이 있었기에 다소 수월하게 입학전형 조건을 갖출 수 있었다.

아이는 고등학교 3년에 이어 또다시 3년간의 기숙 겸 자취생활을 했다. 3년 중 2년은 학교에서 기숙생활을 하고 1년간은 일본 유기농 전문 농장에서 자취생활을 하며 농업활동을 경험했다. 졸업 후 시골에 내려가 몇 년 전 작고하신 선친을 우리 대신 모시며 농업 활동에 전념하게 되었다. 후계영농인 자격으로 산업기능 요원을 겸하여 군대 문제까지 해결한 넷째는 요즘 매일 딸기 수경재배에 골몰하고 있다.

벌써 몇 해 동안 딸기와 씨름하고 있는 넷째는 점차 딸기전문가로서의 식견을 갖추며 성장하고 있다. 모종부터 시작하여 잎사귀와 꽃의 모양이나 색깔, 빨갛게 익은 딸기에 붙어 눈에 잘 보이지도 않는 작은 벌레들까지 엄청 세밀하고 엄격하게 관리 중이다. 딸기를 포장하여 출하할 때면 밝고 쾌활한 평소의 태도와는 달리 찬바람이 휑하니 불 정도로 꼼꼼하고 철저하게 품질을 점검한다.

넷째의 그런 모습을 보고 있자면 바르고 좋은 먹거리를 따라가는 영농인의 길을 잘 걷고 있구나 하는 생각에 마음이 흐뭇해진다.

막내의 고시방 체험

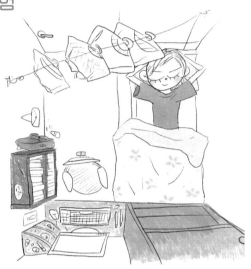

막내는 고등학교를 졸업한 뒤 캐나다 유학을 결심하고 영어공부며 유학에 필요한 준비를 하고 있었다. 그즈음 막내는 해외로 나가 혼자 사는 예행연습도 해볼 겸 집을 떠나 고시방에서 살아보겠다는 폭탄선언을 했다.

부인은 당연히 반대하고 나 역시도 허락할 이유가 전혀 없어 단칼에 끊었다. 혼자 사용하는 넓은 방을 두고 고등학교를 갓 졸업한 여자아이가 겁도 없이 열악한 고시방에서 지내겠다는 의도를 이해할 수도 허락할 수도 없었다.

그런데도 막내의 고집과 희한한 논리 때문에 결국 우리는 두 손을 들었다.

"5형제 중에서 나를 뺀 나머지 오빠들과 언니는 모두 집을 떠나 밖에서 살아본 경험들이 있지 않으냐.

막내인 나만 여태 집을 나가 생활해 본 적이 전혀 없다.

언제까지 부모님 집에만 붙어 지내야 하나.

마침 용돈을 모아둔 것도 있으니 최소 한 달 정도는 알아서 집을 나가 생활하며 견딜 수 있다.

어차피 몇 달 후면 멀리 캐나다로 떠날 건데 한 달 정도 떨어져 살아보는 게 무슨 큰일이겠냐.

아무리 부모님 보기엔 귀여운 막내라도 이제 성인대우를 해 달라."

대충 이런 논조였다. 덧붙여 자기가 알아서 고시방을 골라볼 예정이니 부모님은 손을 떼라고 대못을 박는다. 막내는 호언장담한대로 혼자서 고시방을 골라왔지만, 부인의 결사반대에 부딪혔다. 확인 방문 결과 여학생이 살기에는 환경이 너무나 열악하다는 판단이었다. 그나마 조금 나은 조건의 고시방을 다시 고르고 얼마 후 간단한 자기 짐을 싸 들고 휑하니 집을 나갔다.

한 달 동안 보온밥통에 담긴 눅눅하고 냄새나는 밥, 계란프라이, 중국산 김치 몇 조각만을 제공하는 그래도 중간수준인 고시방에서 컵라면과 김밥으로 부족한 영양분을 보충하며 지냈다. 중간에 별 연락도 없고 잘 지낸다고만 내숭을 떨더니 한 달 만에 개선장군처럼 돌아왔다. 나름 진지한 표정을 지으며 소감이라고 하는 말이 걸작이다.

"고시방은 정말 힘든 곳이에요. 진짜 고시공부를 하는 사람들은 거의 없고 더 아래로 떨어지지 않기 위해 안간힘을 쓰며 사는 사람들이 대부분이었어요. 그곳에서는 위로 올라가기가 정말 쉽지 않겠더라고요. 다시는 고시방에서 지내는 일이 없도록 내 인생을 잘 관리하며 살기로 했어요."

그런 엉뚱하면서도 호된 경험이 도움이 되었는지 막내는 캐나다와 미국에서의 6년간의 유학 생활 동안 알뜰하고 꿋꿋하고 행복하세 잘 지내다 돌아왔다. 그런 경험을 밑바탕삼아 늘 주어진 것들에 대하여 감사하는 태도를 갖고 있다.

막내는 지금 다니는 애니메이션 회사에서 웃음을 전하는 긍정전도사로, 빛을 비추는 광도사로 통하며 행복한 미래를 꿈꾼다.

바람 빠진 에어매트와 스코틀랜드 밤하늘

영국에서 근무하는 동안 여름휴가를 받아 스코틀랜드 지방으로 여행을 다녀왔다. 식구가 워낙 많다보니 비앤비(B&B)에 머물기에는 적잖이 부담스러웠다. 대신 글래스고에 위치한 선교사들이 머무는 숙소를 소개받아 예약하였다. 거리가 멀어 오며가며 중간 지역에서는 캠프촌을 이용하기로 하였다. 스코틀랜드를 향해 올라가며 풍광이 그림 같은 레이크 디스트릭트를 거쳐 에든버러 근처에 있는 캠프촌으로 들어갔다.

영국에 가서 새로 산 텐트를 치고 에어매트를 꺼내 빵빵하게 공기를 넣었다. 양쪽으로 방이 있고 가운데는 공용 공간으로 비가 오더라도 취사할 수 있게 만든 텐트였다. 방 하나는 우리 부부가 자고 다른 방에서 다섯 아이가 에어매트에 세로로 누워 잘 수 있도록 하였다. 아이들은 푹신푹신한 에어매트에서 서로 뒹굴고 놀며 아주 즐거워했다. 여행을 오기 전에도 집 거실에 가끔 에어매트를 깔아주면 아이들은 그곳에서 깔깔거리며 한참을 놀았다.

스코틀랜드의 여름밤은 늦게 시작한다. 거의 11시에야 어슴푸레한 저녁이 되고 12시 가까이에 비로소 밤이 되는 곳이었다. 우리는 런던에서 출발하여 여기저기를 들르는 통에 늦은 밤이 되어서야 겨우 캠프촌에 도착했다. 곧바로 저녁을 해 먹고 아이들을 씻겨 재워야 했다. 아이들 옆방에서 간단한 깔개 위에 침낭에서 잠을 자고 있던 우리는 설핏 잠에서 깨어났다. 새벽 2시가 넘은 시각에 옆방에서 아이들의 울음소리가 들리는 것이었다. 후다닥 아이들 방으로 건너가 보니 둘째와 셋째가 울먹이면서 첫째 탓을 하는 것이었다. 오빠가 자면서 자기들을 미는 바람에 차가운 바닥으로 밀려났다는 것이다.

무슨 소리인가 싶어 상황을 파악해 보니 바닥에 깔아준 에어매트가 바람이 빠진 듯 폭신하고 말랑해져 있었다. 분명 저녁에 빵빵하게 공기를 주입하여 아이들이 누웠을 때도 몸이 차가운 바닥에 닿지 않았었는데 어딘가 공기가 새는 모양이었다. 집에서 가끔 아이들 놀이용으로 에어매트를 깔아주며 작은 구멍이 생긴 게 틀림없었다.

아이들이 잠든 뒤 점점 바람이 빠지기 시작하자 가장 무거운 첫째가 누운 곳부터 아래로 눌려 몸이 바닥에 닿았을 것이다. 그렇게 계속 공기가 빠지며 다음 순서로 둘째, 셋째 아이가 누운 부분까지 바닥에 닿자 차가운 기운을 느낀 아이들이 잠에서 깬 것이다. 마침 첫째는 두꺼운 외투를 입은 채 잠이든 까닭에 자기가 누운 바닥이 맨땅에 닿았음에도 추위를 느끼지 못하고 계속 잘 수 있었다. 하지만 얇은 여름 잠옷을 입고 자던 둘째와 셋째는 차례로 몸이 맨땅에 닿으며 추위를 느끼고 잠에서 깬 것이다. 한편 그때까지도 몸이 가벼운 넷째와 막내는 맨땅에 닿지 않고 언니 오빠의 소동에도 불구하고 곤한 잠을 자고 있었다.

한밤중에 자는 아이들을 모두 깨워서 에어매트의 미세한 구멍을 찾을 수는 없는 노릇이었다. 일단 임시방편으로 먼저 자동차의 전기를 이용해 에어매트에 공기를 가득 주입해주고 두어 시간마다 재차 공기를 주입해야겠다고 생각했다.

한바탕 소동을 피우고 겨우 아이들을 다시 재웠다. 그리고 나서 부인과 함께 고개를 들어 바라본 스코틀랜드의 밤하늘은 경이로움 그 자체였다. 스코틀랜드 시골의 캠프촌 인근 어디에도 인공적인 빛이라고는 전혀 없었다. 더욱이 영국의 전형적인 여름날씨 덕분에 하늘에는 구름한 점 없었다. 완벽하게 깜깜한 밤하늘에 가득히 걸린 은하수의 빼곡하고 찬란한 별빛이란... 은방울과 은가루를 하늘의 강 위에 흩뿌려낸 듯 눈부신 밤하늘 풍광은 그전에도, 그 이후에도 볼 수 없었던 장관이었다.

우리 부부는 두 손을 마주 잡고 그 엄청난 밤하늘 잔치의 찬란하고 황홀한 별빛에 빠져들어 한동안 잠을 이룰 수 없었다. 바람이 빠지는 에어매트와 다섯 아이들이 가져다 준, 평생을 두고 볼 수 없을 눈이 시리도록 엄청난 밤하늘의 장관에 넋을 잃었다.

프랑스 여행
- Gite에 머물던 셋째의 기억

아이들 어린 시절 영국에 머무는 동안 매년 여름휴가 때마다 얼마나 마음이 들떴었는지 모른다. 그 이전 서울 본사에 근무할 때는 일 년에 휴가라고 해봐야 3일 정도가 전부였다. 어느 해인가는 휴가를 딱 하루만 썼을 정도로 당시 대부분 직장에서 휴가사용은 거의 사치로 여겨졌다. 공식적으로 3일 정도의 하계휴가가 있었지만, 부서에 따라 바쁜 일들이 겹치면 그해 휴가는 아예 공치는 사람들이 수두룩했다.

1996년도 여름, 영국에서 보내는 두 번째 여름휴가가 다가오고 있었다. 장장 9일간의 휴가를 사용할 수 있게 된 첫해를 맞아 우리 가족은 해외로 휴가를 떠나기로 했다.

사실 영국 직장의 원칙은 한꺼번에 몰아서 10일 이상 휴가를 반드시 사용하는 것으로 되어있었지만, 영국 내 한국회사의 분위기는 그렇지 않았다. 서류상으로만 휴가를 간 것처럼 처리해놓고 실제 휴가는 며칠만 사용하고 남은 휴가일에는 근무를 강요받기 일쑤였다. 그런 한국계 기관들의 휴가 불이행 관행이 그 전 해에 영란은행 감사에 걸려 지적을 받은 것이다. 그 이후 영란은행의 엄한 권고로 반드시 연간 10일 이상은 휴가를 사용해야 하는 분위기로 바뀌게 되었다. 대신 연이어 10일을 다 사용하지 못하고 영업일로 5일과 앞뒤 주말을 합하여 9일을 휴가갈 수 있었다.

실제 사용할 수 있는 휴가 일수가 늘어나며 휴가 때 여기저기 해외여행을 떠나는 직원들이 많아졌다. 여행지로는 유럽본토인 프랑스, 스페인, 이탈리아는 물론 북유럽 3국에서 이집트까지 다양한 나라가 선택지에 포함되었다.

바로 전년도 여름에 스코틀랜드를 다녀왔기에 우리도 이번 여름은 유럽본토에 발을 딛기로 했다. 그러나 아이들은 올망졸망 어리고 비용은 엄청나게 비싸 여간 망설여지는 게 아니었다. 여행사 안내 프로그램을 여러 장 찾아보았으나 도저히 엄두가 나질 않았다. 그렇다고 캠프촌을 전전하기도 그래서 보다 저렴한 여행을 찾고 있었다.

마침내 서점에서 발견한 것이 프랑스 농촌민박 안내(Gites Guide - France) 책자였다. 두툼한 책자에 프랑스 지역별로 농가를 개조한 민박들을 빼곡하게 소개하고 있었다. 페이지마다 작은 농가 사진과 함께 주소, 전화번호, 관리인의 영어소통 가능여부, 방과 화장실 수, 음식을 만들 수 있는 주방기구 종류, TV, 냉장고 여부, 간단한 안내지도 등이 기록되어 있고 최소 숙박일수 및 계절별 가격이 안내되어 있었다.

우리는 우선 가장 가까운 파리를 목적지로 잡고 파리 근교의 농촌 마을에 있는 민박집(Gite)을 탐색하기 시작했다. 최소 숙박 조건이 7일이어서 한 숙소에서 7일간 머물며 파리와 인근을 여행하기로 한 것이다. 그렇게 고른 곳은 파리와 보베 사이에 있는 민박집으로 차로 약 50분 정도면 파리에 도착할 수 있는 시골 마을이었다. 일주일간의 숙박요금은 정말 저렴하여 우리 일곱 식구가 비앤비(B&B : Bed & Breakfast)에서 하루 머무는 비용밖에 되지 않았다.

이윽고 휴가를 맞아 차에 먹을 것을 가득 싣고 도버해협을 건너는 페리에 올랐다. 칼레를 거쳐 오후에 전형적인 농촌마을 구석에 있는 민박집에 도착했다. 작은 농촌주택을 아주 깔끔하게 잘 관리해서 숙소를 본 아이들 모두가 대만족이다. 아래층 위층에 각각 방이 하나씩 있고 아래층에는 부엌과 작은 거실 및 화장실, 위층에는 거실이 있는 구조이다. 냉장고 안에는 식빵 봉지와 함께 간단한 먹을거리가 들어있고 침대 시트며 화장실 등이 아주 깨끗하게 정돈되어 있었다.

바로 옆에 있는 커다란 농가 주택에 사는 젊은 아주머니가 자신이 관리인이라며 우리를 반갑게 맞이해 주었다. 농가 옆 창고에 커다란 트랙터와 몇몇 기계들이 있어서 궁금한 마음에 주인아주머니께 물어보았다. 주로 밀농사를 지으며 몇 십만 제곱미터의 농경지를 남편과 단둘이서 관리하고 있고 부업으로 민박집을 운영한단다. 어린아이 하나와 나이든 시부모를 모시고 살며 단둘이서 그만한 농사 규모를 유지할 수 있다는 사실이 도무지 믿어지지 않았다. 시골구석이라 해도 그만큼 기계화가 잘되어 있고 기계다루는 능력과 여건이 보편화된 까닭일 것이다.

그곳에 머물며 파리에 나가 에펠탑과 몽마르트르언덕과 시내 구경에 하루, 베르사유 궁전과 루브르박물관에서 하루, 파리 근교의 디즈니랜드 에서 하루를 보내고 중간의 나머지 3일은 그 시골 마을을 어슬렁거리며 시간을 보냈다.

어느 날인가 민박집에서 얼마 떨어지지 않은 시골 마을 중심부에 가 보니 작은 시장이 있었다. 아마도 특정 요일을 정하여 시골마을을 돌아 가며 장이 서는 듯했다. 마치 우리나라의 5일장을 보는 것 같았다. 간이 판매 장소에 불과 2~30여 명의 상인이 각종 물품을 펼쳐놓고 손님을 기 다리고 있었지만 오가는 사람들은 별로 없이 한산했다.

온 가족이 함께 시장을 돌아다니는데 마침 커다란 달팽이요리가 눈에 띄었다. 알밤보다 더 큼직하고 알록달록한 줄무늬가 있는 껍질에 알맹 이를 약간 빼내고 그 위에 여러 허브재료를 혼합한 맛깔나 보이는 소스 를 얹어 팔고 있었다. 프랑스에 오면 반드시 달팽이요리를 먹어야 한다 는 소리도 들은 터라 부인과 한마음이 되어 가격을 물어보았다. 그런데 상인의 대답을 알아듣지 못해서 도대체 값이 싼지 비싼지를 가늠할 수 없었다.

그러다 문득 첫째가 학교에서 프랑스어를 배우고 있는 것이 생각나서 멀찌감치 돌아다니고 있는 아이를 불러왔다. 가격이 얼마인지 물어보고 통역을 해보라고 했더니 무슨 말인지 통 알아듣지 못하기는 마찬가지였다. 그런데 감사하게도 첫째가 프랑스어로 숫자는 알아듣는 것이었다. 앙, 뚜, 뚜아 정도만 알고 있던 우리보다는 실력이 훨씬 나아서 달팽이요리 하나당 가격이 얼마이며 그래서 총합계가 얼마인지 우리에게 통역해 주었다. 우리는 첫째 덕분에 달팽이요리를 먹을 수 있게 되었다며 무척이나 다행으로 여기며 기뻐했다.

여하튼 손짓, 발짓에 아이의 통역까지 합하여 달팽이는 익힌 것이므로 먹기 전에 살짝 데우기만 하면 된다는 것까지 이해할 수 있었다. 세상에서 먹고사는 문제에 구체적인 언어라는 게 꼭 필요한가 싶었다. 기대와 설렘이 가득한 마음으로 달팽이요리를 넉넉하게 사서 숙소로 돌아왔다. 그날 저녁 푸짐하게 달팽이요리를 먹으며 너무나 행복한 시간을 보낼 수 있었다.

현지에서 맛본 달팽이요리는 한국 뷔페식당에서 먹었던 메마르고 쫄깃한 모양뿐인 그것과는 완전히 다른 맛이었다. 아주 육질이 부드럽고 여러 허브에 그윽한 버터 향과 아울러 풍성히 들어간 소스를 얹어 먹으니 그 맛이란 말로 표현하기 힘들 정도였다. 이래서 프랑스사람들이 달팽이요리 에스카르고를 즐기는구나 싶었다. 아이들도 처음에는 망설이더니 이내 탄성을 지르며 정말 맛있게 해치웠다.

그래도 영국을 떠나 첫 해외여행이다 보니 유명하다는 파리 여기저기를 다섯 아이를 데리고 열심히 돌아다녔다. 그것도 오른쪽 좌석에 핸들이 있는 영국 차를 운전하며 우측통행인 파리 시내의 복잡한 도로를 잘도 빠져나갔었다. 특히 개선문 광장의 회전교차로는 이중으로 되어 있어서 여간해서는 그 안에 들어갔다가 제대로 빠져나오기가 어렵다는 곳이었음에도 헤매지 않고 잘 돌아다녔다. 아이들에게 조금이라도 더 보여주고 기억에 남게 해주려는 욕심에 부지런히 다니며 사진을 찍었다. 특히 박물관에서도 하나라도 더 알려주기 위해 아는 선에서 열심히 설명해주려 했다. 번잡한 파리와 한적한 인근 시골 마을에서 꿈같은 7일을 머물며 우리 가족은 쉼과 여유를 만끽하고 돌아왔다.

얼마 전 다 커버린 아이들에게 프랑스 여행에 관해 물어보니 위의 두 명만 몇 가지를 기억할 뿐 아래 셋은 거의 아무것도 기억하지 못했다. 하긴 셋째가 일곱 살, 넷째는 네 살, 막내는 세 살 때의 여행이니 그럴 만도 하지만 허탈한 기분이 드는 건 어쩔 수 없었다.

그러더니 갑자기 셋째가 기억나는 것이 있다고 했다. 반가운 마음에 뭐가 기억나느냐고 물었더니 의외의 대답이 돌아왔다. 그때 묵었던 농촌 민박집에서 잠을 자다가 깨었을 때의 기억이 생생하다는 것이다. 한밤중의 기억이라니... 잠을 깨어 일어나 사방을 살펴보았는데 완전한 암흑이어서 정말 아무것도 보이질 않더라는 것이다. 아래층 화장실에 가려고 하다가 먼저 뭔가가 보이기를 기다리며 한참을 앉아 있었는데 창문 밖이고 안이고 간에 완전히 깜깜하기만 하더란다.

영국에서는 밤중에도 어느 정도 불빛이 새어 들어와 어슴푸레하게라도 볼 수 있었는데 그곳 시골 마을은 완전한 암흑처럼 빛이 전혀 없는 것이 기억에 생생하다는 것이다. 그것 말고 에펠탑에 올라갔던 것이나 루브르박물관에서 모나리자를 본 것 등은 하나도 기억하지 못했다.

심지어 넷째와 막내는 아예 프랑스는 기억조차 없다고 오리발이다. 다락방에서 사진 몇 장을 찾아 증거를 보여 주어도 여전히 오리무중 캄캄한 다른 세상 이야기일 뿐이다.

아이들이 어릴 적 많은 곳에 데리고 다니며 다양한 경험을 할 수 있도록 나름대로 최선을 다했는데 아이들의 기억은 한없이 빈곤하여 안타까울 뿐이다. 그렇다고 어린아이들을 떼놓고 여행을 가거나 구경거리를 나중으로 미루기만 할 수는 없을 것이다.

나는 아이들의 잠재의식 속, 어느 밑바탕 구석에 그 기억들이 차곡차곡 쌓여 있을 것이라고 믿는다. 그래서 북새통에도 수고를 마다하지 않고 용감하게 아이들을 이끌고 돌아다닌 것이다.

아니다. 어쩌면 아이들의 기억과 교육보다는 부모인 우리의 기억과 재미를 위해서였는지도 모를 일이다. 그래도 아이들을 위한 것이라고 강변하련다.

설맞이 불꽃놀이

"자 얘들아, 모두 두꺼운 옷 입고 준비해라. 11시 45분까지 다 밖으로 나와야 한다."

섣달 그믐날 한밤중 시골집에 모인 온 가족들이 갑자기 와자지껄 소란해진다. 섣달그믐이 끝나고 새해 설날을 맞이하는 자정에 맞추어 불꽃놀이를 하기로 했기 때문이다. 막대기 형태의 폭죽 통을 하나씩 나눠주고 한 번에 세 명씩 불을 붙여 쏘아 올리는 것으로 한밤중의 불꽃놀이가 시작된다.

우리가 영국에서 돌아온 이후로 설날과 추석이면 부모님이 계신 시골집에 5형제의 가족들이 함께 모여 명절을 보내왔다. 어린아이들까지 합하여 거의 스무 명이 넘는 대가족이 잔칫집 분위기를 즐긴다. 워낙 대가족이라 며칠 동안 먹는 먹거리 양도 엄청나다. 부인들이 모여 메뉴를 짠 뒤 홍성 시장에 나가 한가득 음식 재료들을 사오며 부산한 명절이 시작된다.

우리 5형제와 다 큰 남자아이들은 담 밑에 설치된 커다란 가마솥 아궁이를 담당한다. 거의 종일 소고기와 사골을 삶거나 아예 소머리를 통째로 삶기도 하고 토종닭 몇 마리를 한꺼번에 삶아내기도 한다. 때로는 마당에 큼직한 돌절구를 꺼내놓고 찰밥을 넣은 뒤 절구질을 하여 인절미를 만들기도 한다.

그 와중에 내 역할은 오락 담당이다. 온 가족이 저녁을 먹고 나면 그때부터 늦은 밤까지 가족오락관이 진행되고 내가 바로 그 담당 사회자다.

온 가족의 오락을 위하여 나는 세 가지를 준비한다.

우선 나이와 관계없이 온 가족이 즐길 수 있도록 다양한 게임을 준비한다. 약 3시간 정도의 오락 시간을 위하여 대개 열 가지 정도의 게임을 준비하며 게임에 필요한 도구나 재료 등을 따로 마련한다.

예를 들면 앉은뱅이 식탁에서 새우깡과 고무줄을 준비하여 축구게임을 하거나, 종이에 동심원 세 개를 그려놓고 바둑알 컬링게임을 하기도 한다. 겨울철에는 딸기를 한 바구니씩 놓고 팀마다 이쑤시개를 이용하여 딸기씨앗을 빼내는 단체전 게임도 한다. 개인전 용도로는 카드를 넉넉히 준비하여 빙고게임을 하면 주의를 집중시키는 데는 최고이다. 또

풍선을 준비하여 다양한 게임을 진행한다.

두 번째는 게임 결과에 따라 나누어 줄 시상품을 준비한다. 시상품은 크게 두 종류를 준비하는데 개당 이삼천 원 하는 생필품과 오천 원짜리 상품권이다. 시상품은 풍성히 준비해서 게임이 끝나면 모든 사람이 두세 개 이상의 상품과 두어 장 이상의 상품권을 탈 수 있도록 준비한다. 중간중간 개인전을 통하여 시상하고 단체전은 마지막에 점수를 합산하여 시상한다.

세 번째로 준비하는 것이 불꽃놀이를 위한 폭죽이다. 불꽃놀이는 혹시나 하는 화재위험으로 설날에만 하는 행사이다. 한밤중까지 땀나도록 게임을 하고는 자정이 되면 온 가족이 집 밖으로 나가 불꽃놀이를 즐긴다. 손에 들고 하늘을 향해 쏘아 올리는 막대기형 폭죽과 땅바닥에 놓고 즐기는 폭죽 그리고 손에 들고 환한 빛을 즐기는 스파클라 폭죽을 종류별로 충분한 양을 준비한다.

특히 설날이 가까워져 오면 오락 준비를 겸하여 폭죽을 사러 종로6가의 완구점 도매상을 찾는다. 요즘에는 온라인을 통하여 얼마든지 다양한 폭죽상품을 구입할 수 있지만, 예전에는 다양한 종류의 폭죽을 저렴하게 구하기가 쉽지 않았다. 폭죽은 화약가루가 들어서 그런지 몇 종류만 사더라도 무게가 상당했다. 처음 몇 번은 무거워도 손으로 들고 왔지만, 나중에는 아예 배낭을 메고 가서 등에 지고 왔다.

추운 겨울 그믐날 깜깜한 한밤중에 두툼하게 옷을 껴입고 마당에 모두 나선 식구들을 나이순으로 정렬시킨다. 어린아이들부터 막대기 형태의 폭죽을 나눠주고 아버지들이 라이터로 심지에 불을 붙여주면 놀이가 시작된다. 처음엔 단순하게 여러 개의 불꽃이 차례로 올라가 터지는 것으로 시작한다. 다음에는 좀 더 값이 비싸고 높이 올라가는 다양한 불꽃 모양의 폭죽을 나눠준다.

깜깜한 시골의 한밤중에 울려 퍼지는 폭죽 터지는 소리와 함께 하늘을 장식하는 화려한 불꽃은 정말 환상적이다. 개인별 폭죽 쏘기가 끝나면 마당가에 여러 개의 분수형 폭죽을 늘어놓고 일제히 불을 붙인다. 저 멀리 높이 올라가는 것부터 시작해서 무지개 불꽃을 내는 것, 하늘로 올라가 터지는 것 등 다양한 종류의 폭죽놀이가 펼쳐진다.

폭죽놀이가 끝나면 모두에게 스파클라를 서너 개씩 나누어주고 하나씩 불을 붙여준다. 그러면서 스파클라를 흔들며 새해를 맞이하는 기도와 각오를 다짐하게 한다. 가족들 모두에게 서로 덕담과 축복을 하는 시간을 갖는다. 모두 얼굴과 손이 꽁꽁 얼어가면서도 즐거운 불꽃놀이를 즐기며 온 가족이 함께 새해 설날을 맞이하는 것이다.

불꽃놀이는 어른들도 좋아하지만, 어린아이들에게는 더할 나위 없는 즐거움이다. 특히 큰 손녀는 설날이 다가오면 시골집에서 불꽃놀이 할 날만 손꼽아 기다리는 눈치이다. 물론 세뱃돈도 그렇고 게임을 하고 받는 두둑한 시상품도 설날을 더욱 기대하게 만드는 이유일 것이다.

코로나 여파로 인해 매년 설날마다 벌였던 불꽃놀이 잔치를 연달아 삼 년이나 하질 못했다. 재작년 설날 때 모여 즐기려고 사두었던 폭죽들을 여전히 창고에 보관하고 있다.

이제는 모임에 대한 제한도 거의 풀렸으니 내년 설날에는 오랜만에 모두 모여 게임과 함께 신나는 설맞이 불꽃놀이를 즐길 것이다.

왜 아이들마다 젓가락 잡는 방식이 다를까?

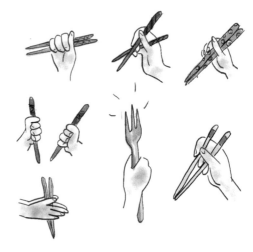

"이렇게 엄마, 아빠처럼 젓가락으로 집어서 먹을 수 있지?"
"네. 저도 한번 해 볼게요."

아이들이 조금 자라나면 숟가락과 포크 사용에 별다른 어려움이 없어진다. 그러다 서너 살쯤 되어 손가락 근육이 제대로 발달하기 시작하면 자연스럽게 젓가락에도 관심을 가진다. 아이의 호기심과 부모의 조바심이 서로 맞아떨어질 때 드디어 아이에게 젓가락을 쥐여 준다.

요즘 같으면 어린이용으로 만들어진 적당한 길이의 젓가락을 쉽게 구할 수 있겠지만 다섯 아이를 키우던 그때는 그렇지 못했다. 우리 부부의 관심이 부족했을지도 모르지만, 아이들은 처음부터 기다란 어른용 젓가락으로 사용법을 익혀야 했다. 아무래도 아이들은 편하게 젓가락의 아래쪽을 잡으려고 하고 우리는 정석대로 윗부분 쪽을 잡게 하려다 보니 서로 실랑이 아닌 실랑이를 했었다.

"아빠처럼 이렇게 젓가락을 잡는 거야. 엄지손가락으로 두 개를 잡아 누르고 가운뎃손가락 끝에 하나, 검지에 하나씩..."
"이렇게? 응 그런데 잘 안 되는데... 자꾸 떨어져서 잘 안 잡혀요."

아이는 그냥 손바닥 전체로 젓가락 두 개를 부여잡고는 뾰족한 부분을 아래로 하여 자기 접시에 있는 음식을 찔러댄다. 그러다 운 좋게 젓가락에 찍힌 음식을 입으로 가져가려 하지만 입까지 들어가는 경우는 극히 드물다.

대부분 중간에 젓가락에서 빠져 접시, 식탁이나 부엌 바닥에 떨어지기 일쑤다. 그럴 때마다 젓가락 잡는 방법을 다시 알려주고, 아이는 역시나 손바닥 전체로 젓가락 두 개를 몰아 쥐고 음식을 다시 바쁘게 찍어댄다.

"젓가락으로 음식을 찍어 먹는 게 아니고 집어서 먹는 거야. 아빠처럼 이렇게..."

아이는 손바닥 근육을 이용하여 젓가락을 벌려 그사이에 음식을 끼워 넣으려고 계속 시도해본다. 이번엔 양손으로 각각 젓가락 하나씩을 잡고 음식을 집어보려 용을 쓴다. 그렇게 몇 분 동안 아이가 젓가락과 씨름하도록 두다가 적당한 타이밍에 아이에게 포크를 주어 음식을 먹게 했다.

"젓가락을 이제 잘 사용하는구나. 자 오늘은 여기까지 하고 저녁 먹을 때 또 해 보자. 어때 젓가락으로 집어보니까 재밌지?"

그런 방법으로 매번 식사 때마다 아이들의 젓가락 잡는 방법을 반복하여 가르치며 훈련시켰다. 당연히 내가 잡는 방법대로 가르쳤으니 아이들 모두가 같은 방식으로 젓가락을 잡는 게 당연할 것이다. 그런데 그게 아니다. 희한하게도 아이마다 젓가락을 사용하는 방법이 비슷하지만 미묘하게나마 서로 다르다.

아마도 아이가 처음 젓가락 잡을 때 아이마다 손가락 사이에 젓가락을 끼워 잡고 손바닥 근육을 사용하는 방법들이 조금씩 다른 모양이다. 대부분 젓가락의 뾰족한 끝부분 가까이 손바닥 아래로 잡고 시작하다가 다음 단계로 뾰족한 부분을 엄지와 검지 사이로 올려서 힘겹게 포크를 잡듯 사용하기도 한다.

그런 과정들을 겪고 나면 손의 근육이 조금씩 제 위치를 잡아가며 손가락 사이로 젓가락을 넣고 음식을 집고 먹을 수 있게 된다.

다섯 아이의 젓가락 사용 훈련이 반복되며 모두가 다 그럴듯한 방식으로 별 어려움 없이 젓가락을 사용하게 되었다. 그렇지만 여전히 다섯 아이 모두가 제각각의 나름 독특한 방식으로 젓가락을 잡는 것을 보게 되었다.

첫째와 막내는 힘주는 방식은 조금 다르지만 아래 젓가락을 네 번째 약지와 새끼손가락 사이에 끼워 넣고 위 젓가락은 검지와 가운뎃손가락 사이에 넣고 음식을 잡는다.

　둘째와 넷째는 나와 비슷한 방식으로 젓가락을 잡는다. 다만 젓가락 잡는 위치가 둘째는 좀 위쪽을, 넷째는 조금 아래쪽을 잡는다.

　셋째는 또 다른 방식으로 검지와 가운데 중지 위에 젓가락을 하나씩 얹어 사용한다. 셋째의 젓가락 쥐는 방식은 돌아가신 선친께서 사용하던 방식이었다. 아버지의 방식이 어린 내 눈에 좋아 보여서 일부러 그렇게 바꿔보려 했던 터였다. 하지만 어딘지 불편하고 거북하여 잘 쓰지 않던 방식인데 어떻게 셋째가 그 방식으로 젓가락을 잡게 되었는지 신기할 따름이다.

　얼마 전 미국 유학에서 돌아온 막내딸과 식사를 할 때마다 막내가 젓가락을 사용하는 방식에 눈길을 주게 되었다. 어딘지 어색해 보이는 방식인데도 막내는 음식을 잘 집어내고 생선뼈도 바르며 밥 알갱이까지 아주 능숙하게 잘 잡아냈다.

　주말마다 들르는 첫째 아들과 며느리, 세 명의 손주들도 우리집 다섯 아이와 같은 과정을 겪고 있는 것을 본다. 초등학교에 다니는 큰 손녀는 이제 젓가락 사용에 전혀 어려움이 없어 보인다. 이제 만 네 살이 되는 둘째 손자는 얼마 전까지 어린이 교육용 젓가락을 쓰더니 이젠 보통의 젓가락으로 이리저리 헤집으며 음식을 먹는다.

젓가락 중간에 손가락이 자동으로 들어가 잡을 수 있도록 올록볼록 굴곡이 잡힌 어린이 교육용 젓가락을 보며 세상이 많이 좋아졌음을 실감한다.

한참 전 줄기세포에 관한 관심이 뜨겁고 의학발전의 새로운 지평이 열리는 듯싶던 시절이 있었다. 그때 방송에 나온 어느 유명인은 우리나라 사람들이 젓가락을 잘 사용하여서 줄기세포 연구에 최적인 그런 환경을 갖추고 있다는 웅변을 토하였다. 젓가락사용 문화를 너무 미화시킨 게 아닌가 싶지만, 아이마다 각자 독특하게 젓가락을 사용하는 모습을 바라보며 칼과 포크 문화와는 또 다른 세상이 있음을 실감한다.

아이마다 젓가락 쥐는 방식이 다르듯 독특한 개성, 나름의 삶도 그렇게 엮어지는구나 싶다. 모든 사람이 각자 다 다르게 다양한 색깔과 모양으로 날줄, 씨줄을 엮어 본인만의 아름다운 피륙을 짜낸다.

우리 다섯 아이도 남들과는 다른 자신만의 세계를 담대하게 열어갈 것이다.

일삼오칠구
– 아이들 터울과 나이

　이런 저런 자리에서 아이들 이야기가 나오면 다양한 질문들이 쏟아진다. 그 중에는 학교, 학원들 이야기가 가장 많다. 그러다 우리집 다섯 아이가 이야기 속에 들어오면 갑자기 주제가 바뀐다. 우리의 종교적 신념을 묻고는 고개를 갸웃한다. 아이들이 모두 여자가 아니냐를 묻고 쌍둥이인지도 묻는다. 물론 나이와 터울 이야기도 올라온다.

　아이들 나이에 관한 질문을 받으면 선뜻 간단하게 대답이 나오지 않는다. 해를 더해가며 아이들 나이를 매년 다른 숫자로 계산하기란 결코 쉬운 일이 아니다. 아이가 하나 둘인 집이라면 아이들 나이계산이 그다지 어렵지 않을 것이다. 그래선지 내게도 아이들 나이가 간단히 나올 것으로 여기며 쉽게 묻는다.

자녀가 몇이냐 나이가 어떠냐는 질문이 나오면 그냥 손바닥을 펴 보인다. 다섯이라고... 아이들 나이를 궁금해 하면 아이들이 어릴 적에는 다시 동일한 손동작을 내보인다. 손바닥을 짝 펴고는 다른 손 손가락으로 짝 벌린 손바닥의 각 손가락 사이에 넣어가며 셈을 한다.

손가락 다섯에 손가락 사이에 2년씩 넣고 세면 1, 3, 5, 7, 9. 다시 1년이 지나면 2, 4, 6, 8, 10. 또 다시 1년이 지나면 3, 5, 7, 9, 11...

금세 알아듣는다. 그러면서도 자주 나온 이야기는 큰 아이와 막내간의 터울에 관한 것으로 다섯 아이면 10년이란 생각들을 갖고 되묻는다. 그러면 다시 손바닥을 펴내고 손가락 사이에 있는 틈을 센다. 둘, 넷, 여섯, 여덟 모두 8년이라고...

아이 다섯을 키우는 집만이 활용할 수 있는 참 쉬운 셈법이다.

사실 이 터울 속에는 성장과 변화에 관한 놀라운 비밀이 숨어있다. 아이들이 성장하며 2년마다 엄청난 변화가 나타난다. 사실 아이들은 벼이삭이 자라듯 매일매일 조금씩 자란다. 다만 그 자라는 것을 제대로 실감하기는 어려울 뿐이다. 정신없이 부대끼며 살아가고 생일이 되거나 새해를 맞이하여서야 깨닫게 된다. 하지만 2년 터울을 지내다보면 그 변화는 정말 경이롭다.

우선 1, 3, 5, 7, 9에서 2년이 지나면 3, 5, 7, 9, 11 이 되고 다시 2년

이 지나면 5, 7, 9, 11, 13이 된다. 당연한 셈법이다.

그러나 가만히 살펴보면 처음 1살짜리 갓난아이가 2년 후에는 없어지고 갑자기 11살 소년이 나타난다. 1, 3, 5, 7, 9에서 3, 5, 7, 9, 11로 1이란 숫자가 11로 훌쩍 바뀐다. 3살짜리 고집쟁이가 2년 후에는 생각이 복잡한 13살 사춘기 중학생이 된다. 다시 2년이 지나면 5살 유치원생이 15살의 수염이 거뭇거뭇한 싱그런 청년으로 바뀐다.

매 2년마다 가장 작은 아이가 사라지고 갑자기 껑충한 큰 아이가 새로이 들어오는 것이다. 그야말로 대나무처럼 쑥쑥 자라고 먹는 것, 입는 것, 왈그락 달그락 일을 벌려놓는 것 모두가 감당하기에는 사뭇 무섭도록 엄청난 변화다.

하지만 어느 순간부터 하나 둘 밖으로 돌기 시작하고 갑자기 온 집이 텅비게 된다. 이제는 막내마저 후다닥 스무 살 후반으로 들어서고 보니 그렇게도 좁게만 여겨지던 집마저도 휑하다. 빈둥지증후군이 시작되어 이젠 큰 집이 고요하고 적막하다. 개구장이로 폭풍 성장하는 손주들이 찾아와야만 비로소 사람 사는 집이 된다.

요즘은 자녀 나이를 질문 받으면 여전히 몇 살인지 계산이 쉽지 않다. 그저 몇 년생, 몇 년생이라고만 답할 뿐이다. 그러면 서로 잘 통한다. 우리 아이도 몇 년생인데... 더 이상 손바닥 펼칠 일 없이 나이가 드나보다.

여행과 캠프촌, 그리고 텐트

이번 추석에는 명절 연휴가 길어 해외에 나가있는 아이들을 제외하고 온 가족이 부안에 있는 위도로 섬 여행을 다녀왔다.

우리 가족과 형제들 가족까지 엮어 20여명이 배를 타고 섬에 들어가 2박 3일의 알찬 어촌체험을 겸하였다. 80중반의 장모님부터 4살짜리 손녀와 15개월 된 손자까지 연령폭도 넓은 대가족의 대담한 여행이었다.

사전에 여행을 준비하며 비상용으로 20여 년 전 영국에서 구입한 텐트를 가지고 갔다. 영국에서 몇 번 써보고는 이후로는 한 번도 펼쳐보지 않았던 텐트였다. 섬에 살고 있는 먼 친척집에 여행 물품을 풀며 아이들과 함께 텐트를 펼치고 마당 구석에 설치하기로 하였다.

1995년도에 구입하여 당시 몇 번 펴본 기억이 전부라 사실 텐트의 모양도 가물가물하고 설치방법도 잘 기억나지 않았다. 텐트를 뒤적거리며 헤매다보니 함께 거들던 첫째와 셋째가 어릴 적 옛이야기를 꺼내며 구시렁거린다.

"영국의 초등학생 시절 여행갈 때마다 저녁 무렵이 되어 텐트 치는 것이 너무 힘들었다."
"그때도 힘도 들고 시간도 많이 걸렸는데 오늘도 다 낡은 텐트를 가지고 헤맨다."
"텐트가 낡아 다시 장만해야겠다."
"땅에 자갈이 많아서 텐트치기에 적합하지 않으니 치지 말자."
"식구들 잠잘 방이 충분한데 누가 이 쌀쌀한 가을에 밖의 텐트에서 자겠느냐."

말도 많은 가운데 아무튼 옛 기억을 더듬어가며 텐트를 설치하였다.

처음 영국에 갔을 때 어떻게든 짬을 내어 여행을 다녀야겠는데 비용이 문제였다. 당시 영국에 거주하던 한인들은 유럽 전역에 많이 퍼져있는 비앤비(B&B)에 머물며 여행하는 것이 일반적인 관행이었다.
하지만 우리는 비앤비를 이용하는 것이 여러 형편상 쉽지 않았다. 일곱 식구이다 보니 우선 방마다 침대가 2개인 곳이 대부분이어서 최소한 3개의 방을 잡아야 했다. 대부분의 비앤비가 2~3개의 방으로 운영하고 있어 3개의 방을 구하기가 쉽지 않은 것이다. 또한 비앤비는 어른이나 아이 할 것 없이 1인당 동일한 금액을 지불해야하는 구조였다. 온 가족이 하룻밤 묵으며 지불해야하는 금액도 적잖이 부담이었다.

잘 기억나진 않지만 당시 시골구석의 낡은 비앤비라 해도 인당 11파운드에서 20파운드 정도였다. 그러니 일곱이면 거의 90에서 150파운드를 내야하는 터라 다른 대안을 찾아야만 했다.

대안으로 주로 찾아다녔던 숙박 장소가 가족방(Family Room)이 있는 유스호스텔이었다. 때로는 해외선교사들이 귀국하여 임시로 머무는 숙박 장소를 빌리거나, 프랑스에서는 시골집을 개조하여 1주일 이상 단기 렌트해주는 농가(Gites)를 저렴한 가격에 사용하기도 했다.

와중에 눈에 뜨인 것이 영국을 비롯한 유럽 전역에 퍼져있는 캠프촌(tent camp)이었다. 하룻밤 텐트치는 가격은 자동차 주차를 포함하여 대략 5~10파운드이었다. 25페니 동전이면 한 사람은 너끈하게 더운 물로 씻을 수 있는 공용샤워장도 있었다. 텐트구역마다 전기를 사용할 수 있는 설비가 되어 있어 여간 값싸고 편리한 것이 아니었다.

마침 한국에서 사용하던 텐트가 있어서 테스트 겸해서 뒤 정원에 쳐보니 도저히 영국에서는 사용불가였다. 우선 텐트 천이 너무 얇고 모기장처럼 망사로 된 부분이 많아 여름이라도 쌀쌀한 영국의 밤공기를 차단하지 못했다. 한국의 일반텐트는 한낮의 햇볕을 피하고 열대야에 바람이 잘 통하도록 만든 것이었다. 폴대 역시 너무 가늘고 약해 영국의 강한 바람을 견디기에는 불안하였다. 가장 큰 문제는 일곱 식구가 사용하기에 크기가 너무 작았다.

어쩔 수 없이 인근의 레져용품점에서 일곱 식구를 감당할 만큼 큼직한 유명제품을 나름 무리하여 구입하였다. 그 텐트를 가지고 다니며 영국에서는 물론 나중에 유럽을 여행하며 오가는 길목에 자리잡은 캠프촌에서 아주 요긴하게 잘 사용했다.

가물가물한 기억으로 막상 텐트를 치다보니 옛 생각이 나며 내외부의 구조가 제대로 인식되기 시작하였다. 긴 폴대 두 개가 X자로 걸쳐 텐트를 들어 올리고, 조금 짧은 폴대 두 개로 양쪽의 침실 위로 걸어 올리는 구조다.

가운데 빈 공간은 바닥이 드러나는 거실 개념으로 맨땅인 바닥에서 요리나 놀이를 할 수 있는 곳이다. 물론 바닥에 매트를 깔면 성인 4명 정도가 누울 수 있는 공간이 된다.

양 옆에는 텐트 안의 작은 방들로 이루어져 이중으로 된 침실이 있다. 성인 2명이 편하게 잘 수 있는 크기라 침실만의 기준으로는 4인용이다. 하지만 당시 어린 아이들 기준으로는 방 2개로 일곱 식구가 너끈하게 잠잘 수 있는 크기의 텐트였다.

가운데 공간에서 한국의 냄새나는 요리를 해 먹어도 밖에 퍼질 걱정이 없었다. 텐트 천이 두껍고, 외부로 드러나는 망사형의 천이 없어 완전 밀폐되어 보온과 방풍기능이 아주 좋았다.

막상 텐트를 치다보니 여러 문제가 나타난다. 구입한지 20년이 넘다보니 폴대를 이어주는 고무줄이 삭고 늘어나 폴대가 제대로 연결되지 않는다. 우선 급한 대로 한쪽을 풀어서 고무줄을 당겨 다시 뭉쳐 옭아맸다. 다른 문제로는 텐트 안쪽의 실밥아래에 댄 방수테이프가 낡아 접착력이 떨어졌는지 제대로 붙어 있지 않고 너덜거린다. 다음날 날씨가 흐리고 비가 조금씩 내릴 때 여지없이 방수테이프가 떨어져 나간 봉제선을 따라 빗물이 새어 들어와 텐트를 아예 사용할 수 없게 되었다.

맨 땅에 자갈을 깔아 다진 마당이어서 텐트 고정핀이 땅에 박히지 않아 애를 먹었다. 결국 큼직한 돌들을 가져다가 밧줄에 걸어 텐트를 고정하였다. 침실 바닥에는 5미리 두께의 보온시트를 두 겹으로 깔고 침낭을 깔아두니 그럴싸한 텐트가 완성되었다. 당연히 텐트를 처음 본 손자, 손녀가 텐트 안에 들어와 소리를 지르며 완전 난리다.

방파제에서 숭어 밤낚시를 마치고 한밤중에 들어와 20여년 만에 처음으로 텐트에서 잠자리를 맞이하였다. 옆의 다른 침실을 조카들이 차지하여 그 대가로 컵라면을 얻어먹으며 오랜만에 캠핑을 맛보았다. 추석의 쌀쌀한 날씨에도 불구하고 늦은 아침까지 편하고 따스하게 잠잘 수 있었다.

섬 여행을 마치고 돌아와 텐트 수리를 고민하며 인터넷을 검색했다. 폴대용 고무줄을 다양한 두께와 색상으로 값싸게 구입하여 교체하였다.

봉제선의 방수기능을 하는 실링테이프도 넉넉한 양을 구입하였다. 다만 봉제선마다 새로운 실링테이프를 사용하기 위하여 다리미질을 해야 한다. 커다란 텐트를 넓게 펴고 다리미질을 할 만한 공간을 확보하는 것이 문제다. 거실 바닥에라도 펼쳐놓고 다리미질을 해야하나싶다.

수리를 마치면 내년부터는 마당의 잔디밭이나 시골집에 가끔씩 텐트를 쳐서 손주들 놀이터로 제공해야겠다. 물론 함께 여행을 가서 텐트를 칠 수 있으면 더욱 좋겠지만...

거위 알

딸기 농사를 짓는 넷째가 가족 카톡방에 손에 들고 있는 큼직한 거위 알 사진을 올렸다.

작년 가을부터 동네 지인으로부터 얻은 거위 한 쌍을 염소 우리에 함께 넣어 키우고 있었다. 도시에서 이주해온 지인은 아이들이 좋아한다며 거위 한 쌍을 들여 키웠다. 처음에는 환영받았던 그 거위들이 시도 때도 없이 소리를 질러 시끄러운데다 사료를 대기 힘들 정도로 먹성이 좋아 도저히 키우기 힘들다고 넷째에게 공짜로 준 것이다. 그 거위가 도통 알을 낳을 기미가 없더니 봄이 되며 산란기를 맞아 처음으로 알을 낳은 모양이다.

약간은 길쭉하면서도 손바닥 가득할 정도로 꽤나 큼직한 크기이다. 껍질에 약간의 혈흔까지 묻어있는 것으로 보아 처음 낳은 초란이 분명하다. 보통 닭의 경우 초란이 아주 작은 경우가 많은데 이번 거위 알은 초란치고는 꽤나 큰 편이다. 시간이 지나며 점점 더 커지면 손으로 들어도 묵직하단 느낌이 들 것이다.

카톡방에 올린 거위 알 사진에 대하여 여기저기 형제들이 난리다.
껍질에 묻은 약간의 핏기가 보이는 사진에 붙은 댓글들이다.

첫째 아들 : '윽 피, 배 가른 거 아녀?'
며느리 : '큰 아이(손녀)한테 사진 보여줬더니 알에 있는 거위 여자냐고 물어요 ㅎㅎㅎ.. 부화시키는 건가요 아니면 프라이용이에요?'
큰 딸(싱가포르) : '큰 손녀를 위해 부화시켜야겠넹'
다시 며느리 : 'ㅎㅎㅎㅎㅎㅎ 여잔지 남잔지 확인하려면...'
첫째 아들 : '벌써 스크램블 해 먹었을 듯 ㅋㅋ..'
넷째 : '거위 알 고유의 맛을 알아볼까 해서 삶아 먹어볼까 생각 중.. 계란요리를 해볼까 생각 중이었는데 부화도 괜찮네요. 그런데 어떻게 부화를 해야 하나 생각중이라는...'
며느리 : '거위한테 다시 돌려주면 부화시켜주지 않을까요?'
큰 딸(싱가포르) : 'ㅋㅋㅋㅋ 그러게요. 맞는 말이네요. 거위한테 다시 돌려주렴. 염소가 밟게 하면 안 돼.'
막내 딸(미국) : '뭐야 거위도 키워. 당근 부화시켜야지. 부화하는 과정

다 사진 찍어서 블로그에 올려.'

넷째 : ...? 부화라.. 냉장고에 넣어 뒀는디..'

엄마 : 'ㅎㅎㅎ 깨서 프라이하는 모습 동영상으로 올려 줘~~'

거위가 얼마나 자주 알을 낳을지는 모르겠지만 혼자 자취하며 농사짓는 넷째가 영양분 섭취할 수 있는 목록을 하나 더 확보한 것이다.

거위 알 사진을 바라보며 옛 생각이 떠오른다.

아이들 어릴 적 부천 고강동의 작은 아파트에 살던 추억들이다. 그곳에서 셋째, 넷째, 막내가 태어났고 지금도 아이들은 그 동네 모습과 뛰놀던 기억을 간직하고 있다.

아파트 입구 건너에 몇 떼기밭과 그 아래 작은 농가가 있고 농가를 지나 다랑이 논이 먼발치까지 이어져 있었다. 마지막 다랑이 논에 붙은 신작로를 건너면 김포공항의 활주로 끝자락에 걸쳐진 철조망 담장이 기다랗게 이어지는 도시 속 시골이었다.

그 곳의 쓰러져가는 농가에서 거위 몇 마리를 키웠다. 아이들과 논밭 구경을 다니며 거위 울음소리에 신기해하는 아이들을 지휘하며 옹색한 거위 집, 아니 거위를 가두어둔 곳이 더 적확하겠지만, 거위 우리를 찾아가 구경하곤 했다. 그런 연유로 기회가 될 때마다 거위 알 몇 개를 사오곤 했다.

그 동네에서 거위 알은 인기가 거의 없었나보다. 아마도 거위 알은 부피가 보통 계란의 대여섯 배는 됨직하고 껍질이 단단하고 두꺼워 낯선 느낌이 강해서일 것이다. 그래선지 주로 봄철이었을 것이지만 우리가 방문하여 거위 알을 부탁할 때마다 항상 몇 개씩은 구할 수 있었다. 가격에 관한 기억은 거의 없지만 우리 아이들과 함께 계란 대용으로 간간히 즐기던 먹거리였다.

때로는 그 곳 텃밭에서 채소를 사기도 하고, 몇 해 후에는 벼논이 미나리논으로 바뀌어 사시사철 싱싱한 미나리를 사먹기도 했다. 아파트 뒷담으로 이어지는 소나무 숲을 따라서 산책을 즐기고 근처의 숲속 빈터에서 간단한 바비큐도 즐겼다. 주말에는 버너와 불판에 삼겹살이나 양념한 닭고기를 구워먹으며 지는 해를 바라보곤 했다.

아마도 지금은 다닥다닥 붙어있는 연립이나 층 낮은 아파트가 논이며 숲을 대신하고 있을 것이다. 한번쯤 짬을 내어 옛날의 추억을 되짚어 볼 수 있는 고강동으로 거위 알을 되새기며 소소한 추억여행을 가야겠다.

연어 한 마리의 추억

얼마 전 '더 셰프(Burnt)'라는 영화를 보다가 중간 즈음 배경으로 나오는 장소를 보며 혼자 흥분했다. 런던 동부에 위치한 빌링스게이트 수산시장(Billingsgate Fishery Market)이 나오고 그 곳에서 생선재료를 구입하는 장면이 나온다.

영국에 살며 먹성 좋은 아이들에게 가성비 좋은 먹거리를 확보하기란 쉬운 일이 아니다. 런던에 온 지 얼마 후 지인으로부터 값싸고 질 좋다는 수산시장을 안내받았다. 어느 토요일의 캄캄한 새벽에 모험여행처럼 찾아간 곳이 빌링스게이트 수산시장이었고, 그 이후로 거의 단골이 되었다.

런던 남서부의 뉴몰든 집으로부터 런던 동쪽 거의 끝자락에 있는 수산시장까지는 꽤나 멀고 도로도 복잡했다. A3 도로를 따라 시내로 들어와 템즈 강변을 따라가다가 멋진 타워브리지를 지나 까나리워프 근처에 가까이 오면 오른편에 수산시장이 나타난다. 지금처럼 내비가 없던 시절이어서 새벽 어두컴컴한 시간에 중간 중간 지도를 보며 커브를 몇 번이나 돌아야 했다. 길을 잃으면 한참을 헤매다가 간신히 제 길을 찾곤 했던 기억이 무성하다.

시장은 새벽부터 이른 아침까지만 열렸다. 특히 인상적인 것은 12살 이하의 아이들은 아예 입장을 금지한 규칙이었다. 당시 우리나라의 수산시장에 비하여 바닥이나 모든 환경이 무척 청결했다. 진열된 생선들도 대부분 깨끗하게 손질되어 있었다. 내장을 말끔히 제거하여 세척하고 생선살을 덩어리로 포장하여 진열해놓고 박스 단위로만 판매하였다.

거의 매번 시장에 갈 때마다 구입하던 생선이 커다란 은빛 연어다. 물론 그때그때 계절생선이며 등딱지가 거의 짬뽕그릇만큼 커다란 게, 살만 발라놓은 바다가재, 아귀(monkfish)와 엄청 큰 광어 등도 단골메뉴였지만 그 중에서도 연어는 항상 1순위였다.

대략 한 달에 한번은 새벽시장을 들러야만 아이들 먹성을 맞출 수 있었다. 시장에 갈 때마다 한보따리를 사들고 오던 시절에 연어는 아주 좋은 먹거리였다.

거의 1m정도 크기에 은빛비늘이 반짝이고 내장을 제거하여 깨끗하게 손질되어 있었다. 연어는 반드시 횟감용인지 스테이크용인지를 구분하여 구입해야 한다. 대부분의 모든 연어는 스테이크 구이용이다. 횟감용으로는 별도로 팔고 있어서 우리는 횟감용만 골라 구입하곤 했다. 특히 비늘에 붉은 색이 감도는 자연산 연어는 절대로 횟감용으로 팔지 않았다. 횟감용은 호수에서 양식하여 키운 은색 빛이 반짝이는 싱싱한 것이었다. 아마도 자연산 연어를 날로 먹을 경우 혹시 모를 기생충이나 유통과정에서 발생할 수 있는 변질가능성 때문일 것이었다. 대략 6~9kg짜리가 대부분이고 우리는 그중에서 가장 큰 놈으로만 골랐다. 가격은 잘 기억나진 않아도 거의 15~20파운드 정도였다.

이른 아침 커다란 연어를 집에 가져오면 뒷마당에 비닐을 깔고 연어 해체작업을 시작한다. 토요일 한국학교에 가지 않는 어린 아이들과 방학 때에는 다섯 아이 모두가 신나 빙 둘러서 연어 해체작업을 구경하며 거든다.

커다란 칼과 망치를 이용하여 머리를 잘라내고 지느러미들을 가위로 잘라낸 다음 본격적으로 토막을 내기 시작한다. 등뼈를 중심으로 양쪽 살덩이를 크게 잘라내고 한 번에 팬에 구워먹기 좋은 크기로 잘라 한 끼분 만큼씩 비닐 팩에 포장한다. 머리는 다시 반으로 잘라 머리구이용으로 만들고 굵은 등뼈와 내장부분 가시가 박힌 가슴살 부분은 탕으로 만들기 쉽도록 적당한 크기로 잘라 비닐팩에 담는다. 기름기가 잘 배인 뱃살부분은 따로 떼어내 횟감으로 만들어 그날 점심과 저녁은 온 가족이 연어회를 즐기는 날이다.

냉장실에 잘 보관한 살덩이는 구입한 그 한 주 동안은 깍둑썰기로 하여 회덮밥으로 먹어도 좋았다. 아이들은 특히 두툼한 연어살로 스테이크를 해주면 다들 난리다. 연어는 살코기가 크고 기름지며 잔가시가 없어 어린 아이들 식사용으로는 그만한 생선이 없다. 광어나 대구살도 연하고 가시가 없기는 매한가지라도 기름기가 적어선지 연어보다는 인기가 덜하다. 기름기가 자르르 흐르는 갈치나 고등어도 아이들에게 먹기 좋은 생선이었을 텐데도 당시 빌링스게이트 수산시장에서는 거의 구입했던 기억이 없다. 아마도 영국에 살면서 맛볼 수 있던 좀 더 새로운 고급 생선에 관심이 많았나보다.

집 냉장고와 별도의 작은 냉동고까지 가득 채웠던 연어 살덩어리도 2, 3주면 다 떨어지고 다시 주말을 잡아 새벽 나들이를 나서던 게 엊그제 같다. 이제는 그렇게 큰 연어를 사와야 먹어줄 사람이 없다. 그보다도 당시 런던의 물가와 비교할 때 우리나라 수산시장에서의 연어 가격이 훨씬 부담스런 것도 문제지만...

영화 '더 셰프'의 배경에 보이는 빌링스게이트 수산시장 상인들이 마치 유니폼처럼 입고 있는 하얀색 가운들이 다시금 생각난다. 어딘지 하얀 가운들이 주는 깔끔하고 청결할 것 같은 시장분위기와 활기찬 상인들 말이다.

우리나라 수산시장에서도 상인들이 그런 하얀 가운들을 입으면 더 좋아 보이지 않을까...

딸기잼, 사과잼

딸기 농사를 짓는 넷째 덕에 크리스마스 시즌 시작부터 유월의 초여름에 이르도록 맛있는 딸기를 얼마든지 먹을 수 있게 되었다. 특히 5월이 되면 기온이 올라가며 딸기는 급가속 성장을 하며 크기도 작아진다.

올 여름도 자잘한 크기의 딸기를 몇 박스나 집에 가져와 고민하다가 딸기잼을 만들기로 하였다. 일단 유튜브에 나오는 몇몇 동영상을 살펴보며 딸기잼 만드는 요령을 익히고 따라하기 시작한다.

딸기를 씻고, 꼭지를 따내고 적당히 으깨준다. 가장 큰 스텐리스 냄비를 이용하여 절반 정도까지 딸기를 담고 중간 불로 천천히 졸이기 시작한다. 설탕도 적당히 넣고 반드시 소금으로 간을 맞추는 것이 필요하다.

아무래도 방부효과도 있을 것이고 소금의 짠맛과 단맛은 그야말로 찰떡궁합이다. 이런 순서로 딸기잼을 커다란 냄비 한가득 만들고 보니 팔은 아프지만 나름 뿌듯한 느낌과 함께 작은 병들에 들어 있는 딸기잼을 누구에게 나누어 줄 것인가를 생각하게 된다.

딸기잼을 만들며 예전 영국에서 만들던 사과잼이 생각난다.

런던 외곽 뉴몰든에 소재한 주택의 뒷마당 한가운데에 사과나무 한그루가 있었다. 단풍이 곱던 가을날 런던에 도착하여 보니 나무에 자그마한 사과가 다닥다닥 붙어있는 것이 아닌가.

첫 해외살이로 정신없이 바쁜 한 달을 지내며 살펴보니 나무 밑에 빨간 사과들이 엄청 많이 떨어져 있었다. 무성한 나무 가지에도 빨갛게 익은 사과들이 여전히 주렁주렁 매달려 있었다. 유치원생 아이들 주먹크기지만 빨간 사과를 주워 베어 먹어보니 아주 달콤하고 맛있었다. 그냥 땅에 떨어뜨려 썩히기에는 너무 아까운 생각이 들었다.

아이들을 총동원하여 잔디밭에 떨어진 사과를 줍고 온 식구들이 들러붙어 손에 닿는 사과들을 따내어 모아보니 커다란 함지박에 넘칠 정도였다. 떨어지며 으깨진 부분이 누렇게 썩어가는 것도 있어서 그저 쌓아놓고 먹는 용도로는 너무 많아 고민하다가 사과잼을 만들기로 하였다.

아이들과 함께 잔치분위기처럼 올망졸망 둘러앉아 사과를 씻고 썩은 부분들과 사과 속 씨 부분을 도려낸다. 작은 아이들은 사과조각을 집어 먹기도 하고 손으로 휘저으며 놀이 반 실습 반 즐거워한다. 싱싱한 부분만 골라 다듬은 다음 적당한 크기로 잘게 조각을 내고 믹서기로 갈아 거의 죽과 같은 상태로 만들어 보니 의외로 양이 많이 줄어든다.

커다란 냄비에 사과 곤죽을 졸이기 시작한다. 그때는 따로 설탕을 추가했던 기억은 없이 그저 사과만 넣어서 열심히 주걱으로 저어주었다. 어느새 걸쭉하고 달콤하니 사과향내가 짙게 풍기는 좋은 잼이 만들어진다. 작은 유리병들을 총동원하여 사과잼을 담아보니 꽤 여러 병이 나왔다.

풍성하게 확보한 사과잼은 한동안 우리 아이들의 좋은 간식거리가 되었고 학교 도시락에도 사과잼 샌드위치로 자주 등장하였다. 가까운 교회식구들 몇몇 집에도 나눠주고 함께 일하던 동료직원 집에도 몇 병 주었더니 다들 너무나 신기해하면서도 고마워한다.

이전부터 런던에 거주하고 있던 분들은 대부분 정원에 열리는 사과를 귀찮아했다. 땅에 떨어져 썩게 놔두는 게 보통이고 사과잼을 만드는 일은 거의 없다고 했다.

그 다음해도 역시 다닥다닥 매달린 사과를 이용하여 잼을 만들어 나누어 먹었다. 하지만 세 번째 해부터는 시나브로 귀찮아진 건지 땅에 떨어져 썩어가는 사과들을 바라만 보다가 런던을 떠나왔다.

시골집에도 사과나무가 몇 그루 있는데도 이상하게 사과가 몇 개 열리지도 않고 모양이나 색깔이 영 아니다. 그나마 열린 사과들도 익을 만하면 새들이 그냥 놔두지를 않고 쪼아대는 바람에 건질만한 게 없어 영국의 사과나무와 여러모로 비교가 된다. 여기서는 사과를 제대로 따먹으려면 부지런히 나뭇가지를 쳐주는 전정 작업은 물론 병충해 방제를 비롯하여 새들과도 엄청 싸워야 할 판이다.

뉴몰든 뒷 정원의 사과나무는 별도로 가꾼 적도, 농약을 뿌려주거나 거름을 해준 적 없어도 잘만 익고 맛있었는데 도대체 그 차이가 무엇인지 모르겠다.

작은 병들을 열심히 모아 딸기잼을 담아두니 여러모로 용처가 쏠쏠하다. 손님들이 올 때마다 빈손으로 보내지 않고 넷째 딸기 광고도 할 겸 예쁘게 포장한 잼을 한 병씩 나눠주면 입마다 함박꽃이 핀다. 오히려 고마울 따름이다.

단독주택에서 살아가기

우리 부부는 단독주택 예찬론자이다. 40년 결혼 생활 중 30년을 단독주택에서 살아오며 내린 결론이다. 단독주택에는 살아 숨쉬는 맛이 넘친다.

단독주택의 가장 큰 장점은 넓든 좁든 정원 겸 마당이다. 심하게 표현하면 마당이 없는 집은 단독주택이 아니라고 할 수 있다. 집과 담 사이에 존재하는 작은 공간인 마당이야말로 단독주택의 정수이다.

우리가 살았던 모든 집마다 마당이라는 공간을 통하여 가족들이 함께 만들었던 소중한 추억들이 가득하다. 철따라 나무와 화초를 심어 가꾸고, 약간의 야채들을 심는 곳이다. 몇 마리 애완견들을 키우며 보살피고, 날이 화창한 주말이면 자그마한 바비큐를 하는 공간이다.

잔디가 깔린 마당이라면 아이들과 어울려 함께 잔디를 깎고, 여름 한 철엔 잔디가 덮인 마당 한가운데 텐트를 쳐놓고 캠핑 분위기를 살리는 곳이다. 텐트 안에서 아이들과 함께 별을 보고 잠을 자며 맛있는 간식거리와 함께 노닥거리며 즐기는 장소이다.

이른 봄 매화꽃이 지고 초여름이면 단단하게 여문 매실을 따 장아찌를 만들어 나누는 곳이다. 엉성하게 열린 포도를 따먹고 농익어 떨어지는 사과들을 줍기도 하는 곳이다.

대나무 장대를 걸어 높이 매달린 대봉 감들을 따내며 시시덕거리는 공간이다. 가을이면 낙엽을 긁어모아 치우거나 태우며 연기에 캑캑거리는 곳이다. 봄가을로 집안에 들여 놓았던 화분들을 내놓았다가 기온이 내려가면 다시 집안으로 들여야 하는 곳이다. 눈 덮인 하얀 마당과 눈꽃이 핀 나무들을 바라보며 쉼과 평안을 누리는 곳이다.

마당이란 살아 숨쉬며 움직이는 터전이자 우리 가족들이 엮어내는 생생한 추억의 현장이다.

영국에서는 여름이면 마당 한가운데 튜브로 만든 작은 풀장을 설치해 놓고는 아이들이 목욕을 겸한 물놀이장을 만들었다. 아이들 생일 파티 때엔 친구들을 초대하여 마당에 깔판을 깔고 음식을 준비하고 게임을 하며 놀았던 즐거운 기억이 서려있다. 현지 영국학교의 같은 반 아이들과 그 어머니들이 함께 모이는 생일 파티이다. 어린이들을 대상으로 게임이나 놀이를 진행하는 파티전문가를 초청하여 아이들과 즐거운 시간들을 가졌다. 선물을 주고받고 마당 구석구석을 뛰어 다니던 아이들의 흥겨운 소리들이 울려 퍼졌다.

쌍문동에서는 자그마한 마당이었지만 함께 했던 애완견들에 관한 추억이 특별하다.

혈통 보증서까지 있었던 하얀 진돗개는 그야말로 늠름하고 멋진 모습이 몇 장의 사진 속에 여전히 남아있다. 맑은 눈이 동그랗고 아주 예뻤다. 뾰족한 귀와 말아 올라간 꼬리는 전형적인 진돗개 그대로였다. 화단 여기저기에 구멍을 뚫어대던 쥐들을 밤새 사냥하느라 쥐구멍이 거의 개구멍이 되곤 했다. 그러다보면 하얀 털이 온통 흙 범벅이 되기 일쑤여서 목욕시킬 때마다 애를 먹었다.

한밤중에도 대문 밖에 지나는 행인들을 향하여 날카롭게 짖어대며 동네 파수꾼 역할을 하며 동네 사람들의 잠을 방해하던 골칫거리이기도 했다. 하얀 진돗개와의 수많은 기억들은 지금까지도 아이들의 뇌리에 깊이 남아있다. 아이들 이빨을 수집하는 필름통에는 새 이빨로 교체되며 나온 어린 진돗개의 조마한 이빨들이 아직까지 들어 있다.

덩치가 엄청 크고 긴 하얀 털에 코가 뾰족하고 품위있어 보이는 콜리종 암컷도 키웠다. 시골의 사촌이 키우던 콜리가 새끼를 낳았다며 가져가라는 소식에 두 달밖에 되지 않은 새끼를 데려왔다. 어린 강아지임에도 웬만한 크기의 개만큼 큼직하던 콜리는 불과 서너 달 만에 거의 암송아지만큼 자랐다. 이전의 진돗개와는 완전 딴판으로 너무 순하고 순종적이어선지 누구에게나 잘 따랐다. 어쩌다 밖에 나가 산책하면 지나는 사람들이 만지거나 쓰다듬어도 그 커다란 덩치에도 불구하고 조용하고 잘 대해줘서 인기 만점이었다.

흠이라면 길고 하얀 털이 문제였다. 마당에서 흙과 뒹굴며 자주 더러워져 목욕을 시킬 때마다 그 녀석의 흩뿌리는 물세례로 온 가족이 곤욕을 치루었다. 덩치가 워낙 크다보니 먹기도 많이 먹었다. 가족들 먹다 남은 잔반 처리는 물론, 사료를 사대기가 벅찰 정도였다.

먹는 것만큼 매일 쌓아 놓는 개똥 분량 역시 엄청났다. 처음 얼마 동안 은근 거름효과를 기대하며 마당의 화단 구석에 파묻기도 했었다. 하지만 곧 한계에 다다라 엄청난 양의 쓰레기를 처리해야 했다. 특히 6월 장마 동안은 며칠이라도 처리에 게으르면 온 마당이 엄청난 개똥과 빗물이 뒤엉켜 악취와 함께 그야말로 개똥천지가 되기도 했다.

두 번째 영국에 근무하게 되어 아이들은 콜리를 영국으로 데려가자는 둥 못내 헤어지기 아쉬워했지만 먼 친척집에 맡겨야 했다. 한국에 돌아오면 되찾아 오기로 약속했지만 귀국하며 아파트로 이사하게 되어 어쩔 수 없었다. 5년간의 아파트 생활을 접고 다시 단독주택으로 이사 온지도 10년이 넘어간다. 개를 다시 키워보라는 주위의 의견들이 많았다. 하지만 아이들이 다 성장하여 어릴 때와는 달랐고 개와 함께할 시간적 여유도 많지 않아 단념하였다.

대신 마당 구석구석 화초들이 가득하다. 바위산 자락이라 그런지 굵은 모래가 많아 화초 키우기에는 적당하지 않지만 부지런히 퇴비와 음식찌

꺼기로 만든 거름을 주며 땅을 살려내는 중이다. 때때로 조경전문가에게 부탁하여 소나무 전지해주는 것도 큰 행사이다. 그 외의 감나무, 매화나무, 배롱나무, 단풍나무들, 줄기가 까만 오죽과 키 작은 장미와 영산홍, 철쭉의 가지치기와 다듬기는 내 몫이다.

잔디는 자주 깎아주어야 잘 자란다지만 소나무에 치이고 마사토의 부족한 영양분에 성장이 느려 영국에 있을 때만큼 자주 깎아주지는 않는다. 잔디 사이로 고개를 내미는 숱한 잡초들과 씨름해야 하고 장마 이후의 불쑥불쑥 올라오는 각종 버섯도 잡아내야 한다. 물론 잔디뿌리를 옭아매는 푸른 이끼를 긁어내는 작업은 전투적일 수밖에 없다.

그래도 한 뼘의 마당은 계절마다 오밀조밀 아름다운 꽃들을 보여주어 얼마나 가슴 벅찬지 모른다.

봄날이 포근해지며 매화, 목련, 진달래와 쉴라, 무스카리, 아이페이온, 프리지아, 알부카, 크로커스가 피고 수선화며 히야신스가 언 땅을 뚫고 올라와 고개를 내민다. 튤립이 꽃잎을 떨구면 철쭉이 피어나고 금낭화, 나리, 매발톱꽃, 클레마티스, 아이리스, 콜치쿰이 늦봄을 맞이한다.

여름으로 들어서면 봉숭아, 맨드라미, 장미, 금잔화, 페츄니아, 꽃양귀비, 백합, 카라, 아마릴리스, 데이릴리, 수국, 글로리오사, 글라디올러스, 인동, 샤프란, 키르탄서스가 흐드러진다.

겨울동안 집안에서 견뎌내는 화분들도 마당에 나오면 힘차게 꽃들을 피워낸다. 만데빌라, 배풍등, 카랑코에, 블루샐비어, 포인세티아, 사랑초, 카멜레온달개비, 알스트로메리아, 인도문주란 등이 아름다움을 자랑하며 마당 구석구석을 장식한다.

태양이 호젓해지며 낮이 짧아지면 여기저기 노란 국화밭이 펼쳐지고 가는 여름을 보내는 나비꽃, 상사화, 가을붓꽃, 늦은 금잔화, 흐드러진 맨드라미, 석죽이 이어지며 붉은 감이 함께 익어간다.

하얀 눈이 포근하게 마당을 덮으면 새로운 세상이 된다. 소나무를 덮은 하얀 이불이며 감나무 가지에 살짝 얹혀진 두툼한 눈이 베푸는 넉넉함은 한겨울 마당의 아름다움에 취하게 만든다.

물론 때때로 베란다 데크의 방부목에 오일스텐을 칠해 주어야 한다. 지붕과 물받이에 쌓이는 낙엽도 긁어내야 하고 빛바랜 대문에 페인트칠도 해야 한다. 진딧물 약을 치고 벌집을 떼내고 송충이라도 보이면 잡아낸다. 함박눈이 내리면 대문밖에 쌓이는 눈도 땀방울을 흘리며 쓸고 치운다. 늦가을에 대문 앞 도로에 뒹구는 낙엽을 쓸어낸다. 그럴 때마다 온 가족이 함께 거들며 깨끗해진 집을 바라보며 땀 흘린 보람을 누린다. 물론 이웃집 사람들과 함께 눈을 치우고 낙엽을 쓸고 서로의 정원에 꽃모종을 나누어 심는 정다움은 또 다른 기쁨이고 즐거움이다.

꽃 한 송이가 피기까지 싹이 트고 잎이 나고 봉오리가 맺히고 씨가 영그는 모든 모습을 기대와 설렘으로 바라보는 곳이다. 계절의 흐름을 눈으로 몸으로 깨닫고 다음해의 꽃과 나무들을 상상하는 곳이다. 지렁이, 벌레와 각종 곤충들이 정원구석을 기어 다니고 나뭇가지 사이에서 각종 새들이 노래하는 살아 숨쉬는 공간이다.

미국의 대학에서 학생들을 대상으로 설문조사한 내용을 본 적이 있다. 아버지와의 관계에 관하여 가장 뚜렷하거나 인상 깊은 기억이나 추억거리가 무엇인가에 관한 질문이다. 여학생들의 대답 중 가장 많은 내용은 아버지로부터 운전을 배운 것이었다. 남학생들의 답변은 집안 구석구석 고장나거나 오래된 부분들을 함께 고치고 손보며 각종 공구 사용법을 배우고 집과 정원을 관리하는 방법을 배운 것이 가장 많았다. 단독주택에서 살며 부모 자식 간의 깊은 유대가 형성되었음을 유추할 수 있는 내용이었다. 우리나라 청년들이라면 어떤 대답들이 나올지 사뭇 궁금하다.

아마도 우리 부부는 어리석게 보이더라도 이세상의 마지막 날까지 계절이 살아 숨쉬고 주인의 자상한 손때를 기다리는 단독주택을 고집할 것이다.

우리는 단독주택을 사랑하는 바보들이다.

프랑스 캠프촌의 자전거 여행객, 바게트빵

1997년 여름 골골대는 심약한 엔진의 스페이스웨건에 장모님을 포함하여 8명의 대식구를 태우고 유유자적 스위스 여행에서 돌아오는 길이었다. 스위스 평야지대인 베른을 거쳐 프랑스 국경을 넘어 프랑스 중동부의 캠프촌에서의 소중한 기억이다.

스위스 여행의 마지막 날 느지막이 아침을 먹고 짐들을 챙기다보니 거의 점심 경에야 영국을 향해 출발할 수 있었다. 오는 길에 스위스에서는 보기 힘든 손바닥만한 평야지대인 베른 근처의 자그마한 수도원을 들렀다. 그림 같은 수도원 건물과 호두열매가 가득 달린 호두나무 몇 그루가 잘 어울렸다. 프랑스 국경지대의 평지에 들어서자 광활한 평야가 펼쳐진다. 너른 평야의 시골길을 열심히 달려 해질녘이 되어 캠프촌이 표시된 지도를 펼쳐 가까운 캠프촌에 들어섰다.

할당받은 구역을 찾아 차를 세우고 하룻밤 묵을 준비를 하였다. 각 구역마다 바닥에 선으로 자리표시가 되어 있고 구석에 전기콘센트가 설치되어 있다. 사무실 건물에는 몇 개의 코인샤워부스, 화장실과 세면장이 있었다.

이미 텐트를 설치하는데 익숙해진 큰 아이와 함께 자동차 옆에 서둘러 텐트를 치고 잠자리를 준비한다. 그 사이 부인과 장모님은 남은 먹거리들을 총동원하여 저녁 준비를 하는 중이었다. 우리 텐트 옆에 웬 중년의 서양인 부부가 자전거를 끌고 들어와 자리를 잡는다. 간단히 목 인사를 하고는 마저 텐트 치는 것을 마감하였다. 온 식구가 깔판에 둘러앉아 저녁을 먹는 동안 자전거 여행 부부가 숙박을 준비하는 모습이 눈에 들어왔다.

얄팍한 바퀴의 나름 잘 빠진 자전거 두 대에 뒷바퀴 양편에는 꽤 큼직한 네모난 보따리가 달려있다. 날렵한 안장 뒤에 짐칸이랄까 비좁은 곳에도 자그마한 짐 보따리가 앙증맞게 붙어있다. 부부는 그 보따리들을 모두 떼어내 내용물을 꺼내어 이것저것 맞추며 조작하니 자그마한 삼각텐트가 설치된다. 군에 있을 때 지긋지긋하도록 봐왔던 삼각텐트보다는 크기만 약간 작을 뿐 어른 둘이 들어가 잠자기엔 충분한 크기이다.

작은 버너와 코펠을 꺼내 물을 끓이며 소형 접이식 의자 둘을 꺼내 마주 앉아 커피와 빵을 준비한다. 간단히 저녁을 먹고는 관리사무실에 있는 코인샤워 부스에 다녀오는 것이다. 더욱 놀란 것은 두 대의 자전거가 반으로 접혀 그 작은 텐트 안으로 쏙 들어가니 텐트 밖에는 아무 것도 없는, 그야말로 자전거와 사람 모두가 뒤집혀지듯 작은 삼각텐트 안으로 사라졌다.

다음 날 이른 새벽 차 안에서 잠자던 아이들이 깨어나 텐트 안으로 기어들어오는 바람에 잠을 깼다. 텐트를 나와 보니 옆의 삼각텐트의 두 부부는 벌써 일어나 자전거를 꺼내고 텐트를 거두고 있었다. 간단히 아침 인사를 하니 반갑게 웃으며 큼직한 바게트빵을 들어 보이며 방금 구운 빵이라며 소개하는 것이 아닌가. 어디서 구했냐고 물으니 캠프촌 입구의 마을에 있는 빵집에서 판다는 것이다. 그러면서 우리집 아이들이 예쁘다는 등 아이가 몇이냐고 묻기에 다섯이라니 깜짝 놀라며 간단하게 자기소개를 한다.

독일에서 왔다는 부부는 영어가 유창했다. 아이들은 이미 다 커서 따로 살며 자기들도 은퇴하여 이제 한 달 예정으로 자전거 여행을 하는 중이란다. 쉬엄쉬엄 자전거를 타고 프랑스를 거쳐 스페인까지 둘러볼 계획이라고 말해주었다. 그리고는 접이식 의자에 앉아 커피를 끓이고 바게트빵을 잘라 먹고는 어제와 거꾸로 짐을 챙겨 휑하니 출발하는 것이다.

그 모습을 바라보며 정말 부러웠다. 여유랄까 소박함이랄까 삶의 풍성함까지도 묻어나는 부부의 자전거여행이라는 생각이 들었다. 부인과 그런 모습을 함께 바라보며 부러워했다. 버킷리스트 같은 막연한 계획을 생각하며 나중에 우리도 유럽을 자전거로 여행해보면 좋을 것이라는 이야기를 나누었다.

유럽 전역은 거의 평탄하다보니 은퇴한 중년들이 자전거 여행을 즐기기에 별다른 무리가 있을 것 같지 않았다. 게다가 시설이 잘 되어 있는 캠프촌들이 워낙 많아서 숙박에도 어려움이 없을 것이다.

옆 부부의 바게트빵 소개를 받고는 아침을 준비하기 전 아이들과 함께 캠프촌 밖으로 나가 보았다. 캠프촌 입구에 작은 마을이 연결되어 있었다. 도로를 따라 마을 입구에 다다르니 정말 작은 빵집이 보인다. 벌써 몇 사람이 빵집에서 가슴에 한 가득씩 빵이 들어있는 종이봉투를 들고 나온다. 흔한 진열장 같은 것도 없이 활짝 열린 문 사이로 빵을 가득 쌓아놓은 커다란 바구니와 한구석에 빵 굽는 화덕이 보이는 그저 평범하고 자그마한 빵집이다.

문밖까지 고소한 빵 냄새가 풍기는 전형적인 프랑스 시골마을의 작은 빵집이다. 안에 들어가 보니 빵 종류라 해봤자 대여섯 가지만 눈에 들어온다. 길쭉한 바게트, 펑퍼짐한 둥그런 식빵, 그리고 어른주먹만한 크기의 크루아상 등이며 보기에 평범한 빵들이 바구니마다 쌓여있다. 화덕이 있는 빵집 안의 따스한 온기와 함께 갓 구운 빵에서 나오는 듯 고소한 향기에 아이들은 물론이고 나도 저절로 행복해지고 마음이 평안해지는 것을 느낄 수 있었다.

가격은 또 얼마나 저렴한지 우리 모두는 흥분 도가니였다. 전날까지 스위스의 살인적인 물가로 슈퍼마켓에서조차 제대로 물건을 고르기가 망설여지던 터였다. 아이들과 함께 푸짐하게 바게트빵이며 식빵과 크루아상을 사들고 오며 생각했다. 언젠가 이곳 빵집에 들러 이 맛있는 빵 굽는 비법을 배워 한국에 돌아가서는 자그마한 빵집을 차려도 좋겠다고...

그날 이른 아침 두 아이 가슴에 한 아름씩 갓 구운 싱그런 빵을 사들고 캠프촌으로 돌아오던 그 길 앞에서 바라보던 붉게 떠오르는 아침 태양과 프랑스 시골의 멋진 정취와 그 한없는 행복감은 지금도 눈에 선하고 가슴 깊숙이 살아있다.

심약한 엔진으로 온 가족을 실어 스위스를 골골대며 다녀온 스페이스 웨건은 영국에 도착한 며칠 후 심장이 완전히 멎었다. 다행히 중고차 구입 시 가입한 보험으로 한 달을 기다려 일본에서 도착한 새 엔진으로 교체하여 귀국 시까지 쌩쌩 날아다녔다.

겨울 태백산 가족등산

막내가 중학교 1학년이던 2007년, 설을 지내고 얼마 되지 않은 시기였다.

새해를 맞이하는 각오 겸 단합대회로 회사 직원들과 동해 해돋이와 태백산 설경을 체험하는 행사를 한 직후였다. 무릎까지 빠지는 설산의 감동이 너무 진해 사랑하는 가족들에게도 태백산의 눈꽃과 하얀 설경을 보여주고 싶었다.

즉시 여행사에 전화하여 가족여행을 예약하였다. 금요일 한밤중에 청량리역에서 출발하여 토요일 밤에 돌아오는 만 하루짜리 태백산 눈꽃여행이다. 새벽에 태백역에 내려 아침 식사 후 태백산 정상까지 올랐다가 밤늦게 서울로 돌아오는 다소 벅차기는 하지만 나름 알찬 상품이다.

당시 첫째는 군복무 중이고, 둘째는 영국에 남아 공부 중이고 셋째는 송장놀이(?)를 하던 중이었다. 간신히 아래 둘을 반 강제로 설득 겸 유혹하여 겨울여행을 출발하였다. 여행 며칠 전부터 아이들 방한등산화, 미끄럼방지 아이젠, 작은 배낭, 모자가 달린 방한등산복에 장갑이며 보온 물병 등 겨울산행에 필요한 물건들을 급히 마련했다.

　드디어 금요일 저녁 청량리역으로 가기 위하여 택시를 탔다. 밤늦게 출발하는 태백으로 향하는 열차 시각에 맞춘 늦은 밤이었다. 택시는 가장 빠른 길인지 공교롭게도 당시 유명한 홍등가 골목을 지나가게 되었다. 좁은 길 양편으로 핑크빛 네온으로 환한 쇼윈도우 안에 거의 반나의 아가씨들이 요란한 화장에 야한 포즈로 서있었다. 택시는 그 길을 한참 동안이나 지나가는데 아이들이 한마디씩 한다. 저 언니들은 왜 이렇게 추운 날 옷을 다 벗고 저기에 서있냐고... 나도 평소에 보기 어렵던 광경에 당황하던 터라 아이들의 동정심 가득한 질문에 뭐라 답했는지 기억나지 않는다.

　역에서 여행사 직원을 만나 안내를 받고 역 근처 간이포장마차에서 간단한 밤참을 즐겁게 먹고 열차에 올랐다. 겨울산행을 위한 특별열차여서 그런지 열차 안에는 온통 겨울 등산복 차림의 사람들로 가득하였다. 대부분 열차에 타자마자 바로 앉은 채로 잠을 청하고 우리도 어두운 차창 밖을 내다보며 얼마 만에 타보는 열차냐, 우리 가족이 이런 열차 여행을 자주 해야겠다는 둥 몇 마디 주고받다가 이내 잠에 빠져 들었다.

태백역 안내방송이 나오며 열차 안은 술렁대며 깨어난다. 밤 열차는 하얀 눈 속을 달리는 듯 여전히 캄캄한 밤인데도 밖은 훤한 눈밭이며 눈 덮인 산들이 흐릿하게 지나간다. 태백역에 내려 여행사가 정해준 식당에서 북어국 한 그릇씩을 간단히 해치웠다. 여행사 표지판이 붙어있는 관광버스에 다가서며 겨울새벽의 추위를 맛보기 시작한다. 버스에 오르자마자 아이들은 아직 실감이 나지 않는지 금방 고개를 꺾고 눈을 감는다. 온통 눈에 휩싸인 산골마을의 어두컴컴한 새벽 풍광에도 별 관심이 없는 듯 했다.

유일사 입구의 주차장에 내려서부터 본격적인 겨울산행이다. 정상까지 거의 평탄한 지형이라 코스 자체는 그다지 험난하지 않은 누구나 쉽게 오를 수 있는 코스이다. 문제는 겨울 새벽의 추위를 견뎌내야 하는 것이 관건이자 묘미이다. 수십 대의 버스에서 왁자지껄하며 내린 수많은 등산객 틈에 섞여 산길로 접어든다. 여행 안내장에 적힌 하산시각과 집결지인 당골 광장에 있는 어느 버스로 언제까지 오라는 내용만을 기억한 채 하얀 새벽 산길을 오른다.

거의 일렬로 줄선 등산객들 틈에 끼어 우리도 까만 하늘 아래 훤한 눈길을 걷는다. 대부분의 등산객들이 방한 모자위에 야간랜턴도 매달고 있었지만 아무도 랜턴을 켜지 않은 채 걷는다. 등산 구간의 거의 절반 정도까지는 자동차가 다닐 만한 도로를 이용하여 수월하다. 수많은 사람들이 이미 앞서 가선지 길 잃을 염려도 눈에 빠질 걱정도 없이 묵묵히 눈길을 오른다. 도로가 끝나고 새벽 어스름 속에 주목군락이며 울창한 송림들 사이로 난 좁은 등산로가 나오며 비로소 겨울 등산한다는 기분이 든다.

아이들은 여전히 별 군소리 없이 추위를 이겨내며 자박자박 잘 걷는다. 하긴 추운 겨울이라도 오르막길이고 방한복을 든든히 챙겨 입은 터라 오히려 약간의 땀이 밸 정도여서 춥다는 소리를 하지 않는다.

정상 근처에 다다르자 하늘이 훤하게 밝아오고 태백산 인근의 먼 풍광들이 한눈에 들어온다. 온통 하얀 눈으로 뒤덮인 높고 먼 산봉우리들과 나무들 마다 하얗게 핀 설화는 한 폭의 그림이자 장관이다. 아이들도 덩달아 와아 소리를 지르며 감탄한다.

태백산 정상인 장군봉에 도착하니 눈바다 위에 사람 또한 바다같이 울긋불긋하다. 어디 제대로 기념사진조차 찍을 수 없을 정도이다. 다행이 거의 해 뜨는 시각에 맞추어 도착한 덕에 멀리 구름 위로 태양이 떠오르는 멋진 장관을 한동안 넋을 놓고 바라보았다.

하지만 높은 태백산 정상의 겨울바람은 혹심하게 추웠다. 대부분의 사람들이 얼른 하산 길에 나서는 것과 마찬가지로 우리도 지체하지 않고 내려가기로 하였다. 장군봉 아래의 천제단 근처에 걸려있는 온도계는 거의 영하 20도를 밑돈다. 올라올 때만 해도 등산로 주위의 나무들이 바람을 막아준 덕에 오르막 힘을 쓰며 추위를 느끼지 못했다. 하지만 세찬 새벽바람을 몸으로 막아야하는 태백산 정상의 체감기온은 엄청나다. 아이들이 춥다고 난리고 부인도 얼른 내려가자며 팔을 당긴다.

태백산의 장엄한 아침 풍광을 뒤로 하고 조금 내려오니 자그마한 암자격의 망경사에 도착한다. 사찰 내의 여기 저기 햇볕이 내리는 구석마다 컵라면이며 커피를 들고 있는 사람들이 가득하다.

우리도 그 틈새에 자리를 잡고 가져온 컵라면과 보온병을 꺼내 물을 부었다. 그런데 뜨거워야할 물이 이런 미지근한 것이 아닌가. 보온병이 불량인지 워낙 날이 차가워 전날 저녁에 담아온 물이 식었는지 모를 일이다. 미지근한 물은 찬바람 속에 이내 찬물이 된다. 할 수 없이 불지도 않은 컵라면을 간신히 몇 가닥씩을 떠먹으며 보온병 탓만 했다. 새벽밥 먹던 식당에서 뜨거운 물을 새로 받아오지 않은 것을 후회했다. 아이들도 날은 추운데다 컵라면마저 차갑게 식어버린 터라 궁시렁 궁시렁 불만투성이다.

한참을 추위와 씨름하며 완만하게 경사진 길을 내려오자 다행히도 꽤 널따란 길에 들어선다. 그곳은 엉덩이를 내리 깔고 미끄럼을 탈 수 있을 정도였다. 그래선지 아예 걸어가는 사람들이 없을 정도로 대부분의 사람들이 엉덩이 미끄럼을 탄다. 개중에는 이런 재미를 사전에 알았는지 비닐포대를 가져온 사람들도 있었다. 비닐썰매는 아주 그럴싸하게 미끄럼을 타며 내려간다.

우리도 미끄럼 반 어기적 걸음 반으로 한동안 내려오니 당골 광장이다. 마침 지난 번 전시했던 눈조각품들이 훼손되지 않고 여기저기 잘 전시되어 있어서 아이들이 무척 좋아한다.

가족 기념사진을 찍고 석탄박물관에 들렀지만 아이들은 여전히 춥다고 따뜻한 음식점에서 쉬며 먹을 타령만 한다. 식당을 골라 뜨끈한 버섯 전골을 함께 먹고 나니 추위도 가시고 피곤도 가시는 듯하다.

여행사에서 정해준 버스에 올라타니 제시간에 출발하여 금세 태백역에 내려놓는다. 열차출발을 기다리며 온 가족이 따스한 물에 샤워라도 하면 좋겠다는 생각으로 어디 근처의 여관이나 모텔을 찾아보았다. 그러나 웬걸 주변의 모든 숙박시설은 이미 만원이라 어디에서도 방을 구할 수 없었다.

하는 수없이 근처의 태백 시내를 돌아다니기로 하고 우선 한강의 발원지라는 황지연못에 들렀다. 날은 매섭게 추워도 연못 가운데서 지하수가 용솟음치는 것을 바라보며 신기해한다. 근처 재래시장에 들러 눈요기를 하고는 다시 근처 식당에 들어가 이른 저녁을 먹었다. 열차에 오르자마자 배도 부르고 피곤한데다 따스한 온기로 인해 온 가족이 곯아떨어진다.

집에 도착하여 아이들에게 눈꽃여행 소감을 물었다. 두 아이 모두 다시는 겨울산에는 가지 않겠단다. 춥기만 하고 먹을 것도 시원찮고 몸만 피곤하단다. 설을 지나 민족의 정기가 서린 태백산 정상에서 찬란하게 떠오르는 태양을 바라보며 새해를 다짐한다는 나의 당찬 야심은 멀리 사라지는 순간이었다. 겨울 설산의 혹독한 추위만 기억에 남긴 꼴이다. 그래도 내겐 아이들과 함께 겨울산의 풍광과 함께 추위를 이겨낸 시간이란 점에서 얼마나 감사하고 즐거운지 모른다.

아이들에게 겨울을 즐길만한 스포츠나 취미활동을 제대로 챙겨주질 못했다. 누구나 즐긴다는 스키는커녕 조금은 안전하다는 스노보드도 그렇고 스케이팅도 그렇다. 풍광 좋은 겨울 설산에 자주 데려가지도 못했고 겨울바다의 고즈넉함도 제대로 누리질 못하며 지냈다.

경제적인 면도 그다지 여유가 없었지만 영국을 오가며 마음이 부산한 탓이 컸다. 우리 부부의 신앙생활을 핑계로 주말을 이용한 취미활동을 억누른 탓도 클 것이다. 특히 초중등학교 시절에 취미활동을 비롯하여 부모와 함께 즐길 수 있는 많은 활동을 하도록 기회를 주었어야 했다.

아쉽지만 되돌릴 수 없는 일이다. 내일의 계획과 실천에 몰두해야겠다.

아이들 친구 이름 기억하기

"엄마, 친구들 왔어."

"엄마, OO네 놀러 가도 되요?"

"아빠, 전데요. 제 친구 OO알지요? 그 친구가 뭐 좀 도와달라는데 점심시간에 회사로 찾아가도 되나요?"

아이들이 여럿이다보니 아이들과 이야기하다보면 아이들 친구 이야기가 많이 나온다. 학교 친구들뿐만 아니라 동네 친구들까지 다양한 친구들 이야기를 듣게 된다. 아이들 어릴 적에는 주로 학교에서 어떤 친구들과 지내는 것이라든지, 왜 싸웠는지, 우리집에 데려와 함께 놀거나 숙제를 해도 되는지 정도의 내용들이 많다. 점점 자라며 친구들의 가정 이야기며 친구들의 동정이나 진학, 진로 및 결혼 이야기까지 다양해진다.

아이들이야 언제나 엄마 아빠에게 자기 친구들에 관하여 자기들 위주로 이야기한다. 당연히 아이들이 말한 내용을 엄마나 아빠는 항상 기억하고 있을 것이라고 여긴다. 바로 여기에서 부모에게는 난감한 문제가 시작된다. 물론 몇몇 친구들 이야기는 내용과 함께 그 친구 이름까지 기억하기도 하지만 대부분은 잘 기억하지 못하거나 혼동할 수밖에 없다. 친구들 이야기를 혼동하는 것뿐만 아니라 친구들 이름을 헷갈려 하거나 아예 까먹는 일도 다반사다.

특히 친구들이 집에 찾아와 아이들과 함께 시간을 보내는 경우에는 친구들 이름과 얼굴을 제대로 기억해야 하는데 그게 쉽지 않다. 자주 찾아오거나 단짝 친구일 경우에는 그래도 얼추 기억하기도 한다. 하지만 가끔씩 찾아오는 친구들은 얼굴과 이름, 그 아이의 근황에 대하여 정확히 꿰어 맞추기란 삼각함수의 미적분이 된다.

다섯 아이들 모두 다행히 사귐성이 있고 성격들이 좋아서인지 자라며 친구들이 많은 편이다. 자연스레 친구들 이야기도 많고 집에 찾아와 함께 놀고 밥도 먹고 하는 친구들이 많다. 더군다나 아이들이 커가는 동안 대부분 단독주택에서 지낸 덕에 집에는 항상 여러 아이들이 복닥거렸다. 아이들 방마다 친구들과 아이들이 섞여 놀이터를 방불케 하거나 시끌벅적한 시장통 같았다.

아이들 친구들도 우리집에 오면 어린 동생이나 형 또는 누나가 있어서 다양한 놀이나 이야기 주제로 지낼 수 있어서인지 우리집에 찾아와 지내는 것을 좋아하였다.

　평일의 낮 시간에 아이들 친구들이 우리집에서 어떻게 지내고 누가 어떤 성격이나 특성을 가진 친구들인지 나로서는 도통 알 수가 없었다. 하지만 부인은 그 많은 아이들 친구들까지 건사하면서도 이름과 얼굴, 특성 등을 잘 기억하는 것이 참으로 신기했다. 회사에서야 직원들 근황들을 정기적인 면담을 통하여 듣고 기록해 놓아 참고하며 기억하지만 아이들 친구들까지 적어 놓고 외운다는 것은 무리였다.

　아이들이 친구 이야기를 하게 되면 그게 누구더라 하는 단계부터 시작해야 한다. 그러면 한참 전 이야기부터 시작하여 내 기억을 되살린 다음에야 본래의 주제로 들어간다. 솔직히 지금까지도 아이들 친구 이름은 아이당 너댓 정도이고 그나마 이름과 얼굴을 함께 기억하는 친구들은 정말 몇 되지 않는다.

　부인은 그 친구들을 자주 보아 와서 그런지 많은 친구들에 관하여 세세한 것까지 잘도 기억한다. 언젠가 그런 기억력이 신기하기도 하고 부럽기도 해서 슬쩍 물어보았다. 특별한 비법이라도 있는 건지, 단순히 기억력이 좋아서 인지를 정말 알고 싶었다.

　부인의 대답이 의외로 시큰둥하다. 당신도 아이들과 친구들과 함께 지지고 볶이다보면 자연스레 다 기억하게 된단다. 물론 학기 초나 상급학교로 진학하여 새로운 친구들을 사귀거나 하는 때엔 특별히 신경을 쓰기도 했단다. 특별한 방법이라야 친구들 이름을 수첩에 적는 것이지만 금세 아이들과 대화하고 집에 찾아와 식사나 간식을 준비해 주다보면 자연스레 기억한다는 것이다. 아이들 친구들을 살펴보며 우리 아이들이 잘 지내는지, 친구들과의 관계에서 문제는 없는지 등등을 알게 된단다. 그러다보면 친구들에 대한 관심을 더 많이 갖게 되고 기억한다는 것이다.

아이들에 관한 관심과 사랑은 어쩌면 아이들 친구들에 관한 관심과 기억과도 연결된다. 넌지시 친구들에 관한 이야기를 꺼내며 우리 아이들의 상황을 살피는 것이다. 친구는 그 사람의 거울이라는 이야기가 꼭 맞는 말이면서도 아이들과의 대화를 이끌어 갈 수 있는 시작점이 되기도 한다.

이제는 다 큰 아이들이라 그런지 좀체 집에 친구들이 찾아오는 경우가 드물다. 어쩌다 평일 저녁이나 주말에 친구들과 만나 식사를 하고 들어와 몇 마디 이야기하는 것이 고작이다. 물론 다 큰 아이들은 친구들 결혼소식을 전하며 근황을 함께 전하기도 한다.

위아래 층을 헤집으며 이방 저방 뛰어 다니는 꼬맹이들로 가득했던 시절이 아련히 그립다.

부자아빠와

왈그락
달그락

다섯아이 성장기

발행일   2023년 12월 07일 초판 1쇄
글쓴이   정 해 근
그린이   정 선 영
엮은이   신 정 민
펴낸곳   한스하우스

등 록   2000년 3월 3일(제2-3033호)
주 소   서울특별시 중구 마른내로12길 6
전 화   02-2275-1600
팩 스   02-2275-1601
이메일   hhs6186@naver.com

ISBN 978-89-92440-65-3 (03800)   값 20,000원